Adictas a los zapatos

Beth Harbison

Adictas a los zapatos

Titania Editores
ARGENTINA – CHILE – COLOMBIA – ESPAÑA
ESTADOS UNIDOS – MÉXICO – URUGUAY – VENEZUELA

Título original: *Shoe Addicts Anonymous*
Editor original: St. Martin's Press., New York
Traducción: Camila Batlles Vinn

© Copyright 2007 *by* Beth Harbison
All Rights Reserved
© de la traducción: 2009 *by* Camila Batlles Vinn
© 2009 *by* Ediciones Urano, S.A.
Aribau, 142, pral. – 08036 Barcelona
www.titania.org
atencion@titania.org

ISBN: 978-84-96711-66-2
Depósito legal: B - 26.657 - 2009

Fotocomposición: Ediciones Urano, S.A.
Impreso por Romanyà Valls, S.A. – Verdaguer, 1 – 08786 Capellades
(Barcelona)

Impreso en España – *Printed in Spain*

*Para mi madre, Connie Atkins,
y su colega a la hora de ir de compras, Ginny Russell,
las «adictas a los zapatos» originales de mi vida.
Probablemente se encuentran en estos momentos
en una zapatería.*

Y para Jen Enderlin, mi editora y amiga.

Agradecimientos

Escribir es una experiencia solitaria, pero vivir, si tienes suerte, no. Deseo dar las gracias a algunas de mis amigas que me han hecho reír, han salvado mi cordura y han inspirado las amistades en este libro: mis hermanas, Jacquelyn y Elaine McShulskis; las amigas que conozco desde hace casi tanto tiempo como a mis hermanas, Jordana Carmel y Nicki Singer; mis vecinas y amigas que me han salvado en más de una ocasión, haciéndose cargo de los niños o sirviendo las copas (o ambas cosas), Amy Sears y Carolyn Clemens; y las almas generosas que han leído, releído, me han aconsejado y me han consolado —a menudo mientras picábamos algo— a lo largo de muchos años y muchos libros, Elaine Fox, Annie Jones, Marsha Nuccio, Mary Blayney, Meg Ruley y Annelise Robey.

Capítulo *1*

Sexo en una caja. Eso es lo que era. Un sexo apasionante, alucinante, decadente en una caja.

Lorna Rafferty retiró el papel de seda y aspiró el penetrante olor a cuero, el cual la hizo estremecerse hasta la médula. Era una sensación, una emoción que nunca envejecía, por más veces que llevara a cabo ese ritual.

Lorna acarició el cuero cosido a mano y sonrió. No podía remediarlo. Era el placer más perverso, sensual, táctil y hedonista que jamás había experimentado. Hacía que se le pusiera la carne de gallina.

Deslizó los dedos sobre la suave superficie, dejando que resbalaran sobre el airoso arco, como una gata desperezándose bajo el sol del mediodía; sonrió al tocar el afilado pero satisfactorio tacón de aguja. Sí. ¡Sí!

Era tremendo.

Lorna sabía que obraba mal, por supuesto; no en vano había estudiado doce años en un colegio católico. Tarde o temprano pagaría por este capricho.

Pero, qué caray, hacía años que contaba con ello.

Era una más de una lista interminable de deudas que tendría que pagar.

Entretanto, se consolaría con estas sandalias Delman de plataforma, con la puntera abierta y pulsera. Se encaminaría hacia el fuego del infierno calzada con estos zapatos de muerte.

Una de las únicas cosas que Lorna recordaba sobre su madre eran sus zapatos. Unos zapatos de vestir negros y blancos. Unas sandalias rosas con tacones bajos, de unos tres centímetros y medio, y finos. Y los favoritos de Lorna: unos zapatos de raso largos y delgados, con unos tacones estrechos *art decó* en forma de coma, curvados hacia atrás, con unos lacitos en la puntera un poco deshilachados en los extremos debido a los años transcurridos desde su boda.

Si cerraba los ojos, Lorna aún veía en su imaginación sus pequeños pies introducidos en las puntas de esos zapatos, los tacones sonando peligrosamente tras ella mientras caminaba con torpeza sobre la gastada alfombra oriental en el dormitorio de sus padres hacia la borrosa imagen de pelo rubio, sonrisa alegre y perfume Fleurs de Rocaille de Caron que constituía el recuerdo de su madre.

De todo lo que conocía o recordaba sobre su madre, y de todo lo que no recordaba, Lorna estaba segura de una cosa: su pasión por los zapatos era hereditaria.

Sacó los Delman de la caja muy despacio, desterrando mentalmente el recuerdo de haber entregado su tarjeta de crédito y haber esperado —como un jugador que lo ha apostado todo al rojo— el sí o el no de la remota Comisión de Autorización de la Ruleta de Tarjetas de Crédito.

En esta ocasión fue que sí.

Lorna había firmado el comprobante (prometiéndose «*Por supuesto que abonaré estos zapatos. ¡No hay ningún problema! Utilizaré mi próxima paga para saldar esta deuda*») al tiempo que asumía la expresión de alguien que paga el importe total de sus compras con la tarjeta de crédito cada mes y cuya vida no puede ser embargada en cualquier momento por Visa.

¡Me importa un bledo!

Había ignorado olímpicamente la otra voz: *No debería hacer esto, y prometo aquí y ahora, a Dios o a quien sea, que si autorizan el cargo en mi tarjeta de crédito, jamás volveré a gastar un dinero que no tengo.*

Era preferible no pensar en las repercusiones.

Si el hecho de apartar los pensamientos incómodos sobre el dinero quemara calorías, Lorna gastaría una talla doce.

Tras admirar durante unos momentos los zapatos que sostenía en la mano, se los puso.

¡Aaah!

Pura magia.

Un placer que, saboreado debidamente, podía durar toda la vida. Un placer que Lorna estaría siempre más que dispuesta a degustar.

¿Y qué si había tenido que pagarlos con la Visa? Cuando recibiera su próximo sueldo, destinaría una parte del mismo a cancelar su deuda. Dentro de pongamos un par de años, o quizá tres, cuatro a lo sumo —suponiendo que no fuera capaz de mantener sus gastos a raya—, habría saldado toda su deuda.

Y estos Delman seguirían siendo tan impresionantes como ahora. Y probablemente costarían el doble. O quizá más. Eran clásicos. Intemporales.

Una buena inversión.

Tan pronto como a Lorna se le ocurrió ese pensamiento, mientras se hallaba sentada en el cuarto de estar-comedor de su pequeño apartamento en Bethesda, Maryland, se quedó a oscuras.

Lo primero que pensó fue que la compañía eléctrica le había cortado la corriente. Pero no… Había pagado el recibo puntualmente. Quizá no se había percatado de que iba a estallar una tormenta. Los veranos en la zona del Distrito de Columbia eran tremendamente calurosos y húmedos, y ese día de principios de agosto no era una excepción. Los ciudadanos como Lorna pagaban cada mens el recibo de la luz que, de vez en cuando —en los veranos más sofocantes—, quedaba cortada durante horas, a veces durante más de un día.

Se levantó del sofá y se encaminó sobre los precarios tacones de sus Delman hacia la mesita del teléfono que había en el pasillo. Llamó a la compañía de la electricidad, suponiendo que le informarían de que todo el mundo había rebasado los límites de potencia eléctrica poniendo el aire acondicionado a tope y que dentro de poco volvería a tener luz. Pensó vagamente en acercarse al centro comercial antes de ir a trabajar para matar un par de horas en un ambiente fresco, mientras marcaba el número en el anticuado teléfono rosa modelo Princesa a través del cual había susurrado secretos desde que tenía doce años.

Al cabo de diez minutos y de que hubieran sonado unos catorce tonos del sistema automatizado, una representante de la compañía eléctrica —que se había identificado como señora Sinclair, sin indicar su nombre de pila— ofreció a Lorna la respuesta que ésta temía en su fuero interno.

—Señora, le hemos cortado la corriente por impago.

En primer lugar, esa mujer utilizaba un tonillo descaradamente condescendiente. Y segundo, ¿cómo que por impago? ¿No había recibido hacía un par de semanas durante varias noches unas generosas propinas con las que había pagado un montón de facturas? ¿Cuándo la había pagado? ¿A mediados de julio? ¿A primeros de julio? En todo caso, había sido después del Cuatro de Julio.

Un momento, quizá había sido justo después de Memorial Day, el último lunes de mayo. Lorna había asistido a una barbacoa luciendo unas adorables sandalias con tiras de Gucci.

Miró con recelo el montón de correo que había en la mesa junto a la puerta —era increíble la rapidez con que se acumulaba— y preguntó secamente:

—¿Cuándo recibieron el pago del último recibo?

—El veintiocho de abril.

La mente de Lorna retrocedió como las hojas del calendario al comienzo de una mala película de los años treinta. Vale, había obtenido unas inesperadas propinas en julio, pero quizá no había pagado el recibo de la luz ese mes. Quizá lo había pagado el mes anterior, ¿en junio, no? ¿O había sido en mayo?

¡Era imposible que no hubiera pagado el recibo desde abril! Lorna estaba convencida de que debía tratarse de un error.

—Es imposible. Yo…

—Le enviamos otra carta el quince mayo, y el cinco de junio. —La voz de la señora Sinclair denotaba un claro tono de reproche—. Y el nueve de julio le mandamos un aviso advirtiéndole de que, si no recibíamos hoy el pago del recibo, le cortaríamos la corriente.

Lorna recordaba vagamente que se disponía a pagar sus recibos cuando le llegó una carta de Nordstrom anunciando sus rebajas semestrales.

Ese día había sido una gozada. Los dos pares de zapatos Bruno

Magli que había comprado eran un chollo. Tan cómodos que Lorna habría podido correr un par de kilómetros con ellos.

Pero el mes siguiente había pagado el recibo.

Seguro.

¿O no?

—Un momento, deje que lo compruebe. —Lorna se dirigió apresuradamente a su ordenador y pulsó el botón para encenderlo, esperando cinco segundos antes de darse cuenta de que el ordenador, que contenía la lista de sus pagos, funcionaba con la electricidad que esa mujer tan antipática que estaba al otro lado de la línea telefónica se negaba a devolverle—. Estoy segura de que si hubiera recibido una carta advirtiéndome de que iban a cortarme la corriente lo recordaría.

—Mmm.

Era fácil imaginar a la señora Sinclair como un repugnante duendecillo sentado debajo de un puente, con la cara arrugada y el pelo rizado. *¿Quieres tener luz? Pues antes tendrás que pasar por encima de mí. Responde: ¿cuándo pagaste los últimos recibos?*

Lorna emitió un suspiro de exasperación y tomó su billetera. Ese rollo se lo conocía de memoria.

—Déjelo, dígame cuánto me costará que vuelvan a darme la luz. ¿Puedo pagar por teléfono?

—Sí. Son ochocientos dieciséis dólares con veintiséis centavos. Puede utilizar la tarjeta Visa, MasterCard o Discover.

Lorna tardó un minuto en asimilar eso. Era un error. Tenía que ser un error.

—¿Ochocientos dólares? —preguntó estúpidamente.

—Ochocientos diecisiete con veintiséis centavos.

—En junio no estuve aquí ni una semana. —Ocean City. Una semana de alpargatas y sandalias griegas que hicieron que Lorna se sintiera como si estuviera de vacaciones en el Mediterráneo—. ¿Cómo es posible que consumiera ochocientos dólares de electricidad? Debe de ser un error. —Había algo que no encajaba. Debían de haber confundido el recibo de otra persona con el suyo. Seguro.

Quizá fuera el recibo colectivo para toda la planta del edificio.

—Esa cantidad incluye una cuota de ciento cincuenta dólares de reconexión y un depósito de doscientos cincuenta dólares, además de los trescientos noventa y ocho dólares con cuarenta y tres centavos de su recibo, un cargo de financiación de dieciocho dólares y…

—¿Qué es una cuota de reconexión? —preguntó Lorna. Nunca le habían pedido eso.

—La cuota para volver a conectarle la corriente después de habérsela cortado.

Era increíble.

—¿Por qué?

—Señora Rafferty, hemos tenido que cortarle la corriente y ahora tendremos que conectársela de nuevo.

—¿Y eso qué representa, darle a un interruptor o algo parecido? —Lorna imaginó a la señora Sinclair con su cara arrugada sentada junto a un enorme interruptor en una viñeta—. ¿Pretende que les pague ciento cincuenta dólares por eso?

—Haga lo que quiera, señora —respondió la impertérrita empleada con su desagradable tono condescendiente—. Si desea que volvamos a conectarle la corriente, tendrá que pagar ochocientos dieciocho dólares con tres centavos.

—¡Eh, un momento! —la interrumpió Lorna—. Hace unos segundos me dijo que eran ochocientos diecisiete dólares y algunos centavos.

—Nuestros ordenadores acaban de actualizarse y han añadido los intereses de hoy a su factura.

En el apartamento hacía un calor insoportable. Era difícil saber si era porque no funcionaba el aire acondicionado o porque Lorna se estaba enfureciendo con la señora Sinclair, que probablemente, dedujo, no estaba casada y había aprovechado su puesto para añadir lo de «señora» a su identidad pese a no haber practicado sexo desde hacía un montón de años, suponiendo que lo hubiera practicado alguna vez.

De hecho, era posible que ni siquiera se llamara Sinclair. Seguramente lo utilizaba como seudónimo para que la gente no la localizara y la asesinara después de haber hablado con ella por teléfono.

—¿Puedo hablar con un encargado? —preguntó Lorna.

—Puedo hacer que alguien la llame dentro de veinticuatro horas, señora, pero eso no modificará el importe de su recibo.

Excepto por los intereses añadidos cuando esa persona la llamara, claro está.

Lorna sacó su Visa de la billetera. Estaba aún casi caliente de la compra de las sandalias Delman.

—De acuerdo. —La batalla había concluido y ella había perdido. No sólo la batalla, sino que estaba perdiendo toda la guerra—. Utilizaré mi tarjeta Visa. —Suponiendo que autorizaran el pago.

Creyó percibir a través de la línea telefónica un chasquido de satisfacción por parte de la señora Sinclair.

—¿Puede darme el nombre que aparece en la tarjeta...?

Después de colgar, Lorna decidió examinar el montón de cartas junto a la puerta, para comprobar si le habían enviado un aviso de que iban a cortarle la corriente. Hasta ese momento, había estado casi convencida de que había habido un error.

Efectivamente, se trataba de un error. Cuando terminó de abrir todos los sobres, se encontró con un desagradable montón de errores cometidos por ella misma.

Para ser sincera, sabía desde hacía tiempo que tenía que examinar el correo. Ese montón de cartas había permanecido junto a la puerta, como si quemara, mientras ella trataba de ignorarlo, tal como hacía también con la opresión que sentía en la boca del estómago cada vez que pasaba cerca de él, o pensaba en él por la noche, cuando no podía pegar ojo. No disponía del dinero para pagar las facturas, pero estaba convencida de que pronto lo tendría. Otra paga, una buena noche de propinas. Pero gastaba de forma descontrolada, y lo sabía.

Lo que no sabía era hasta qué punto había perdido los papeles.

¿Qué diablos compraba con todo ese dinero?

¿Y por qué se sentía tan vacía?

Lorna no era una persona derrochadora. Apenas salía, y no era aficionada al Dom Pérignon. Lo único que adquiría que no podía considerarse un artículo de primera necesidad era algún que otro par de zapatos. Es decir, suponiendo que alguien pudiera considerar que los zapatos no fueran un artículo de primera necesidad.

Era preciso reconocer que de tanto en tanto, cuando Lorna daba con unos zapatos maravillosos, no dudaba en añadirlos a su amplia colección, por si acaso. Como había ocurrido con los Maglis el verano pasado. Pero un par costaba una pequeña parte de su alquiler. ¿Cómo era posible que gastara decenas de miles de dólares?

Hasta ese momento, había estado convencida de que lograría saldar su deuda. Ganaría dinero, repasaría sus facturas y las liquidaría todas. De vez en cuando conseguía doscientos cincuenta o trescientos dólares en propinas en el restaurante. Agosto siempre era un mal mes en el negocio de la restauración, pero en septiembre estaba segura de que obtendría mucho dinero.

No obstante, al mirar las facturas, comprendió de pronto que jamás lograría ganar el suficiente dinero para saldar esa deuda. Había pagos por demora, pagos por excederse del límite permitido, cargos de financiación… Dos de sus cinco tarjetas de crédito habían aumentado los intereses casi en un treinta por ciento. Del pago mínimo de ciento sesenta y cuatro dólares de una, ciento sesenta y dos eran puros intereses. Hasta Lorna sabía que le llevaría décadas saldar el capital a dos dólares al mes.

Y eso suponiendo que dejara de utilizar la tarjeta.

Tenía un problema, eso estaba claro.

Estaba endeudada hasta las cejas.

Todo había empezado con una tarjeta de crédito de Sears que los de los grandes almacenes habían tenido el detalle de enviarle cuando estudiaba el primer curso en la universidad. Habiendo crecido en un ambiente adinerado en el elegante suburbio del Distrito de Columbia de Potomac, Maryland, Lorna siempre había supuesto que no sólo seguiría manteniendo ese nivel de vida de clase media alta en una zona residencial, sino que lo superaría. Ése era un punto de partida, no el punto culminante de su vida.

De modo que cuando recibió su tarjeta de crédito, le pareció de lo más natural salir a hacer unas cuantas compras que pagaría con su propio dinero.

Su primera adquisición había sido un par de Keds de color rojo. Los había visto en el expositor de Lucite e inmediatamente se había imaginado en el puerto de Chesapeake Bay con sus amigos, la piel intensamente bronceada por el sol, su pelo rubio resplandeciente como la tapa de una caja de Clairol Hydrience 02 Rubio Playa y su nuevo novio —hijo de una acaudalada familia propietaria de todos los concesionarios de coches de la zona metropolitana del Distrito de Columbia—, tan enamorado de ella que le propondría matrimonio y vivirían felices para siempre.

Los Keds, que le habían costado once dólares con noventa y nueve centavos, más el cinco por ciento de IVA y un mero dieciséis por ciento de intereses sobre la tarjeta de Sears, le habían parecido una buena inversión. Lorna estaba segura de que los pagaría antes de recibir el primer extracto de cuenta.

Pero antes de salir de la tienda había visto otras cosas que le habían llamado la atención: el nuevo *walkman* de Sony era una ganga a noventa y nueve dólares, ¿y quién podía reprocharle que se comprara unos pendientes de plata en forma nada menos que de unas chanclas?

Por desgracia, Lorna andaba un poco escasa de dinero a la hora de pagar la factura, y su novio la había abandonado hacía unas semanas, después de engañarla espectacularmente con su mejor amiga en su fiesta de cumpleaños. Además, se había pasado el verano trabajando en diversos lugares cerrados, por lo que no había conseguido el ansiado bronceado, y su pelo había adquirido un color castaño claro y tenía un aspecto lacio y deslucido debido a la luz artificial de los edificios de oficinas, así que nada tenía que ver con la melena dorada que había imaginado que el viento agitaría de forma seductora alrededor de su rostro mientras se hallaba en la popa del barco, navegando cómodamente hacia una vida de eterna felicidad.

Pero en otoño había conocido a otro hombre, uno al que le encantaba bailar salsa. Los zapatos para bailar salsa eran magníficos, unas sandalias con unos tacones de vértigo, y el hombre era un sueño hecho realidad. No era barato, pero ¿quién puede poner precio a un sueño?

Como era de prever el sueño había concluido y Lorna se había despertado y había finalizado sus estudios universitarios soltera y sin compromiso. Lo cual no significa que durante esa temporada no adquiriera zapatos bárbaros. Se apuntó a clases de ballet (no llegó a utilizar las zapatillas de punta, pero las otras eran divertidas), de jazz (compró unos zapatos para bailar jazz de suela entera y de suela partida, además de unos botines) y de claqué (utilizaba unos zapatos de charol que hacían un ruido tremendo). Lorna era una pésima bailarina, pero los zapatos… ¡Qué zapatos!

De modo que Lorna se había encaminado con paso decidido hacia su futuro calzada con los zapatos adecuados para cada ocasión, sin perder la esperanza de hallar al Príncipe Encantador que hiciera juego con sus zapatos. Llevaría la confortable vida de las personas de clase media alta en la que se había criado, tendría dos o tres hijos, un golden retriever, un armario ropero empotrado en su dormitorio y ningún problema económico.

Pero las cosas no habían salido como ella esperaba. Los novios aparecían y desaparecían. Y aparecían y desaparecían. Y aparecían y desaparecían, hasta el momento en que las personas dejaron de decirle «¡Eres muy joven para comprometerte!» y empezaron a preguntar «¿Cuándo vas a casarte y sentar la cabeza?» Cuando Lorna había roto con su último novio —un chico agradable, pero muy aburrido que se llamaba George Manning y era abogado—, su compañera de trabajo Bess la había llamado estúpida y le había dicho:

—¡Puede que sea aburrido, pero se viste en Brooks Brothers y paga sus facturas!

Pero eso a Lorna no le bastaba. No podía seguir con un chico con el que no se sentía a gusto sólo porque le ofreciera una seguridad económica, por muy tentadora que fuera esa seguridad económica. Así que había vivido como si algún día, al doblar una esquina, se fuera a topar de golpe con una respuesta, un milagro que le permitiría partir de cero. Lorna estaba convencida de que antes o después aparecería la solución.

Por consiguiente, no se había empeñado a fondo en buscar ella misma la solución y frenar sus problemas de dinero antes de que se desmandaran. Como un jugador que persiste en doblar la apuesta pensando que antes o después conseguirá un montón de dinero, Lorna había estado doblando sus problemas hasta que, finalmente, había comprendido de pronto que, hiciera lo que hiciera, tenía la batalla perdida.

Estaba inmersa en una crisis de grandes proporciones. Si no realizaba rápidamente algún cambio, se arruinaría.

No sólo no podría permitirse adquirir estas sandalias divinas, sino que durante los próximos meses ni siquiera podría comer arroz con alubias y tendría que cobijarse en una caja de cartón a temperaturas bajo cero (el cartón proporciona más calor que la madera contrachapada), de modo que ya podía darse una vuelta por la parte trasera de Sears y hacerse con la caja de un frigorífico antes de que desaparecieran las que estuvieran en mejor estado.

Tenía que hacer algo.

Y rápido.

Capítulo 2

—¿Así que tomas la píldora anticonceptiva mientras dejas que él piense que tratas de quedarte embarazada?

La pregunta sobresaltó a Helene Zaharis. No se la dirigían a ella, pero podrían haberlo hecho perfectamente. De hecho, era tan exacta que durante unos momentos se preguntó si alguien había descubierto su secreto y se había sentado a su mesa para chantajearla.

Pero no, era una conversación entre dos jóvenes veintiañeras que ocupaban una mesa junto a la suya en el Café Rouge, donde Helene había quedado para almorzar con Nancy, la esposa del senador Cabot.

Se estaba retrasando, lo cual era una suerte, porque Helene encontraba la conversación que mantenían las jóvenes junto a ella muchísimo más interesante que la que Nancy y ella sostendrían inevitablemente sobre quién asistiría a las carreras de caballos a campo traviesa en Middleburg en octubre y qué político había sido el último en proponer una disparatada reducción de impuestos.

O subida de impuestos.

O cualquier otro tema de actualidad que interesara a quienes residían en la capital y su área de influencia.

Lo cual apenas interesaba a Helene.

—No es que le haga sufrir —respondió riendo la mujer que evidentemente tomaba la píldora mientras bebía una bebida de color rosa—. Sólo quiero que se esfuerce un poco más… y durante más tiempo.

Su amiga sonrió, como si le encantara estar al corriente de ese delicioso secreto.

—Entonces, ¿vas a dejar de tomar la píldora?

—Dentro de un tiempo, cuando me convenga.

La segunda mujer meneó la cabeza sonriendo.

—Qué valor tienes, chica. Esperemos que él no descubra los anticonceptivos.

—Es imposible.

—¿Dónde los guardas?

Pegados con cinta adhesiva al fondo del cajón de mi mesita de noche, pensó Helene.

—En mi bolso —respondió la mujer de la Bebida Rosa encogiéndose de hombros—. Nunca se le ocurrirá mirar ahí.

Gran error. Un error de novata. Los hombres respetaban esos límites sólo hasta que empezaban a sospechar que una se traía algo entre manos. Entonces era el primer lugar donde miraban. Incluso los más estúpidos.

Si Helene hubiera ocultado algo en su bolso, Jim lo habría encontrado enseguida. Hacía tiempo que su marido había rebasado ese punto de cortesía.

Se estremeció al pensar en lo que haría si averiguaba que ella estaba desbaratando sus intentos de engendrar un hijo.

Pero Helene se mantenía en sus trece. No quería tener un hijo. Sería absolutamente injusto, sobre todo para el niño, puesto que la única razón por la que Jim quería tener un hijo era para poder exhibir una perfecta y maravillosa familia durante las campañas electorales.

Camelot 2008.

Tiempo atrás, Helene había soñado con tener un bebé. Había anhelado sostener en sus brazos un cuerpecito tibio, besar los dedos gordezuelos de las manitas y los pies, preparar cada día bocadillos de mantequilla de cacahuete y jalea para el almuerzo e introducir en la mochila una notita que dijera «Te quiero».

Sí, Helene había soñado tiempo atrás con tener un bebé. Y con tener una familia. Y con muchas otras cosas que habían acabado hechas añicos y en la basura por la maquinaria política de Washington.

Ahora ya no quería traer a un inocente bebé a este mundo.

—¿Quiere que le traiga al menos algo de beber? —preguntó la joven camarera. Mostraba los típicos nervios de alguien que hace poco que ha empezado a trabajar en un nuevo empleo y quiere hacer las cosas bien, pero no tiene idea de lo que eso significa. Helene se dio cuenta enseguida. Hacía quince años, ella era como esa camarera.

—No, gracias. Espero a mi…

—¡Señorita! —bramó un hombre de negocios que había bebido más de la cuenta desde un par de mesas más allá de la de Helene, chasqueando los dedos como si llamara a un perro—. ¿Cuántas veces tengo que pedirle que me traiga un café irlandés?

La camarera miró turbada a Helene y al hombre y de nuevo a Helene al tiempo que las lágrimas afloraban a sus ojos.

—Lo siento, señor, me he acercado al mostrador para ver si ya estaba su café, pero aún no está listo.

—La calidad requiere tiempo —comentó Helene esbozando su sonrisa más encantadora. Ese cretino no merecía la menor consideración, pero si alguien no intervenía conseguiría que despidieran a la pobre camarera—. Y muchos hemos pedido consumiciones que preparan en el mostrador. Esta señorita no tiene la culpa.

Como era de prever, el tipo se echó a reír mostrando unos horribles dientes amarillentos. Helene habría apostado su último dólar a que era fumador.

—Es usted muy guapa. Permita que la invite a una copa.

Ella volvió a sonreír como si estuviera encantada de que ese pedazo de tío se hubiera fijado en ella.

—Si me tomo otra copa, no podré conducir —mintió—. Esta simpática señorita va y viene tantas veces del mostrador, que debe de estar mareada. —Luego añadió dirigiéndose a la camarera—. En estos momentos no quiero nada. Gracias.

La chica la miró perpleja, pero profundamente agradecida antes de alejarse.

—Podríamos vernos más tarde… —propuso el tipo a Helene, pero se detuvo ante la llegada de la amiga con la que ésta había quedado para almorzar.

—Siento haberme retrasado, Helene, querida. Esta mañana era imposible atravesar Georgetown.

Helene se levantó y Nancy Cabot la besó en el aire junto a ambas mejillas, emanando el intenso y anticuado perfume Shalimar al moverse. Miró al tipo de los dientes amarillentos, el cual debió de reconocerla porque torció el gesto y guiñó un ojo a Helene.

—No te preocupes —respondió ésta, y ambas se sentaron—. He estado gozando del ambiente de este lugar.

—Es precioso, ¿no crees? —Nancy miró a través de la ventana, desde la que se divisaba el monumento de Washington a lo lejos, bajo un cielo azul celeste.

Contemplaba el infinito con una expresión tan absorta, que durante unos instantes Helene pensó que iba a decir algo filosófico sobre la majestuosidad de la ciudad.

Pero no fue así.

—Ojalá pudiéramos eliminar esos viejos y dilapidados edificios —comentó Nancy señalando el sur, donde se hallaban unos barrios pobres cuyos residentes se esforzaban en mejorar.

—Dales tiempo —respondió Helene midiendo bien sus palabras para no demostrar lo mucho que le importaba el tema, no fuera que chocara con la política que su marido había propuesto esa semana—. El proyecto de reforma urbanística va muy bien.

Nancy se echó a reír, pensando que Helene se hacía la sarcástica. Y que lo que había dicho era divertido.

—Por cierto, debo decirte que creo que hemos encontrado el lugar ideal para la subasta destinada a recaudar fondos para la DAR.

—¿Ah, sí? —preguntó Helene tratando de asumir una expresión interesada en lugar de la aburrida indiferencia que le producía el tema. La organización de Hijas de la Revolución Americana, o DAR, le interesaba tanto como a Nancy la reforma urbanística—. ¿Dónde?

—La Casa Hutchinson, en Georgetown. ¿La conoces? En la esquina de Galway y M.

—Sí, es preciosa. —Helene no conocía la casa, pero sabía que si confesaba su ignorancia Nancy le endilgaría una perorata sobre la historia de la Casa Hutchinson, los muebles de la Casa Hutchinson, las personas que se habían alojado en la Casa Hutchinson y, por supuesto, el coste de la Casa Hutchinson. Para ser sincera, no sabía cuánto tiempo lograría mantener la educada imperturbabilidad de su expresión.

—A propósito de la subasta silenciosa... —dijo Nancy, pero en esos momentos les interrumpió la aparición de la camarera—. Tráigame un Manhattan —dijo Nancy, tras lo cual miró a Helene con las cejas arqueadas indicando que no quería beber sola.

—A mí un cóctel de champán —dijo, aunque era lo último que le apetecía beber en esos momentos—. Y un vaso de agua —añadió, con la sana intención de dedicarse al agua en lugar de al champán—. Gracias.

Un ayudante de camarero pasó junto a su mesa y durante unos instantes miró a Helene con admiración.

—Observo que los hombres se fijan en ti —comentó Nancy con un claro tono de reproche.

Durante unos momentos sólo se oyó el tintineo de los cubiertos sobre los platos y las voces quedas que murmuraban los últimos chismorreos de la capital, los cuales parecían haberse intensificado de pronto.

—Es porque he pedido champán —contestó Helene sin darle mayor importancia—. La gente siempre se pregunta si celebro algo. Por eso me miran.

La respuesta pareció satisfacer a Nancy,

—Volviendo a lo de antes. Celebramos el hecho de haber hallado el lugar ideal para la subasta. Ahora hablemos de tu papel en ella.

Helene no estaba de humor. Detestaba ese tipo de conversación sobre una causa que no apoyaba y cómo podía echar una mano para contribuir a la misma. Pero no tenía más remedio que tratar de ofrecer lo mejor de sí misma, para no cubrir el apellido Zaharis de vergüenza y oprobio.

A veces eso hacía que lo odiara aún más.

Cuando la camarera les trajo las bebidas, Helene alzó la suya en un brindis con Nancy por la actual presidenta de DAR —una mujer que parecía un sapo y que en cierta ocasión había dicho a varias personas que Helene «había trabajado de dependienta y siempre sería una dependienta»— y bebió lo que se había propuesto que sería su único sorbo.

Al cabo de veinte minutos del soliloquio de Nancy sobre las antiguas presidentas de DAR, Helene se rindió y apuró su cóctel de champán.

¿Por qué no? Le daba algo que hacer aparte de asentir como una estúpida a los comentarios de Nancy y emitir una risa falsa cada vez que soltaba una de sus cargantes bromas.

Era sorprendente la frecuencia con que Helene mantenía esas conversaciones, habida cuenta de lo incómoda que la hacían sentirse. No menos sorprendente era el hecho de que nadie parecía reparar en su aburrimiento. No obstante, las charlas intrascendentes formaban una parte muy importante de su vida, y mientras Jim prosiguiera su ascenso hacia cargos políticos cada vez más encumbrados, todo indicaba que nada iba a cambiar.

De modo que Helene aceptaba la suerte que le había tocado en la vida con tanta serenidad como podía. Las personas que integraban el círculo de Jim sólo buscaban su propio interés. Era muy raro conocer a alguien —independientemente de su edad, sexo, raza u orientación sexual— que no estuviera dispuesto a matar a su abuela con tal de alcanzar sus objetivos.

Quienquiera que dijera que Helene no estaba pagando el precio por el acuerdo que había firmado para ser una simple ama de casa estaba loco.

Nancy siguió hablando.

Helene siguió sonriendo e indicó a la camarera que le trajera otro cóctel de champán.

Más tarde Jim le echaría una bronca por haber apagado el móvil.

Helene se repantigó en la butaca de cuero sintético en la sección de zapatos de Ormond's —su recompensa por haber soportado durante dos horas a Nancy Cabot— y pensó en la furia de su marido, analizándola como si fuera una joya que pensaba adquirir.

Jim se enfurecía cuando no podía localizarla.

Helene, por el contrario, detestaba que lo hiciera. Últimamente la llamaba cada dos por tres. No importaba dónde estuviera o lo que estuviera haciendo, de repente su móvil comenzaba a sonar en el momento más inoportuno.

Cuando Helene había ido a entregar unas latas de comida en la iglesia ortodoxa griega para la campaña de recogida de alimentos para la comunidad y se había detenido unos momentos para admirar la apacible belleza de la nueva vidriera, que contenía un icono circular que mostraba la Anunciación, su móvil había empezado a sonar.

Una vez que iba cargada con cuatro bolsas llenas de productos orgánicos —lo único que Jim comía hoy en día, aunque probablemente esa manía no tardaría en dar paso a otra—, además del bolso y las llaves, y avanzaba por el largo camino enlosado de acceso a la puerta de su casa, su móvil había comenzado a sonar, pero Helene lo tenía configurado para que vibrara, por lo que la inesperada vibración la había sobresaltado haciendo que dejara caer la bolsa que contenía los huevos.

Un día en que había llevado sopa de pollo con fideos a los enfermos de la residencia de la Sagrada Transformación e iba a entregar un bol de sopa que acababa de calentar en el microondas a una anciana aquejada de diabetes, su móvil había comenzado a sonar, sobresaltándola y haciendo que derramara el caldo caliente sobre la pobre mujer y sobre sus zapatos de tacón de Bally, lo cual era menos importante, pero no por eso dejaba de cabrearla.

Jim la había llamado también hoy, mientras almorzaba con Nancy, convirtiendo una estúpida conversación en dos estúpidas conversaciones, para informarle de que tenía una reunión a última hora que le retendría hasta tarde y que lo mejor era que cenara sin él.

Nancy pensó —y dijo reiteradamente— que Jim era un encanto por haber llamado a Helene, pero Nancy no hablaba el lenguaje de Jim. No sabía que una «reunión a última hora» era una frase en clave que significaba que llegaría a casa apestando al perfume de otra mujer y a unos repugnantes martinis.

La hipocresía era digna de un estudio psicológico.

Jim Zaharis (su nombre de pila auténtico era Demetrius, pero Jim pensaba que era demasiado étnico para la política americana) era el joven y carismático senador de Maryland, pero se preparaba para un agresivo esprín hacia un cargo más elevado. En una ciudad como Washington, todo lo que hacía un personaje público —y su esposa— era conocido por todo el mundo, y Jim no quería que Helene lo dejara en ridículo.

No obstante, como muchos otros hombres brillantes pero estúpidos, Jim creía que sus propias indiscreciones eran invisibles, al tiempo que se preocupaba sobre lo que hacía su esposa cuando estaba en público.

Desde que Helene se había casado con Jim, jamás había hecho nada que pudiera considerarse remotamente escandaloso. No se acostaba con los jovencitos que pululaban alrededor de las piscinas, ni mantenía relaciones lésbicas, no se había forrado en la Bolsa abusando de información privilegiada. Nada de nada.

Lo cual no significaba que no tuviera secretos. Pero al menos los mantenía ocultos.

Cuando Helene se había casado con Jim, había hecho un trato con él, aunque en aquel entonces era demasiado ingenua para darse cuenta de dónde se metía. No era el trato de limitarse a ser un ama de casa, sino peor. Había accedido a realizar de vez en cuando una acción caritativa que trascendiera a la opinión pública; había accedido a reunirse de vez en cuando con las señoras del club de campo para almorzar; había accedido a patrocinar una obra benéfica local; y, lo que era más importante, había accedido a guardar silencio mientras su alma se desintegraba en pedacitos.

Helene se había convertido en una consumada maestra en esos menesteres.

—¡Helene!

Una alegre voz la arrancó de sus meditaciones. Al volverse vio a Suzy Howell, la concejala del condado, acompañada por su hija adolescente.

—Hola, Suzy.

—¿Te acuerdas de Lucy? —preguntó la mujer señalando a su arisca hija adolescente, la cual tenía un pelo lacio teñido de negro y sin vida debido a excesivas aplicaciones de esos horrorosos tintes que venden hoy en día.

La chica parecía totalmente fuera de lugar en la sección de zapatos de Ormond's, y no sólo lo parecía, sino que todo indicaba que se sentía así.

—Desde luego. —Helene había olvidado el nombre de la joven y se alegró de que la concejala lo mencionara—. ¿Cómo estás, Lucy?

—Estoy bi...

—Está estupendamente —interrumpió Suzy, dirigiendo a su hija una mirada que habría resultado más efectiva de no mostrar la típica expresión de un rostro retocado con botox—. Ha solicitado el ingreso en la Miami de Ohio. Tú estudiaste allí, ¿no?

¡Dios! Ésta no era la conversación que a Helene le apetecía mantener. Y menos ahora, cuando aún estaba un poco achispada después de su almuerzo con Nancy Cabot.

—Sí —respondió pausadamente, confiando en que no notaran el olor a alcohol en su aliento. Luego, como parecía que Suzy y Lucy sabían mucho más sobre ese lugar que ella, añadió—: Cursé unos estudios allí.

—Entonces, ¿no te licenciaste allí?

—No, sólo hice el primer año de carrera. Hace siglos de eso.

—Ah. —Suzy parecía decepcionada—. ¿Dónde te graduaste?

Helene comprendió que debía haber tomado notas sobre la historia que se había inventado sobre sí misma.

—En la Universidad Marshall —contestó, porque David Price había estudiado allí y ella lo había visitado con la suficiente frecuencia como para conocer el campus perfectamente.

David Price había sido el amor de su vida hasta que ella había decidido buscarse un mejor partido y lo había dejado.

No cabe duda de que había conseguido lo que se merecía.

—En Virginia Occidental —agregó Helene percibiendo la nota melancólica de su voz.

—¡Virginia Occidental! —exclamó Suzy mostrando una expresión como si Helene hubiera dicho que había estudiado en un país del Tercer Mundo—. Caramba, ¿cómo es que una reina de la fiesta de antiguos alumnos terminó allí?

Helene sonrió sin un ápice de sinceridad.

—Es una buena pregunta.

—No quiero ir a Virginia Occidental —espetó Lucy a su madre sin molestarse en disculparse ante Helene por haberla ofendido.

Así era como la gente se comportaba aquí cuando mencionabas Virginia Occidental. Tenían la absurda creencia de que Virginia Occidental estaba llena de patanes desdentados que se casaban con sus primas.

Suzy se rió ante la protesta de su hija, indicando con toda claridad que compartía su repugnancia ante semejante idea.

—Descuida, cariño, no irás allí. —Suzy dirigió a Lucy una sonrisa exageradamente jovial—. ¿Podrías escribir una carta de recomendación para mi hija? Para la Miami de Ohio, por supuesto.

—Lo haré encantada. —¿Qué otra cosa podía responder Helene? Estaba obligada a decir que sí—. Pero —se le ocurrió de pronto— creo que una recomendación de Jim sería más efectiva.

Los ojos de Suzy adquirieron una expresión chispeante.

—¿Crees que Jim estaría dispuesto a hacer eso por nosotras? —Estaba claro que eso era lo que se había propuesto desde el principio. Helene no tenía motivo alguno para preocuparse.

—Estoy segura. —Jim haría lo que fuera con tal de difundir su nombre. Siempre firmaba cosas que no significaban nada para él.

Por ejemplo, su licencia matrimonial.

—Le pediré a su secretaria que te llame —prometió.

—Muchas gracias, Helene. —Suzy dio un codazo a su hija en las costillas—. Es muy amable por parte de la señora Zaharis, ¿no es así, tesoro?

—Gracias —dijo Lucy sin entusiasmo.

—De nada —respondió Helene esbozando su sonrisa más educada.

Luego las observó alejarse, pensando que su vida estaba llena de esas interacciones artificiales. La gente quería utilizarla como influencia, lo cual no tenía nada de malo, puesto que su marido aprovechaba esas oportunidades para reforzar su propia influencia. Y hacía tiempo que Helene había hecho un pacto con el universo comprometiéndose a jugar a ese juego con el fin de obtener la tranquilidad de espíritu que proporciona una seguridad económica.

De modo que todos se sentían satisfechos.

Bueno, todos, salvo Helene.

Si alguien le hubiera explicado diez años atrás en qué iba a convertirse su vida, no se lo habría creído. Su existencia había experimentado unos pequeños cambios casi imperceptibles, hasta que un día había caído en la cuenta de que vivía un cuento de hadas absurdo y truncado.

Era un mal asunto, pero la alternativa —la vida que Helene había vivido antes de conocer a Jim— seguía horriblemente nítida en su mente.

Quizás eso la convertía en una persona débil, pero estaba dispuesta a pagar cualquier precio con tal de no volver a su antigua vida. Y si Jim hubiera sabido la verdad sobre esa vida, él también habría estado dispuesto a pagar cualquier precio con tal de evitarla.

Por lo demás, Helene podía pagar cualquier precio por lo que deseara. Y eso era lo que la había conducido hasta aquí, hasta la sección de zapatos de Ormond's, donde terminaba tres veces a la semana como mínimo.

El placer que experimentaba en ese lugar era efímero —a veces no duraba el trayecto de regreso a casa con sus nuevas cajas y bolsas—, pero la emoción inicial que le proporcionaban sus compras era infalible.

Helene había vivido demasiado tiempo sin ello para no concederle la importancia que merecía.

Mientras esperaba repantigada en su asiento a que el vendedor de pelo oscuro —¿Louis?— le trajera el montón de zapatos que había pedido del número treinta y nueve, Helene se preguntó si esta vida la llenaba.

No cabía duda de que el hecho de poder adquirir todo lo que se le antojara, sobre todo después de los años de penurias que había soportado, era muy importante. Ahora todo era fácil. Lo cual no dejaba de ser tranquilizador.

Helene no se dedicaba a comprar por comprar. Incluso en su estado un tanto achispado debido al champán que había ingerido, se daba perfecta cuenta de ello.

Compraba buenos recuerdos.

En una vida carente de calor emocional, Helene hacía lo que podía para gozar de unos momentos que más tarde la reconfortaran.

Como alternativa a no desperdiciar el tiempo entre el momento de nacer y de morir.

A menudo el seductor encanto de un determinado perfume, una loción natural para el cuerpo, un conjunto que le quedaba imponente o —la mayor parte de las veces— unos zapatos la elevaba, literal y figurativamente, a unas alturas increíbles.

—Disculpe, señora Zaharis —dijo una voz interrumpiendo sus reflexiones

Louis. O Luis. O quizá Helene se equivocaba de medio a medio. Quizá se llamaba Bob.

—¿Sí? —preguntó, procurando no dirigirse al vendedor por ningún nombre para no meter la pata.

—Me temo que no han autorizado el cargo en su tarjeta —dijo el vendedor sosteniendo su American Express como si fuera una araña muerta que había encontrado en su ensalada César.

¿Qué no lo habían autorizado? Imposible.

—Debe de tratarse de un error —dijo Helene—. Inténtelo de nuevo.

—He pasado su tarjeta tres veces, señora. —El vendedor sonrió con gesto de disculpa y ella observó que tenía un diente al fondo de la boca de color gris oscuro—. No autorizan el cargo.

—¿Un cargo de seiscientos dólares? —preguntó Helene con incredulidad. ¡Pero si su tarjeta no tenía un límite!

El vendedor asintió con la cabeza para confirmarlo.

—Quizá diera parte de haber perdido la tarjeta y ésta no sea la de repuesto…

—No. —Helene sacó la billetera del bolso. Estaba llena de billetes de uno y cinco dólares (una vieja costumbre de los tiempos en que los billetes de uno y cinco dólares la hacían sentirse rica) y de tarjetas de crédito. Sacó una MasterCard plateada y se la entregó al vendedor—. Ya trataré de averiguarlo más tarde. Use ésta. No creo que tenga ningún problema. —La voz de Helene denotaba una aspereza que ella no recordaba haber adoptado. De hecho, con frecuencia su voz contenía un dejo de irritación que ella misma no se explicaba, aunque se le ocurrió la incómoda teoría de que más que una insatisfacción con el servicio prestado reflejaba su infelicidad personal.

El hombre de pelo oscuro —¿por qué los vendedores de esta tienda no lucían una tarjeta con su nombre?— se alejó con la tarjeta de crédito de platino y Helene se recostó en el asiento, convencida de que no tardaría en regresar con un papelito para que ella lo firmara y se marchara con sus compras.

Mejor dicho, con su presa, como lo calificaba en plan de broma su terapeuta, el doctor Dana Kolobner.

Sí, Helene reconocía que era como una presa. Iba en pos de ella para satisfacer un apetito. Luego, al cabo de unas horas, la satisfacción remitía y necesitaba más. Bueno…, no tanto. Decir que lo necesitaba era un tanto exagerado. Ella era lo suficientemente realista para saber que más que una necesidad era un deseo.

A veces pensaba en abandonarlo todo e incorporarse al Cuerpo de Paz. Pero puede que a los treinta y ocho años fuera demasiado mayor para esas aventuras. Quizás era otra oportunidad que Helene había dejado escapar mientras malgastaba varios años de su vida con un hombre que no la amaba.

Y a quien ella tampoco amaba. Ya no.

El vendedor regresó, interrumpiendo de nuevo sus reflexiones. Pero su expresión había cambiado. El talante cordial había desaparecido.

—Me temo que ésta también la han rechazado —dijo sosteniendo la tarjeta con el índice y el pulgar y devolviéndosela a Helene.

—Debe tratarse de un error —respondió ella sintiendo una vieja pero familiar sensación de angustia en la boca del estómago. Sacó otra tarjeta, una autorizada de la cuenta comercial de Jim que Helene utilizaba sólo en caso de emergencia.

Esto era claramente una emergencia.

Al cabo de dos minutos el vendedor regresó de nuevo. Esta vez su rostro comunicaba un evidente enojo. Le devolvió la tarjeta… cortada en cuatro pedacitos idénticos.

—Me ordenaron que la destruyera —dijo secamente.

—¿Quién?

El hombre encogió sus huesudos hombros enfundados en un traje que le sentaba como un tiro.

—El banco. Dijeron que era una tarjeta robada.

—¡Robada!

Él asintió con la cabeza y arqueó una ceja.

—Eso han dicho.

—Si me la hubiesen robado, creo que yo lo sabría, ¿no?

—Yo también lo creo, señora Zaharis. No obstante, ése es el mensaje que me dijeron que le transmitiera, y eso he hecho.

A Helene le irritó sobremanera el aire condescendiente del vendedor, pero trató de reprimir su enojo.

—Podría habérmelo dicho antes de destruir la tarjeta.

Él negó con la cabeza.

—Me temo que no. Me ordenaron que la destruyera en el acto si no quería que penalizaran a la tienda.

Y un cuerno. Estaba segura de que ese hombre había disfrutado destruyendo la tarjeta y entregándole los pedazos. Conocía a los tipos como él.

Helene le dirigió una mirada fulminante y sacó el móvil de su bolso.

—Disculpe. Tengo que hacer una llamada.

—Por supuesto.

Observó al vendedor alejarse, temiendo que contara hasta cinco y apareciera de nuevo observándola con aire de reproche. Pero cuando el hombre se dirigió hacia el fondo de la tienda, una joven asomó la cabeza por una puerta y dijo:

—Javier está al teléfono, Luis. Dice que tienes un reventón.

Luis. Helene tomó nota del nombre, para saber exactamente a quién referirse en la carta de queja que pensaba escribir al encargado del establecimiento.

Sacó de su billetera una de las tarjetas de crédito que habían sido rechazadas y llamó al número que figuraba al dorso, pulsando impacientemente unos números a través de un menú tras otro hasta que por fin respondió un ser humano.

—Soy Wendy Noelle, ¿puedo ayudarla en algo?

—Espero que sí, Wendy —respondió Helene esforzándose en emplear el tono más amable, dadas las circunstancias—. Por algún motivo mi tarjeta ha sido rechazada hoy en una tienda, y no entiendo por qué.

—Trataré de ayudarla, señora. ¿Le importa esperar unos momentos?

—De acuerdo.

Helene esperó, con el corazón latiéndole aceleradamente, mientras la musiquita que sonaba a través del teléfono chocaba con la de la tienda.

—¿Señora Zaharis? —La representante del banco regresó después de que la mitad de una canción de Barry Manilow hubiera sostenido una encarnizada batallaba con la versión de Muzak de «Love Will Keep Us Together.»

—¿Sí?

—Alguien denunció el robo de esa tarjeta, señora —dijo la chica con tono afable. Parecía lamentarlo sinceramente—. Ha sido desactivada.

—Pero yo no denuncié que me la hubieran robado —protestó Helene—. En estos momentos estoy en la tienda, pero no me permiten utilizarla.

—No puede usarla si han denunciado que ha sido robada.

Helene meneó la cabeza, aunque la mujer con la que hablaba por teléfono no podía verla.

—Debe de tratarse de un robo de identidad. —Era la única explicación que tenía sentido—. ¿Quién llamó para denunciar que había sido robada?

—Un tal Deme... Demetris...

—¿Demetrius? —preguntó Helene incrédula.

—Sí, Demetrius Zaharis —farfulló la representante del banco—. Llamó para informar de que habían robado la tarjeta.

—¿Por qué? —soltó Helene impulsivamente, aunque sabía que no había una respuesta a esa pregunta. Al menos, no una respuesta que la satisficiera.

—Me temo que no lo sé.

—¿Pueden enviar una tarjeta de repuesto inmediatamente? —Helene empezaba a ponerse nerviosa—. ¿No pueden autorizar mi compra con el número de la nueva tarjeta?

—El señor Zaharis pidió que de momento no enviáramos otra tarjeta.

Helene dudó unos instantes, desconcertada. Quería protestar, decir que había habido un error o que alguien haciéndose pasar por Jim había llamado para cancelar la tarjeta, pero en su fuero interno sabía que no se trataba de un error. Su marido le había hecho eso deliberadamente.

Helene dio las gracias a la mujer del banco, colgó y marcó inmediatamente la línea privada de Jim.

Respondió al cuarto tono.

—¿Por qué informaste al banco de que me habían robado mis tarjetas de crédito?

—¿Quién es?

Helene imaginó a Jim sonriendo con aire satisfecho mientras se burlaba de ella.

—¿Por qué —repitió con tono aún más duro— llamaste al banco cancelando todas mis tarjetas de crédito?

Oyó crujir la butaca cuando Jim cambió de postura.

—Permite que te haga una pregunta —respondió él con evidente sarcasmo—. ¿No tienes nada que decirme? ¿Algo que me hayas estado ocultando?

Helene sintió que el estómago se le contraía como un nudo corredizo.

¿Qué había descubierto?

—¿Adónde quieres ir a parar, Jim? —¡Dios, podía tratarse de un montón de cosas!

—Creo que ya lo sabes.

A Helene se le ocurrió multitud de posibilidades.

—No, no creo haber cometido una falta tan grave que justifique que hayas cancelado mis tarjetas de crédito y me hayas humillado públicamente. ¿Crees que te beneficia el que crean que tu esposa trata de utilizar unas tarjetas anuladas?

—No tanto como si…, no sé…, como si tuviera una familia.

Entre ellos cayó un silencio como una bola de ping-pong que rebotó sin que pudieran atraparla.

Él fue el primero en romper el silencio.

—¿No te suena a nada? —La butaca de Jim crujió de nuevo y Helene lo imaginó rebulléndose nervioso en su silla—. Creí que estábamos tratando de quedarnos embarazados. Pero por lo visto nos dedicábamos simplemente —Helene casi pudo verlo encogerse de hombros con displicencia, aunque en el fondo estaba que trinaba— a follar.

Al oírle espetar esa palabra, ella esbozó una mueca.

—No parecías pasarlo tan mal.

Pero Jim no estaba dispuesto a abandonar el tema.

—Me has mentido, Helene.

—¿Sobre qué exactamente?

—No te hagas la tonta.

—Estás loco —contestó. La mejor defensa era un buen ataque, o al menos un ataque convincente.

—No lo creo.

—Entonces dime a qué te refieres.

Helene estaba medio dispuesta a despachar las acusaciones de Jim como un truco de humo y espejos cuando éste dijo:

—He averiguado lo de las píldoras.

De repente sintió una sensación de culpa e ira circulando por sus venas.

—¿Qué hacías registrando mi mesita de noche?

—¿Tu mesita de noche? ¡Hoy llevé una receta del médico a la farmacia de la calle G y me preguntaron si quería recoger tus píldoras!

Mierda, mierda, mierda, pensó Helene. Había metido la pata. Podía haber mentido, podía haber dicho que era una receta antigua o un error por parte del farmacéutico, pero había ofrecido demasiada información. Estaba atrapada, y no podía escapar.

—Un momento —respondió demasiado tarde—. ¿Qué píldoras?

—Las anticonceptivas. Hace meses que las tomas, así que no trates de mentir.

Helene estaba en un dilema. ¿Debía arriesgarse o negarlo, o simplemente, decir la verdad?

—Las tomo por razones médicas —dijo, mintiendo casi con la misma facilidad que si hubiera dicho la verdad—. Tengo que estabilizar mis niveles hormonales para quedarme embarazada.

Al oír esa respuesta Jim soltó una sarcástica risotada.

—Si eso fuera cierto, me lo habrías dicho.

—¿Porque eres una persona amable y cariñosa y me resulta muy fácil hablar contigo? —preguntó Helene con aspereza.

—Mientes.

—Eso ya lo has dicho. Y ahora pretendes castigarme.

—Por supuesto —contestó Jim.

Helene se estremeció al percibir la frialdad de su voz. ¿Cómo era posible que se hubiera casado con un hombre como él?

—¿Durante cuánto tiempo? —preguntó Helene.

—¿Cuánto tiempo crees que tardarás en quedarte embarazada?

—¿Estás de broma? ¿Vas a dejarme sin un centavo hasta que me quede embarazada? —No estaba dispuesta a aceptarlo. Buscaría un trabajo. No iba a hipotecar el futuro de un niño para seguir dándose todos los caprichos.

—Te daré una asignación —respondió Jim—. Para tus necesidades. Pongamos cien dólares a la semana.

—Cien dólares.

—Es una cantidad generosa, lo sé.

Equivalía a unos sesenta centavos la hora por estar casada con él.

—Eres despreciable —dijo Helene, y cerró la tapa del móvil.

Echó un vistazo a su alrededor, observando a las clientas ricas y discretas, ajenas a lo mal que lo había pasado ella durante los últimos años. Eran mujeres que ofrecían un aspecto confortable, opulento y despreocupado. Aunque probablemente algunas compartían su incómoda situación.

Como esa mujer. Bonita. Demasiado bonita para haber nacido rica. La habían comprado. Prácticamente llevaba un símbolo grabado en el culo que decía «En venta». Con los años, Helene había aprendido a distinguir las auténticas de las falsas. Como ella misma.

Las falsas siempre mostraban una sombra de incertidumbre en sus bonitos rostros.

Como Helene. Por algún motivo, pese a la cuenta bancaria que compartía con Jim, nunca había alcanzado ese estado relajado que le permitía gastar alegremente, como parecía hacerlo buena parte de las clientas de Ormond's. Ella siempre había sentido como si una amenaza gravitara sobre su cabeza.

La amenaza de la desaprobación de Jim.

En fin, qué más daba. No quería vivir de la misericordia de su marido y prosperar según sus caprichos. Y menos aún permitir que le dictara lo que debía hacer.

Como en un sueño, Helene se agachó, guardó los Jimmy Choos en la caja de los Bruno Maglis y cerró la tapa.

Luego se levantó, sintiéndose como si al hacer ese pequeño gesto desafiara la desaprobación de Jim. Sí, Jim la había fastidiado. La había humillado, y había dejado que un vendedor le comunicara la noticia. Pero esta vez no iba a salirse con la suya. No iba a dominarla anulando sus tarjetas de crédito.

Helene dio un paso, pensando más en el simbolismo de alejarse del control de Jim que en el hecho de que seguía calzando unos zapatos que no había comprado.

Pero regresaría, se dijo al avanzar otro paso. En Ormond's nadie se fijaría en que había abandonado la tienda; Helene sabía por experiencia al haber trabajado en la sección de trajes de Garfinkels —donde había conocido a Jim, dicho sea de paso— que los sensores de seguridad estaban instalados en las puertas a nivel de la cintura, porque era la altura a la que la mayoría de cleptómanos portaban los artículos robados.

Ella no era una cleptómana. Era una clienta asidua, que probablemente había contribuido con decenas de miles de dólares a incrementar las arcas de Ormond's. Incuso había dejado un estupendo par de Jimmy Choos donde se había probado los Maglis.

Necesitaba hacer esto. Helene se sentía maravillosamente bien con los Bruno Maglis que llevaba puestos. Cosa que no todo el mundo podía decir. Algunas personas los encontraban incómodos, pero si tenías los pies adecuados te sentaban como un guante. ¿Quién no querría seguir caminando?

Bueno, ése no era el verdadero motivo. No caminaba porque los zapatos le resultaran cómodos, sino porque gozaba con la sensación de «huir.»

Más tarde pagaría el importe de los zapatos sin ningún problema. En cuanto llegara a casa y consiguiera echar mano de un dinero o lograra convencer al chiflado de Jim para que le devolviera las tarjetas de crédito, regresaría a la tienda, les explicaría que se había dejado los Maglis por un despiste y pagaría los zapatos.

No había ningún problema.

A fin de cuentas, no los había robado. Helene casi se echó a reír al pensar eso. Hacía treinta años que no robaba nada, y aunque en aquel entonces robar se le daba bien, no iba a caer de nuevo en ese hábito.

Sintió que el corazón le latía aceleradamente y que tenía las mejillas arreboladas. Esta vez Jim no se saldría con la suya. Era una sensación increíble. Debería montarse en el coche, comprar una botella de champán y bebérsela en Haines Point, mientras observaba los aviones despegar del Aeropuerto Nacional Reagan. ¿Quién la había llevado un día a hacer eso hacía un montón de años? ¿Woody? Sí, había sido Woody. Era un chico muy atractivo. Conducía un Porsche 914, en una época en que eso fardaba mucho. Se preguntó qué habría sido de él...

Helene casi había salido de la tienda, veía el crepúsculo tachonado de estrellas sobre el horizonte naranja y rosa, y casi sentía el aire tibio sobre su piel cuando el sistema de seguridad empezó a sonar.

Se detuvo unos instantes. Era un sonido estridente. ¿Y esas luces que parpadeaban?

Helene experimentó una sensación de culpa que hizo que aminorara el paso, pero siguió adelante. Continuó avanzando, tratando de ignorar el sonido. A fin de cuentas, era un sonido que innumerables veces al día, en la mayoría de tiendas, los clientes y empleados ignoraban.

Pero no pudo ignorar el siguiente sonido de alarma: unos pasos que la seguían y una voz masculina que dijo al alcanzarla:

—Disculpe, señora. Tenemos un problema. ¿Quiere hacer el favor de volver a entrar en la tienda?

Capítulo 3

—Llevo puestos mis zapatos de cuero rojo con tacones de aguja.
—Sandra Vanderslice atravesó su apartamento de Adams Morgan descalza, con el teléfono pegado a la oreja, y se detuvo en la cocina. Abrió la puerta del frigorífico sin hacer ruido.

—¡Aaaah, pequeña! —dijo el hombre al otro lado de la línea telefónica—. Me gustas de rojo. ¿Llevas puesto tu tanga rojo?

Sandra sacó con cuidado el zumo de naranja de la nevera y respondió con voz melosa:

—Sí, cariño, como a ti te gusta. —Inclinó el vaso para que su interlocutor no la oyera verter el líquido. Sesenta gramos. Era cuanto podía tomar. El resto del vaso lo llenó con agua.

—Voy a arrancártelo con los dientes.

Sandra emitió los gemidos de rigor y volvió a tapar el frasco de naranjada.

—¡Aaah! ¡Sí, sí! ¡Me vuelves loca! —Regresó de nuevo al cuarto de estar donde estaba el televisor—. ¡Mmmmm! ¡Así, así!

—Ahora voy a lamerte tu coño húmedo.

—Mmmmm.

—¿Te gusta?

—¡Ah, cariño, eres increíble!

Sandra había dicho esas palabras tantas veces que eran automáticas. Ya no tenían ningún significado. Era un mantra que repetía para ganar un dólar y cuarenta y cinco centavos el minuto como operadora de una línea erótica llamada Un Toque de Clase.

¡Un toque de clase!

Emitió otro gemido, confiando en parecer sincera, y se sentó en el sofá.

—Aaah..., aaah.

Luego tomó el mando a distancia, pulsó el botón de «silencio» y se puso a zapear hasta dar con un canal en el que ponían una repetición del *Daily Show* de anoche.

—Perfecto —dijo Sandra más para sí que para su interlocutor, tras lo cual emitió otra retahíla de gemidos y sonidos de placer que tanto les gustaba —y copiaban— a sus clientes, mientras contemplaba a Jon Stewart entrevistar al último político que había sido acusado de fraude, leyendo los subtítulos que aparecían en la pantalla.

—Cómo me gusta tu sabor —murmuró el hombre entre lo que Sandra interpretaba como «jadeos de alguien mientras te azota»—. No me... cansaría... nunca... de hacer esto...

—Sigue..., sigue —respondió ella dulcemente, pensando en las botas de Pliner que había visto en Internet. Una ganga de ciento setenta y cinco dólares—. No te... detengas... —¿En color camello o negro? Quizás ese tipo continuara el tiempo suficiente como para que pudiera adquirir un par de cada color. No, tendría que mantenerlo al teléfono casi dos horas para poder comprarse un par. Ninguno de sus clientes era capaz de controlarse tanto tiempo. Sandra le induciría a seguir durante tanto rato como fuera posible, confiando en que con otras dos llamadas pudiera comprarse las botas—. Házmelo..., házmelo —dijo jadeando un poco, atrayendo la atención de su gato persa, *Merlin*, que saltó sobre su regazo e hizo que Sandra derramara el zumo de naranja y se manchara—. ¡Mierda! —gritó sin poder reprimirse.

Por suerte a Burt, su cliente, eso le gustaba.

—¡Sí, sí! Me encanta que digas palabrotas —dijo con voz ronca—. ¿Quieres que te siga devorando el coño? ¿Te gusta cómo te lo hago? Te estoy chupando el clítoris.

Tiempo atrás, ese tipo de conversaciones desconcertaban profundamente a Sandra, que se había criado en una familia tan conservadora que la palabrota más fuerte que proferían era «mierda», y eso sólo en las situaciones más graves.

Pero ahora, como su propio diálogo telefónico, era simplemente ruido. Un ruido que constituía un medio para alcanzar un fin. El alquiler, la comida, los recibos y sus numerosas compras a través de catálogo por Internet.

No era una mala forma de ganarse la vida.

—¡Ah! —gritó Sandra quitándose la camiseta, que estaba empapada. Probablemente era la primera vez que se quitaba una prenda durante una sesión telefónica—. ¡Ah! ¡Aaaaah!

—¡Qué mojada estás!

—Sí —respondió ella haciendo una bola con la camiseta empapada de zumo de naranja y tratando de secarse con un pedacito que aún estaba seco—. Estoy chorreando. Y mi cuerpo sabe a fruta —añadió para divertirse.

—Sí, sí.

Sandra suspiró.

—Ahora voy a follarte. Te follaré hasta dejarte sin sentido, puta.

Ella puso los ojos en blanco. Otro macho cavernícola. En la vida real probablemente era un ratón que no se atrevía a rechistar. De hecho, imaginó que tenía una esposa dominante o, mejor aún, una jefa que le tenía acobardado.

De modo que tenía que pagar para que lo elogiaran.

Y Sandra le satisfacía en ese sentido. Por un precio.

—¡Ah, Burt! ¡Qué grande la tienes! ¡Y qué dura!

—Dilo otra vez.

Sandra obedeció, añadiendo algunos adornos, tras lo cual dejó el teléfono unos instantes para ponerse algo. Cogió lo único que tenía a mano, una blusa de la talla cincuenta que le quedaba estrecha y que hacía tiempo que quería tirar, pero que conservaba confiando en que algún día le quedara bien. Se puso la blusa y sostuvo el teléfono entre el cuello y el hombro mientras se la abrochaba. Lo cierto era que no sabía por qué se molestaba en ponerse la blusa. Estaba sola. Siempre estaba sola. Probablemente podría estar desnuda durante treinta y seis horas seguidas sin encontrarse en una situación que le exigiera vestirse.

Salvo quizá para evitar las uñas de *Merlin*.

El único aguijonazo que Sandra había sentido desde hacía... ¡Dios, mejor no pensar en ello!

Burt alcanzó su paroxismo justo en el momento en que ella se abrochó el último botón. Que al cabo de unos segundos saltó.

Sandra estuvo a punto de romper a llorar.

Pero, en lugar de ello, pensó en lo que solía hacer en esos casos para sentirse mejor.

Iría de compras.

Encendió su ordenador al tiempo que emitía algún que otro gemido, jadeo o exclamación mientras la pasión de su interlocutor alcanzaba el clímax. Cuando «Burt» terminó por fin, se mostró deseoso de colgar —parecía preocupado de que alguien le pillara, probablemente la jefa que Sandra había imaginado hacía un rato— y detuvo el reloj automático.

Veintisiete minutos.

No era una maravilla, pero tenía como clientes a algunos jovencitos de voz ronca que tardaban mucho menos, de modo que no podía quejarse.

Miró la hora en la pantalla de su ordenador. Eran las doce y cuarenta y cinco minutos. Su cita era a las cuatro, y con suerte podría matar las tres próximas horas con más llamadas y encargar las Pliners antes de que FedEx partiera esta noche.

Afortunadamente tenía un trabajo bastante lucrativo. A los hombres les encantaba «Penelope», como se hacía llamar Sandra, lo cual era lógico. La fotografía que había colocado en su catálogo era impresionante. Penelope tenía los labios de Angelina Jolie, la nariz de Julia Roberts, el óvalo de la cara y los ojos de Catherine Zeta-Jones, la melena leonina de Farrah Fawcett que había estado en boga a mediados de los ochenta (alborotada, no cortada al estilo «ángel») y el cuerpo que tenía Cindy Crawford en 1991.

Sandra había creado a Penelope aplicando ella misma el Photoshop, añadiendo el pequeño detalle de sustituir uno de los lóbulos de Catherine Zeta-Jones por el suyo. Para poder identificarse en algo con Penelope.

Era divertido ser alta, delgada y maravillosa —siquiera en su imaginación y en la de multitud de hombres solitarios y cachondos— cuando Sandra había sido durante toda su vida de estatura mediana y bastante gordita.

El hecho de que su familia fuera muy rica y viviera en Potomac Fall Estates no había representado ninguna ventaja para Sandra a la hora de que la aceptaran socialmente. En la escuela primaria, su físico había inspirado motes como Santa Claus y, después de una desdichada experiencia durante una excursión a una granja, Mu.

La gente la comparaba también —inevitable y desfavorablemente— con Tiffany, su atractiva hermana mayor. Tiffany la animadora, la reina de la fiesta de antiguos alumnos, la estudiante mediocre que tanto los profesores como los administradores recordaban como una estrella debido a su sonrisa deslumbrante y su personalidad extrovertida.

Sandra tenía el pelo de un insulso color castaño, mientras que el de Tiffany era dorado oscuro, con unos reflejos naturales que comprendían desde el rubio rojizo hasta el rubio pálido. Sandra tenía la nariz recta y corriente, mientras que la de Tiffany era el tipo de nariz fina y ligeramente respingona que las mujeres describían siempre a los cirujanos plásticos. Sandra tenía los ojos de color café, mientras que los de Tiffany eran verdes como la hierba. De nuevo, un color de ojos que la mayoría de mujeres sólo podía alcanzar por medios artificiales.

El hecho de crecer junto a su hermana había sido como sentirse atrapada en una dieta «antes y después». El desproporcionado cariño que profesaban todos a Tiffany incluía a los propios padres de las niñas. Por más que éstos habían asegurado a Sandra que estaba equivocada, ella sabía que no había ojos más perspicaces que los de una adolescente que ansía que se fijen en ella y compruebe que su guapa hermana acapara la atención de todo el mundo.

Tiffany estaba embarazada y Sandra confiaba en que su hermana luciera ya un abultado vientre cuando llegaran las vacaciones, para que por una vez en su vida no se sintiera tan notable y singularmente gruesa y redonda en las reuniones familiares. Quizá lograra incluso modificar la relación que mantenía con sus padres, aunque lo dudada mucho, puesto que la niña de oro iba a tener un bebé de platino.

Con todo, Sandra pensó que era la oportunidad ideal para unirse a Weight Watchers, aunque fuera a través Internet. A medida que Tiffany se engordara, ella se adelgazaría.

Lo cual sería un cambio agradable.

Sandra pensó en ello mientras preparaba una receta de Weight Watchers de *gnocchi* de boniatos con gorgonzola y nueces. Era un plato delicioso. El problema era que la porción recomendada era muy reducida.

Estaba segura de que no era la única clienta de Weight Watchers que pensara eso. Tiffany gastaba la talla treinta y seis (cuando no estaba embarazada) y comía cuatro veces más que su hermana, pero nunca se engordaba un gramo.

La diferencia era que Sandra tendría que ajustarse a las porciones, mientras que Tiffany comería todo lo que le apeteciera.

Hacía muchos años que Sandra se había percatado de que la vida no siempre era justa. Y si quería perder peso, o hacer lo que fuera, tenía que atenerse a las reglas estúpidas, tramposas y parciales que ningún árbitro controlaba.

El teléfono emitió el característico doble pitido.

Otro cliente.

Sandra tomó un tenedor de plástico —siempre tenía uno a mano para esas ocasiones, puesto que hacían menos ruido que los de acero inoxidable sobre un plato— y se apresuró hacia la encimera, donde había dejado el teléfono.

Respiró hondo, se afanó en meterse psíquicamente en el papel de Penelope y pulsó el botón de HABLAR.

—Soy Penelope —dijo con tono aflautado. A veces Penelope hablaba así. Estaba tan entusiasmada con recibir una llamada que casi hablaba como Marilyn Monroe—. ¿Cómo te llamas?

—Hola, Penny —dijo una voz familiar—. Soy Steve. Steve Fritz.

Ah, Steve. Sandra le había dicho cien veces que no debía revelar por teléfono su verdadero nombre a personas que no conocía.

Claro que puede que ése no fuera su verdadero nombre.

—Hola, Steve —respondió ella afectuosamente, abandonando su voz erótica con profundo alivio. A Steve le gustaba hablar. Deseaba comprensión, no sexo. A Sandra le encantaba que llamara, aunque a veces le parecía abusivo que pagara dos dólares y noventa y nueve centavos el minuto para entregar su metafórico sombrero y abrigo a Donna Reed al final de la jornada.

—He tenido otro de esos días —dijo él suspirando.

—Lo siento, cielo —respondió ella sentándose en una silla—. ¿Qué ha ocurrido?

Durante esas llamadas Sandra no era Penelope, pero tampoco era Sandra. Era… difícil de precisar. No llegaba a adoptar el tono de una madre, pero sí un tono afectuoso y maternal. A veces era una persona segura de sí. Alguien que había sabido sortear hábilmente los escollos de la vida y había salido de la empresa con amplio bagaje de sabiduría y serenidad.

O sea, nada que ver con Sandra.

—¿Recuerdas que te hablé de Dwigth? ¿El tipo de la sala del correo que hace comentarios estúpidos cada vez que me trae los catálogos de videojuegos?

—Sí, ese imbécil. —Sandra detestaba a ese tipo de personas. Había tenido centenares de compañeros de escuela así—. ¿Qué ha sucedido?

—Creo que ha anotado mi nombre en una lista de *mailing* para transexuales —contestó Steve con voz tensa.

—¡No me digas! —El muy capullo. Un capullo sin la menor imaginación. Los tipos como Dwigth se metían con tipos como Steve para superar su complejo por tener la polla del tamaño de una barrita hidratante para los labios.

Probablemente Sandra había hablado con ese tal Dwigth.

Probablemente era uno de esos que les gusta que les «azoten» por haber sido «malos».

Steve no había terminado.

—Hoy me ha traído ese *mailing* con gesto de satisfacción. Lo cual significa que mi nombre debe figurar en Dios sabe cuántos *mailings* de gente rarita, y Dwigth hará uno de sus comentarios cada vez que llegue uno.

Pobre Steve. Sandra pensó en aconsejarle que se apuntara a clases de artes marciales y propinara a ese imbécil una patada en el culo, pero había leído numerosas historias sobre personas que acababan muertas por haber seguido ese tipo de consejos. Steve parecía un buen tipo, pero era imposible obviar el hecho de que debía de existir alguna razón por la que llamaba a una línea erótica en lugar de a un amigo.

—Tienes que decírselo a tu jefe.

—Si se lo digo a mi jefe, se enterará de que mi nombre figura en ese *mailing*. ¿Y si no me cree cuando le diga que es cosa de Dwight? No puedo demostrarlo.

—Lo sé, pero si estás en esas listas y recibes esos *mailings* de dudoso gusto, tu jefe acabará enterándose tanto si se lo dices como si no. Más vale que se lo digas tú mismo, ¿no crees?

Se produjo un silencio. Sandra pensó que probablemente era más consciente que el propio Steve del dinero que le costaban esos segundos de silencio. Pero las operadoras tenían prohibido establecer un contacto privado con los clientes, y aunque Sandra lo hacía a veces para ahorrar a Steve un dinero, le preocupaba que la descubrieran y ello le causara problemas.

—Quizá no me crea.

—Quizá, pero es más probable que lo crea si se lo dices tú. Piensa en ello: si trataras de ocultar una cosa así, ¿por qué ibas a decírselo?

Silencio.

—¿Steve?

—Supongo que tienes razón...

—Tu jefe se hará el mismo razonamiento.

—No lo sé, Penny. No es muy inteligente.

Sandra suspiró. Steve trabajaba en una oficina llena de Dwights. Debía de ser como un permanente instituto.

Era una de las razones principales por las que Sandra se ganaba la vida de esa forma en lugar de unirse al resto de las ratas que trabajaban en la capital y su área de influencia.

—¿No has pensado en buscar otro trabajo, Steve?

Otro silencio.

—Claro que lo he pensado.

—Quizá deberías planteártelo más en serio. No tienes por qué soportar eso. Trabajas para una compañía que gestiona redes, ¿no es así?

—Nos dedicamos a instalar redes y bases de datos, principalmente para grandes operaciones de compra y venta al por mayor.

Sandra no sabía exactamente a qué se refería, pero sabía que era una tecnología puntera.

—Entonces imagino que habrá una gran demanda de personas con tus conocimientos técnicos. Especialmente en esta ciudad. —Sandra y Steve sabían que ambos vivían en el Distrito de Columbia, aunque ella no había especificado dónde—. Sal y vete a ver a personas que contratan a gente como tú.

—Apenas salgo.

—Pues deberías hacerlo —contestó Sandra con firmeza, sabiendo que era una hipócrita—. Es importante. No es bueno estar demasiado apegado a tus costumbres. Tienes que salir y entrevistarte con gente.

Eso quizá les conviniera a algunos. Otras personas, como ella, preferían quedarse en casa. De no tener este trabajo, tendría otro que no le exigiera una gran interacción social. Sandra era así. No dejaba de asombrarle que sus padres le dijeran que de niña era muy sociable, porque tan pronto como había ingresado en la escuela primaria —de la que procedían algunos de sus primeros recuerdos—, lo único que había deseado era quedarse en casa y ocultarse de otros niños. Prefería leer que jugar al corro chirimbolo en el patio de la escuela.

Claro que Sandra habría preferido masticar hojalata antes que jugar al corro chirimbolo en el patio de la escuela, por lo que quizá no se tratara tanto de que le costara relacionarse con otras personas como de que no le gustaba que se burlaran de ella.

No recordaba una época en la que no se sintiera acomplejada en presencia de otras personas. Ignoraba si se debía a que en la escuela la llamaban «culigorda» —amén de otros apelativos tan poco imaginativos, pero no menos humillantes que ése—, o a su diálogo interno —no tan hiriente como lo que le decían sus compañeros de clase, pero duro— cuando estaba con su familia.

Algunos superaban sus traumas infantiles afrontándolos con decisión, traspasándolos y emergiendo tan distintos de como eran antes que los demás se maravillaban de la transformación.

Otros trataban de resolverlos de forma menos espectacular, funcionando normalmente, aunque sin alharacas, y tratando de no pensar en los problemas del pasado.

Luego estaban las personas que se hallaban tan pegadas a la brea que no podían quitársela de los zapatos. Quizá parecieran normales en determinadas circunstancias, pero siempre había algún fallo en su personalidad. Los casos muy, muy extremos —como por ejemplo Ted Bundy— se convertían en asesinos en serie o practicaban el canibalismo.

Pero el resto de los casos extremos se limitaban a luchar contra sus demonios particulares, sin perjudicar a los demás. Algunos sentían temor a los perros (cinofobia), a hablar en público (glosofobia) o a las nutrias (lutrafobia).

Sandra no tenía ningún problema con las nutrias.

No, su temor era abandonar la seguridad que le ofrecía su casa.

Agorafobia.

De hecho, gracias a las maravillas de poder comprar en Internet y que te enviaran la compra a casa, no había salido de su casa desde hacía tres meses.

Sandra tenía algunos problemas, desde luego. Ninguno demasiado grande, demasiado tenebroso o demasiado grave, pero sumados a los problemas del peso, sus complejos, su timidez y su impresión de que sus padres preferían claramente a su hermana, era una persona neurótica que corría un serio peligro de convertirse en una ermitaña que se dedicaba a contemplar los concursos de televisión.

Sandra no quería acabar así.

Sabía que tenía que cambiar.

Pero no sabía cómo conseguirlo.

Capítulo 4

Lorna caminó por el centro comercial Montgomery con un par de zapatos que, teniendo en cuenta que sólo dos dólares del pago mensual de su tarjeta de crédito iban destinados a saldar el capital en lugar de los intereses, representaba doce años de pagos.

Era horroroso.

El ambiente en el centro comercial era fresco y festivo, saturado de los habituales sonidos de la gente conversando y el hilo musical, además de los aromas a galletas con virutas de chocolate, hamburguesas, patatas fritas y comida china. Era un ambiente que solía animar a Lorna, pero mientras entraba de nuevo en la sección de zapatos de Ormond's se sentía como si portara una roca sobre los hombros.

Tenía que devolver los Delman.

No tenía más remedio.

—Tengo que devolver estos zapatos —dijo al llegar al mostrador de la zapatería.

Era Luis, el mismo empleado que le había vendido los zapatos, un tipo alto y flaco con los rasgos marcados, unos ojos pequeños y el pelo oscuro y peinado hacia atrás al estilo de un gángster de los años cuarenta.

Curiosamente, a Lorna no le había parecido tan siniestro cuando le había ofrecido los Delman con un treinta por ciento de descuento.

—Acaba de comprarlos.

—Lo sé —respondió sonriendo como si dijera «¿Qué quiere que haga?»—. Pero tengo que devolverlos. No me quedan bien.

—¿Tienen algún defecto?

Estaba claro que Luis no era un empleado adolescente de Wal-Mart que seguía el procedimiento habitual sin tomarse nada personalmente. No, Luis estaba empeñado en llegar hasta el fondo del asunto, probablemente de la forma más incómoda para Lorna, hurgando en sus inseguridades económicas, antes de dejar que se marchara con un vale de reembolso.

Aunque la actitud desafiante de Luis no era una sorpresa —Lorna se había pateado las suficientes tiendas para reconocer al vendedor que se resistía a renunciar a su comisión con facilidad—, la irritó. Pero lo que más la irritó fue sentirse obligada a dar unas explicaciones a ese cretino para que no la juzgara mal.

—No me van con el conjunto con el que pensaba ponérmelos.

Luis arqueó una oscura ceja y ella lo imaginó depilándose cada mañana el entrecejo con unas pinzas ante un espejo de aumento.

—Son de cuero negro.

—Ya —respondió Lorna esforzándose en tragarse más explicaciones. *El vestido es azul*, pensó, pero no lo dijo. *Con negro queda fatal. Los zapatos tienen una hebilla plateada, y yo llevaré unas joyas de oro.* Se le ocurrió un centenar de mentiras absurdas, pero mantuvo la boca cerrada. No iba a darle la satisfacción de deshacerse en explicaciones.

Con una expresión de evidente desprecio, Luis alargó la mano y ella le entregó el resguardo de la compra y su tarjeta de crédito.

Lorna esperó, deseando que esta transacción terminara cuanto antes para salir de la tienda y no volver a poner los pies en ella jamás. Lo de Ormond's era chocante. ¿Cómo es que sólo había un vendedor en la sección de zapatos? Cada vez que había entrado en esa tienda había confiado que la atendiera otra persona, pero el noventa por ciento de las veces la había atendido Luis.

Cuando éste terminó los trámites de devolución, entregó a Lorna el recibo y retiró la caja de zapatos del mostrador dirigiéndole una mirara que ella interpretó como punitiva. Quizá se sentía especialmente sensible por tener que devolver los zapatos, pero fuera lo que fuera, cuando salió de la tienda, sintió deseos de llorar.

Y se enojó consigo misma por sentirse así cuando el mundo estaba lleno de gente con unos problemas infinitamente más graves.

Pero Lorna no era tonta, aunque el monto de su deuda pareciera indicar lo contrario. Ahora que conocía su situación, y el error garrafal que había cometido, estaba decidida a subsanarlo. Destruiría todas sus tarjetas de crédito, trabajaría horas extraordinarias, incluso estaba dispuesta a comer arroz con alubias con tal de ahorrar dinero para liquidar la deuda de sus tarjetas de crédito.

Lo único que le preocupaba, por más que sabía que era patético y vergonzosamente frívolo pensar siquiera en ello, era lo mucho que le iba a costar dejar de comprar zapatos.

Los zapatos la hacían feliz.

Lorna no iba a pedir perdón por eso.

Algunas personas bebían, otras se drogaban, otras eran adictas al sexo, y algunas incluso cometían verdaderas atrocidades contra otras personas para sentirse mejor. Comparado con eso, un nuevo par de Ferragamos, o unos Ugg… No era un pecado tan grave.

Los zapatos que tenía Lorna no tardarían en estropearse, ¿y entonces qué haría?

Tendría que ir descalza, pues sería demasiado pobre para ponerle medias suelas a sus zapatos de salón.

Cuando Lorna llegó a casa comprobó si tenía mensajes telefónicos. Tenía uno de una compañera, pidiéndole que cubriera su turno esa noche en Jico, el restaurante donde ambas trabajaban. Agradecida por la oportunidad de poner inmediatamente en marcha su plan para reducir su deuda, Lorna aceptó.

Nueve horas más tarde, estaba atendiendo a su último cliente, Rick, un tipo fanfarrón que llevaba toda la noche sentado en una mesa junto a la barra sin pedir más que un refresco y una ración de aros de cebolla cada hora. Lorna le había atendido en otras ocasiones. De hecho, en muchas ocasiones. Rick aparecía por ahí una vez a la semana como mínimo y siempre se sentaba en la sección que le correspondía a ella. Mala suerte, porque era un tacaño a la hora de dejar propina.

Lo que era aún peor, a Rick le gustaba hablar. Hablaba por los codos. Quería saberlo todo sobre la gente sentada a la barra y en el restaurante. Lorna suponía que trataba de ligarse a alguna chica, pero él no parecía tener mucha suerte en su empresa. Lo cual no era de extrañar. Probablemente jamás había invitado a una chica a una sola consumición.

En esos momentos lo único que se interponía entre Lorna y el descanso era Rick, lo cual hacía que se sintiera doblemente irritada con él. Cuando le pidió por fin la cuenta, Lorna dio un suspiro de alivio.

—¿Desea algo más? —le preguntó, confiando en que dijera que no.

—Sólo la cuenta —respondió él.

Lorna la sacó del bolsillo y la depositó en el mostrador, diciendo:

—No hace falta que se apresure, ya volveré.

—Espera, guapa, te lo pagaré ahora mismo. —Después de mirar la cuenta, abrió su billetera y sacó un billete de diez dólares y un par de billetes de un dólar—. Quédate con el cambio.

Lorna odiaba que la estafaran, pero la habían educado para mostrarse educada en todo momento.

—Muchas gracias —dijo guardándose el dinero en el bolsillo.

En caso necesario, reduciría su deuda incrementando poco a poco las aportaciones.

Varias horas más tarde, estaba sentada ante el mostrador, con sus doloridos pies en alto, contando sus propinas.

—¿Has tenido una mala noche? —le preguntó Boomer, el barman. Era un hombre alto y fornido, de aproximadamente un metro ochenta, con unas facciones duras, pero unos ojos azules acuosos que siempre mostraban una expresión amable. Corría el rumor de que hacía unas décadas había sido contratado por los Redskins, pero se había lesionado cuando entrenaba y desde entonces había trabajado en diversos bares.

Lorna no sabía si era cierto, porque Boomer nunca hablaba de sí mismo o de su pasado, pero dada su complexión no le habría extrañado.

—Veamos —respondió dando unos golpecitos sobre el breve montón de billetes en el mostrador—. La mesa de las marujas que se han pasado la noche comiéndose con los ojos a los músicos y han pagado trescientos dólares por todos los Bellinis que se han bebido me ha dejado cinco pavos, y ese cretino de Earl Joffrey —Earl Joffrey era un locutor de televisión local que en Jico era considerado el que dejaba peores propinas— me ha dejado las monedas de su cambio. Sesenta y cinco centavos.

—¿Le diste el cambio en billetes de un dólar? —preguntó Boomer, colocando una pila de jarras de cerveza en el fregadero—. Si le das el cambio en billetes grandes en lugar de pequeños, se cabrea.

—Lo sé. Le di diecisiete billetes de un dólar.

Boomer apuró una botella de cerveza medio vacía y la arrojó al cubo de reciclaje, donde aterrizó estruendosamente.

—Y setenta y cinco centavos.

Lorna emitió una breve risa sardónica.

—Sí, y setenta y cinco centavos. El muy tacaño. No mires las noticias del Canal Seis.

—No lo hago nunca.

—Yo tampoco.

Tod, uno de los colegas de Lorna, se detuvo y dejó una factura sobre el mostrador.

—La última de la noche. Una propina del treinta y cuatro por ciento. Cuando vi entrar a Earl Joffrey, rogué para que no se sentara en mi sección. —Tod le dio a Lorna un codazo afectuoso—. Lo siento, bonita.

Ella puso los ojos en blanco y rodeó con el brazo su cintura, estrecha como la de una estrella del rock.

—¡Qué vas a sentirlo!

—Tienes razón —contestó él dando un estrujoncito a Lorna—. Porque esta noche tengo una cita.

—¿Ahora? ¡Pero si es tardísimo!

—No para todos, mamá —respondió Tod con una carcajada.

Lorna recordó que tiempo atrás las citas también habían sido importantes para ella. Parecía que hubiera pasado un siglo.

—He conocido a un chico increíble —prosiguió Tod—. Hemos quedado a la una y media en Stetson's. Luego… ¿quién sabe?

—Yo lo sé.

—Vale. —Él se echó a reír. Era una persona a quien no le importaba mostrarse tal como era—. Hay que vivir, amar, reír y follar, ¿no es así?

Lorna tachó mentalmente las cosas que no hacía en la actualidad y se sintió aún más deprimida, pero se despidió de Tod con un beso y le dijo que se divirtiera mucho. Lo cual no dudaba en absoluto.

—No sé cómo acabará ese tío —comentó Boomer cuando Tod se marchó—. Espero que se ande con cuidado.

—Descuida, le ha dado la oportuna charleta. Es un putón, pero un putón precavido. Yo, en cambio, soy una monja que está hecha polvo.

—Al menos no pillarás ninguna enfermedad —contestó Boomer sonriendo afectuosamente.

—Eso sí. —Lorna suspiró y guardó el dinero en su bolso—. Me voy a casa —dijo levantándose—. Haz correr la voz de que estoy dispuesta a trabajar más horas extraordinarias. Si alguien quiere que le cubra el turno, dale mi número de teléfono.

Boomer, que estaba secando una copa de vino, se detuvo y la miró.

—¿Tienes problemas, cariño? ¿Aparte de estar cansada y no tener pareja?

Lorna sonrió.

—No, todo va bien. De veras.

Él no parecía muy convencido.

—Entonces, ¿por qué quieres trabajar horas extraordinarias? Si necesitas un préstamo, yo puedo…

—No, no —respondió ella riendo—. Eres un encanto, Boomer, pero no, gracias. —Lorna no comprendía cómo era posible que gozara de una situación económica tan estable. Sin duda tenía más que ver con su pasado en la Liga Nacional de Fútbol que con su trabajo como barman—. Quiero trabajar más para pagar unas cosas.

—Ya —dijo él—. ¿Tarjetas de crédito?

—Y que lo digas.

Tras una pausa, Boomer dijo:

—No quiero entrometerme en tus asuntos, cariño, pero hace un par de semanas vino un tipo que es un asesor de gestión de deudas. ¿Has oído hablar de eso?

Un asesor de gestión de deudas. Seguro que era alguien que te cobraba ciento cincuenta dólares la hora. Y aceptaba tarjetas de crédito.

—¿Qué es lo que hace exactamente un asesor de gestión de deudas?

Boomer sonrió.

—Para empezar, beber un montón de Ombligos Peludos*. Me dijo que su compañía se dedica a ayudar a personas que tienen deudas a consolidarlas y obtener unos tipos de intereses más bajos.

Lorna pensó en las dos tarjetas de crédito que tenía a un interés de un veintinueve por ciento y se sentó.

—¿En serio? ¿Cómo?

—Ese tipo me lo explicó todo —respondió Boomer asintiendo con gesto cansino—. Sin omitir detalle. Por lo visto hacen un trato con las compañías. Supongo que los bancos piensan que es preferible que les paguen a un cinco por ciento que no percibir un centavo a un quince por ciento o algo por el estilo.

Un quince por ciento. A estas alturas eso sería un regalo. Pero ¿un cinco por ciento? Lorna no tenía que sacar una calculadora para comprender que cuanto más bajo fuera el tipo de interés antes solventaría el problema

—¿Sabes el nombre de esa compañía?

—Ese tipo me dejó su tarjeta. La puse aquí… —Boomer se acercó a la caja registradora, la abrió, sacó una tarjeta de visita de uno de los compartimentos y se la entregó a Lorna.

Phil Carson, asesor ejecutivo de Metro, Compañía de Gestión de Deudas. Más abajo se indicaba que era una compañía sin afán de lucro.

—Guárdatela —dijo Boomer, mirándola con una expresión tan seria que ella no pudo rechazar su oferta.

—De acuerdo. Gracias. —Lorna se guardó la tarjeta en su bolso, junto con las escasas propinas que había percibido esa noche, sabiendo que probablemente se olvidaría de ella antes de llegar a casa—. ¿Por qué te dio ese tipo su tarjeta?

—Quería que se la diera a Marcy —respondió Boomer riendo—. Creo que se siente muy atraído por ella.

Por supuesto. Como todos. Marcy era una rubia explosiva con el cerebro de un mosquito que cada día se llevaba a casa cien dólares en propinas y, de vez en cuando, a unos señores muy ricos de edad avanzada cuyas necesidades incluían unas tetas de silicona de la talla cien y discreción. Marcy les ofrecía ambas cosas... por un precio.

---

* Una bebida compuesta por licor de melocotón y zumo de naranja. *(N. de la T.)*

Y no era un precio que Phil Carson, asesor de gestión de deudas de una compañía sin afán de lucro, estaba dispuesto a pagar.

—Pues dale su tarjeta a Marcy —dijo Lorna sacándola de su bolso.

Pero Boomer alzó una mano para detenerla.

—Lo hice. Marcy le echó un vistazo y dijo que no le interesaba. —Sonrió sarcásticamente—. Supongo que dejó de interesarle al ver que ponía «sin afán de lucro».

Ella se echó a reír.

—Bien, gracias. Quizá sea cosa del destino. Quizá lo que Marcy pierda lo gane yo. —Lorna se quedó pensativa un instante—. O quizá pierda yo, según se mire —añadió suspirando—. Me voy. Recuerda decirles a los demás que estoy dispuesta a trabajar horas extraordinarias.

—De acuerdo —respondió Boomer asintiendo con la cabeza. Luego fijó sus ojos azules en Lorna, y ésta comprendió que estaba preocupada por ella—. Y tú acuérdate de decírmelo si necesitas ayuda, ¿vale? El mundo es duro, y odio ver a una buena chica como tú tener que apañárselas sola.

Lorna sonrió, aunque sintió que las lágrimas afloraban a sus ojos. Impulsivamente, se inclinó sobre el mostrador y lo abrazó.

—Gracias, Boomer. Eres el mejor.

Cuando Lorna se retiró, observó que él se había sonrojado hasta la raíz del pelo.

—Anda, vete —dijo gesticulando con la copa de vino que estaba secando—. Lárgate de una vez.

Lorna llegó a casa a las dos de la mañana. En cuanto encendió las luces —aliviada por que le hubieran vuelto a conectar la corriente— se sentó ante su ordenador y lo encendió, pese a estar rendida.

Tenía que anular los encargos de varios zapatos que hacía hecho a través de Internet.

Tragándose el nudo que sentía en la garganta, entró en Zapatozoo. com, una web en la que había pasado muchos ratos felices examinando las diversas ofertas que tenían. Un clic en MI CUENTA y aparecieron en la pantalla las palabras BIENVENIDA DE NUEVO, LORNA.

Eso, por lo general, la hacía sonreír, pero esta noche la entristeció. Y el hecho de sentirse triste por algo que sabía que era una frivolidad hizo que se sintiera peor.

Trató de localizar su encargo más reciente —lo cual no era una tarea fácil, teniendo en cuenta que había unos veinticinco encargos— y buscó el botón de ANULAR.

Ahí estaba. Era muy pequeño. Como si conocieran a sus clientes lo suficiente como para saber que se resistirían a hacer clic sobre ese botón.

Lorna hico clic sobre el hipervínculo que abría su encargo. Unas sandalias Ferragamo de color rosa con un lacito. Se imaginó luciéndolas en una maravillosa fiesta de verano en un jardín, donde los hombres se ocupaban de asar la carne en la barbacoa con unos delantales que ponían BESA AL COCINERO y las mujeres bebían unas copas de vino con soda y se reían de sus homólogos varones mientras los niños correteaban por el perímetro de la fiesta, chillando y riendo al tiempo que pasaban corriendo por donde estaba el aspersor o se deslizaban sobre unas estrechas colchonetas de plástico adheridas a la manguera.

No era glamouroso, pero era real como la vida misma. Una buena vida. Lorna pensó que en el pasado debió de ser como uno de esos críos que jugaban felices, porque la idea de que eso era lo que significaba ser una persona adulta estaba tan imbuida en ella que no podía desterrarla.

Los zapatos —que de pronto adquirieron una gran importancia— valían en un principio trescientos ochenta dólares, pero ahora sólo costaban setenta y cinco. ¡Por esas maravillosas obra de arte que podías lucir! Definían una época, un lugar, en la historia. Sin ellas, Lorna sintió la irracional certeza de que había perdido algo de gran significado. Anular un encargo era como renunciar a una gran inversión. Como decir a un Bill Gates de los años setenta que sus ideas parecían demasiado arriesgadas.

Quizá debería recapacitar. Quizá no fuera necesario anular esos encargos, habida cuenta de que eran un chollo. Quizá bastaba con que tomara la decisión de no seguir buscando esas ofertas.

Tras dejar el cursor parpadeando en la pantalla, Lorna se levantó y comenzó a pasearse por la habitación durante unos momentos, analizando las posibilidades. No cabía duda de que eran setenta y cinco dólares bien invertidos. De hecho, podía teóricamente conservar los zapatos en la caja y venderlos un día en perfecto estado y a un buen precio.

Lorna decidió examinar su correo y comprobar si había algo urgente que le impidiera darse ese pequeño capricho. Ya había pagado el recibo de la luz. Y estaba segura de que también había pagado el del gas. Y, teniendo en cuenta que West Bethesda Credit Union había autorizado el cargo del recibo de la luz, era de suponer que sus tarjetas de crédito —o al menos ésta— estaban vigentes.

Se acercó al pequeño montón de correo y empezó a examinarlo.

De pronto se fijó en las señas de un remitente: CAPITAL AUTO LOANS. Sintió que se le caía el alma a los pies.

Habían transcurrido un par de meses desde que había efectuado el último pago de su coche. Los de Capital Auto eran tan poco rigurosos en ese aspecto que ella no se preocupaba mucho en mantener esos pagos al día. A un tipo de interés de poco menos del seis por ciento, no merecía la pena saldarlo.

Lorna abrió el sobre, suponiendo que en el peor de los casos tendría que pagar los recibos de dos meses. Doscientos setenta y ocho dólares multiplicados por dos. Quinientos cincuenta y seis dólares. Una cantidad que no tardaría en conseguir.

Pero cuando leyó la carta, las palabras en negrita saltaron ante sus ojos como en una película. **DELITO GRAVE. TERCER AVISO. EMBARGO DEL VEHÍCULO.**

22 DE JULIO.

Hoy era 22 de julio.

Iban a embargarle el coche.

Lorna arrugó la carta y la arrojó contra la pared, profiriendo unas palabras que en la escuela católica en la que había estudiado le habrían valido un mes de castigo.

¿Qué diablos había ocurrido? Con el corazón latiéndole aceleradamente, empezó a pasearse por la habitación más deprisa, tratando de decidir dónde sentarse. Por fin se sentó en el sofá —el sofá que el mes próximo le embargarían, a juzgar por cómo le iba todo este mes— y apoyó la cabeza entre las manos.

¿Qué iba a hacer?

No podía acudir de nuevo a su madrastra. Lucille le había dicho con meridiana claridad que el préstamo de diez mil dólares que le había hecho después de que muriera su padre era el primero y el último. Era el único dinero que Lorna obtendría en concepto de herencia. Y probablemente era justo, puesto que una parte del dinero del seguro de vida había sido empleada en liquidar la hipoteca de la casa de su padre.

Hacía siete años esos diez mil dólares le habían parecido un salvavidas, y aunque a Lorna le había disgustado utilizarlos para satisfacer sus frívolos caprichos, en aquel entonces se había jurado no volver a adquirir nada con una tarjeta de crédito.

No sabía muy bien cómo había vuelto a caer en ello una, otra y otra vez. Pero había habido alguna que otra razón válida —la factura del médico, la compra de comida—, las suficientes para hacerla caer de nuevo en la trampa. Las suficientes para hacer que se dejara llevar por la mentalidad de «unos pocos dólares no importan».

Era una muerte financiera causada por dólares.

Lorna juntó las manos y golpeteó suavemente las yemas de los dedos, pensando. Pensando. Tenía que hallar una solución. La que fuera. Vender unas joyas, hacer otros trabajos, robar en unos grandes almacenes…

¡Iba a perder su coche!

¿Cómo iba a desplazarse de un sitio a otro?

La respuesta se le ocurrió con tanta rapidez y claridad que le pareció impresionante: necesitaría un buen par de zapatos para andar.

Tras el breve silencio que siguió a ese pensamiento, la realidad se impuso a Lorna con toda su crudeza.

Estaba metida en un lío descomunal.

Tenía un problema.

Sin darse el lujo de pensarlo dos veces, comenzó a anular los encargos en una página web tras otra, llorando como una niña que observa cómo le arrebatan sus regalos navideños.

Lorna terminó con las páginas web de los zapatos y sacó la tarjeta que le había dado Boomer. La tarjeta que pensó que nunca utilizaría.

Phil Carson, asesor de gestión de deudas.

Utilizando la sensata precaución que empleaba en todos los apartados de su vida, salvo en la adquisición de zapatos, Lorna miró el nombre de Carson en Internet, buscando signos de credibilidad a la vez que de fraude.

La compañía pertenecía a Better Business Bureau. Lo cual era una buena cosa. Mejor aún, el nombre de Phil Carson no aparecía en ninguna página de quejas, como epinions.com, scam.com, badbusiness.com y demás. Todo indicaba que era una persona solvente, y Lorna decidió llamarlo a la mañana siguiente a primera hora.

Es decir, después de que llamara a Capital Auto para aclarar lo del préstamo de su coche. Lorna pagó por teléfono con su tarjeta de crédito.

Luego, en la oscuridad de la noche, sintiéndose más deprimida de lo que jamás se había sentido, se le ocurrió una idea.

Firmó en el Gregslist.biz local, el tablón de anuncios de la comunidad en el que aparecía todo tipo de ofertas, desde trabajos de canguro hasta de sirvienta, pasando por la compraventa de colchones de segunda mano. En él se ofertaban toda clase de extraños artilugios, como cabezas encogidas para grupos de apoyo para personas adictas a los Phoskitos. No a los Tigretones. Ni a los Bollycaos. Ni a los Donettes. Los adictos a los bizcochos rellenos de crema de limón tampoco estaban de suerte. Sólo los adictos a los Phoskitos.

Lorna estaba segura de que en Gregslist debía existir un grupo de apoyo para personas que sólo comían la parte naranja de los caramelos típicos de Halloween.

Por tanto, Gregslist era el lugar perfecto para que Lorna insertara el anuncio que, con suerte, serviría para enderezar al menos una pequeña parte de su vida.

Adictas a los zapatos anónimas ¿Eres como yo? ¿Te chiflan los zapatos, pero no puedes comprar todos los que quisieras? Si calzas un número treinta y nueve y te interesa cambiar tus Manolos por unos Maglis o por otra marca, podemos reunirnos los martes por la noche en la zona de Bethesda. Envía un correo electrónico a Zapatera2205@aol.com o llama al 301-555-5801. Quizá podamos ayudarnos.

Capítulo 5

Esa tarde, cuando Helene llegó a casa, estuvo casi una hora duchándose para eliminar el recuerdo —y el olor— de su tarde en la oficina de seguridad de Ormond's. Apestaba a café barato, poliestireno caliente, pladur y algo vagamente a orina.

Había permanecido inmóvil en su silla mientras el guardia de seguridad, un joven cubierto de acné, tecleaba el informe, y las palabras «hurto» y «arresto» aparecían con toda nitidez en la pantalla del ordenador.

Helene pudo haber dicho varias cosas. Que estaba aturullada debido al follón que se había organizado con las tarjetas de crédito y había guardado en la caja los zapatos equivocados, que se dirigía a su coche para coger otra tarjeta y no se le había ocurrido quitarse antes los zapatos; incluso pudo haber dicho que se sentía mareada y necesitaba respirar un poco de aire puro, y que había dejado sus otros zapatos en la tienda para indicar que iba a regresar.

Pero no quería plantearse esas excusas. Quizá lo hiciera más tarde, pero en esos momentos había permanecido inmóvil, sin aceptar ni negar los cargos. Más tarde se preguntaría por qué, pero en esos momentos se había sentido tan abatida que no había sido capaz de otra cosa más que de esperar a ver cómo se desarrollaban los acontecimientos.

No fue hasta que el gerente de la tienda entró y reconoció a Helene que ella pudo moverse. Sabiendo quién era su marido, y que ese engorroso asunto supondría una vergüenza pública para él y posiblemente para la tienda, el gerente había dejado que Helene se marchara, farfullando que debía de tratarse de un error.

Ambos sabían —junto con el guardia de seguridad, el siniestro vendedor, un puñado de clientes y quienquiera que fuera a oír la historia por boca de segundas o terceras partes— que no se trataba en absoluto de un error.

Su casa no constituía lo que se dice un refugio seguro. Jim no estaba, y cuando Helene había llegado, Teresa, la criada, se había mostrado fríamente cortés, como de costumbre.

Luego había subido a su habitación. Jim lo llamaba su vestidor, pero ambos sabían que era el espacio privado de Helene y que él también tenía el suyo.

Se había quitado la ropa, la había guardado, se había metido debajo de la ducha caliente, se había lavado el pelo, se había afeitado las piernas y las axilas y se había enjuagado abundantemente, permitiéndose el breve lujo de sentir el agua caliente deslizándose sobre su espalda.

Luego se había puesto el albornoz mientras se peinaba y secaba el pelo, se había cambiado el albornoz por un camisón, se había cepillado los dientes y había utilizado el hilo dental, se había aplicado una hidratante de La Mer en la cara y lo había recogido todo antes de sentarse por fin en el borde de la cama.

Entonces había roto a llorar.

Helene se concedió diez minutos para desahogarse tan profundamente como era necesario antes de dominarse. Cuando transcurrieron los diez minutos, se levantó, se lavó la cara con agua fría, volvió a aplicarse un poco de hidratante y siguió con sus cosas como si nada hubiera ocurrido.

Confiaba en que la noticia no hubiera empezado a circular. Se llevó su ordenador portátil a la cama, lo encendió y se sentó frente a él. Tecleó todas las webs de noticias locales, Washingtonpost.com, Gazette.net, UptownCityPaper.net y demás, escribiendo su nombre en cada barra de búsqueda y esperando a ver si había algún artículo reciente.

Por fortuna, la historia no aparecía en ninguna de las webs en las que miró Helene, ni siquiera en las menos conocidas.

Profundamente aliviada, entró en Gregslist.biz y se entretuvo con otra de sus distracciones favoritas: buscar apartamentos en las zonas que más le gustaban. Disfrutaba imaginando que adquiría un pequeño apartamento donde pudiera escapar de Jim y de sus deberes como «esposa de». Quizás, algún día, pudiera realizar ese sueño.

Quizá si lograba hacer algo innovador por sí misma, algo que le reportara dinero sin comprometer el statu quo de Jim en la sociedad.

Helene tecleó «Adams Morgan», uno de sus sectores favoritos en Washington; luego «Tenleytown»; «Woodley Park»; y por último «Bethesda».

En todas las zonas había numerosos apartamentos y casas urbanas en venta, y Helene había visto ya una gran cantidad de ellos, pero esta vez cuando tecleó «Bethesda» apareció algo que no había visto nunca.

Adictas a los zapatos anónimas.

La ironía del anuncio le llamó de inmediato la atención y volvió instintivamente a comprobar las fuentes de información locales para cerciorarse de que no habían publicado la historia de su intento de hurto. Pero era una tontería. Esto no tenía nada que ver con eso. Era una mera coincidencia.

Helene se mostraba escéptica con respecto al vudú, la clarividencia y los presagios, pero en esta ocasión era difícil negarlo: esto constituía sin duda un signo.

Y el hecho de que el anuncio le hiciese reír como no lo había hecho desde hacía mucho tiempo la indujo a anotar por lo menos los datos antes de que desaparecieran para siempre en los entresijos de los archivos de Gregslist.

No pensaba unirse a ese grupo. Siempre había ido por libre. Pero conservaría la información a mano.

Por si acaso.

Puede que Helene estuviera harta del tema, pero pensaba que las funciones de la Casa Blanca eran siempre un rollo. Aunque, en realidad, no eran nada en comparación con el tedio de las fiestas post-Función de la Casa Blanca que Jim y ella siempre tenían que atender.

En esos momentos se dirigían a la velada en casa de Mimi Lind-hofer en el centro de Georgetown cuando Helene perdió su zapato de cristal y cayó de culo sobre su acera kármica.

—Hoy recibí una interesante llamada telefónica —dijo Jim como si fuera a decirle que su agente de bolsa le había aconsejado que invirtiera en panceta.

—¿Ah, sí? —preguntó Helene distraídamente, observando el pintoresco paisaje de Georgetown que desfilaba a través de la ventanilla. A menudo se preguntaba qué se sentiría viviendo en una de esas casas de estilo victoriano.

Claro que uno no podía vivir en una de esas casas si no tenía mucho dinero, y una de las cosas que Helene había aprendido en la última década era que no siempre era una maravilla convivir con personas adineradas.

—¿Pensabas contarme el incidente que tuviste en la tienda? —preguntó Jim con un tono tan despreocupado que ella se preguntó si realmente sabía lo ocurrido.

Aterrorizada, Helene sintió que el corazón le latía en un rápido código Morse.

—Vaya, me había olvidado de ello —mintió—. Por increíble que parezca, esa gente pensó que trataba de robar unos zapatos.

Jim le dirigió una mirada de refilón que hizo que a Helene se le helara la sangre.

—¿Eso ocurrió antes o después de nuestra conversación sobre tus tarjetas de crédito?

—Después —contestó Helene empleando un tono tan frío como la mirada que le había dirigido su marido—. Por eso fui al coche a coger dinero. Estaba tan desconcertada por la prepotencia del vendedor que me marché con los zapatos puestos. —Notó que tenía las mejillas tan arreboladas como cuando había sonado la alarma en la tienda y se alegró de que el interior del coche estuviera en penumbra—. Lo estúpido era que dejé en la tienda unos zapatos más caros que los que llevaba puestos, por lo que era evidente que iba a regresar. —A Helene no le gustó llamar a los empleados de la tienda estúpidos por haberla pillado, pero, en esta vida, o matabas o te mataban—. Ese vendedor era un cretino —murmuró despectivamente.

—Supuse que debía de existir una explicación lógica —dijo Jim con tono aliviado—. Informaré a mi secretaria de los detalles del asunto, por si acaso —dijo tamborileando con los dedos sobre el volante—. Pero debo decir que cuando me enteré de ello temí que tu pasado... Ya sabes...

Hijo de perra. Sí, por supuesto que lo sabía.

Jim temía que los demás averiguaran lo que él ya sabía: que su mujer no estaba a su altura.

Helene observó que un fotógrafo —siempre había unos cuantos en esos eventos— que había visto en la fiesta de los Rossi también estaba presente en casa de los Lindhofer. Lo cual era raro, porque esas fiestas sólo eran noticia si no había otras noticias más importantes. Por lo general, insertaban un par de fotografías en la sección de la crónica de sociedad del *Washington Post*, y de tanto en tanto, cuando una fiesta era lo suficientemente interesante o acudía una estrella de cine para promocionar alguna causa, las fotos aparecían en *Vanity Fair*.

Por lo demás, si una becaria aparecía muerta en un canal del Parque Histórico Nacional de Cheapeake y Ohio o con el vestido manchado con el ADN de un político, la prensa echaba mano de los archivos de las fotos de esa fiesta, pero generalmente seguían el mismo circuito de todas las fotos de celebridades de tercera categoría y terminaban en la papelera.

De modo que el hecho de ver al mismo fotógrafo en dos eventos la misma noche no dejaba de ser curioso. Y aún era más curioso que el susodicho fuera un tipo bastante atractivo, aunque en un estilo un tanto melifluo y rubio, cosa que no podía decirse de la mayoría de ellos.

Por tanto, cuando el fotógrafo se acercó a Helene al cabo de dos horas de aburrimiento y otro par de copas de chardonnay, ella se sintió momentáneamente halagada.

—Señora Zaharis —dijo asintiendo con la cabeza.

—¿Usted es...? —respondió Helene arqueando una ceja.

—Gerald Parks.

—Encantada, señor Parks —dijo ella ofreciéndole la mano,

sabiendo que estaba casi borracha, pero gozando de unos instantes de sutil coqueteo—. Es usted fotógrafo.

—En efecto. —Gerald Parks alzó su cámara y pulsó el botón, produciendo un breve fogonazo en el rostro de Helene.

Ella pestañeó y la silueta del fotógrafo flotó de modo surrealista ante ella durante unos segundos. ¿Había pretendido Gerald Parks mostrarse grosero con ella o halagarla? A juzgar por la desastrosa semana que había tenido, optó por creer lo segundo.

—¿No tiene nada más interesante que fotografiar?

—En realidad, a mí usted me parece muy interesante, señora Zaharis.

Helene tomó una copa de champán de la bandeja que le ofreció un camarero.

—Eso significa que no debe de salir mucho.

Sea lo que fuere que Gerald Parks iba a responder, fue interrumpido por la aparición de Jim, que rodeó a Helene con el brazo con la fuerza de un torno de banco.

—Cariño —dijo besándola en la mejilla y arañándole ligeramente con su incipiente barba. En público daban la imagen de perfecta armonía conyugal—. ¿Me presentas a tu amigo?

Helene sintió deseos de preguntarle si se había acercado por haberla visto conversando con otro hombre o debido al hecho de que el otro hombre llevaba una cámara con la que posiblemente podía plasmar el ascenso de Jim a un cargo más elevado, pero decidió esbozar su sonrisa de Esposa de Un Político y respondió:

—Es Gerald Parks. Un fotógrafo.

—Eso supuse —dijo Jim asintiendo ante la cámara y sujetando a Helene por la cintura con más fuerza—. ¿Ha venido a fotografiar a los personajes poderosos o a las esposas?

—Algunos de los personajes poderosos son las esposas —apuntó Helene, deseando hacerse con otra copa de champán, puesto que la que sostenía estaba vacía.

Jim se rió.

—Cierto, ahí me has pillado —dijo dirigiendo a Gerald Parks un gesto de complicidad con la cabeza, tras lo cual añadió—: Y hay hombres que son enfermeros y azafatos.

—Sobrecargos.

La sonrisa se desvaneció del rostro de Jim.

—¿Qué?

—Si las azafatas son hombres no se llaman azafatos, sino sobrecargos —dijo Helene. Se percató de la pésima construcción de la frase, pero pensó que no merecía la pena tratar de corregirla.

Había llegado el momento de irse a casa a dormir.

—¡Ahí me has pillado, tesoro! —contestó Jim soltando una carcajada—. Esta noche estás francamente inspirada. Hazme un favor, tráeme un whisky.

Helene comprendió que su marido acababa de despacharla. Había bebido una o dos copas más allá del límite del decoro y quería alejarla de cualquiera que pudiera identificarla con algo que no fuera perfectamente normal y aceptable.

Por desgracia, ella sabía que Jim tenía razón. Había bebido dos copas más allá del punto en el que le tenía sin cuidado soltar un pedo y una copa más allá del límite de ponerse a cantar karaoke. Puesto que era imposible recobrar la sobriedad al instante, Helene comprendió que era mejor alejarse de una situación potencialmente embarazosa.

—Desde luego —respondió retirando el brazo de Jim de su cintura con más fuerza de la necesaria. Luego se volvió sonriendo hacia Gerald y sus miradas se cruzaron durante unos instantes, sintiendo casi como si hubieran compartido una pequeña aventura que Helene no quería que su marido averiguara—. Discúlpeme, señor Parks.

Éste asintió con la cabeza y Helene observó que apoyó el dedo sobre el obturador, pero no tomó una fotografía.

Lo interpretó como una gesto secreto entre ambos.

Dios, estaba como una cuba.

Helene se encaminó hacia la barra y pidió una copa de vino en lugar de champán, que era lo que acababa de beber. Jim no quería un whisky. Ni siquiera bebía durante esas funciones. Sólo fingía beber, para que nadie le acusara de ser un alcohólico rehabilitado o, peor aún, poco viril. El numerito a lo John Wayne le había ido de fábula a Ronald Reagan, y Jim Zaharis estaba decidido a sacarle también el máximo provecho.

Helene bebió un sorbo de vino y miró a su alrededor en busca de alguien medianamente agradable con quien conversar. Así, a bulto, vio a una decena de personas que deseaba evitar, de modo que cuando vio pasar a Pam Corder, la joven asistente administrativa de Jim, se apresuró a saludarla.

—¡Pam!

La chica se detuvo, se volvió hacia Helene y palideció un poco.

—Hola, señora Zaharis.

Ella la tomó del brazo y dijo:

—Tiene que salvarme de esta gente. Sé que trabaja para mi marido, pero si me ahorra otra conversación con Carter Tarleton sobre la pesca en Maine, le estaré eternamente agradecida.

Pam miró nerviosa a su alrededor.

—Mmm, de acuerdo —respondió.

La chica carecía por completo de personalidad. Era mona, sí, pero no parecía ser muy inteligente. Helene se preguntaba a menudo por qué la empleaba Jim en lugar de contratar a una persona más competente, más del estilo de Betty Currie, en lugar de Betty Boop.

—Bien. —Helene bebió otro sorbo de vino. En realidad, conversar con Pam quizá resultara más difícil que escuchar el exagerado relato de una jornada de pesca por parte de Carter—. ¿Cómo va todo?

La joven dio un paso atrás casi imperceptible. Es decir, casi imperceptible a menos que una fuera la esposa de un político que confiaba en que nadie se diera cuenta de que estaba borracha. Lo primero que pensó Helene es que Pam había retrocedido repelida por el olor a alcohol que emanaba su aliento.

Pero enseguida se le ocurrió otro pensamiento, concretamente que la chica tenía algo enganchado entre los dientes.

—Tiene algo… —dijo Helene señalando los dientes de Pam.

—¿Cómo dice? —respondió ésta mirándola sin comprender.

Helene achicó los ojos y se inclinó hacia Pam, examinándola más de cerca y diciendo:

—Tiene algo enganchado entre los dientes delanteros.

Fue durante una fracción de segundo en medio de la palabra «dientes» que Helene comprendió exactamente lo que Pam tenía en sus dientes delanteros.

Un pelo negro y rizado.

Y sin necesidad de más pruebas incontestables, Helene tuvo la plena certeza de que el pelo pertenecía a Jim.

—¿Ah, sí? —preguntó Pam, ignorando que la persona que tenía ante sí se había percatado de que tenía un pelo púbico enganchado entre los dientes.

—Es… —Helene dudó. No había forma de decirlo. Y con la aparente certidumbre de que ese pelo pertenecía a su esposo, en realidad no había motivo para decirlo—. No es nada —dijo—. Un efecto óptico.

—Ah. De acuerdo. —Pam esbozó una sonrisa forzada, mostrando con toda claridad el pelo enganchado entre los dientes.

Sí, no cabía la menor duda. Incluso mujeres tan respetables como Nancy Cabot que se dedicaban a recaudar fondos para la DAR se habrían dado cuenta. Y había muchas como Nancy ésta noche.

Helene casi iba a disfrutar de lo lindo con eso.

—¿Sabe dónde puedo localizar a Ji… al senador Zaharis? —Pam se estaba ahorcando a sí misma y a Jim con cada palabra que pronunciaba.

Helene no estaba segura de si era el vino o los diez últimos años, pero respondió:

—La última vez que lo vi, estaba en el pasillo junto al vestíbulo hablando con una persona.

Debería importarle, pero no le importaba. En esos momentos, a Helene apenas le importaba nada.

Había intentado robar en una tienda.

Y la habían pillado.

Y la asistente de su marido, que lo llamaba por su nombre de pila —y que, bien pensado, había desaparecido junto con Jim, durante un buen rato, al poco de que ambos llegaran a la fiesta—, tenía un pelo púbico negro enganchado entre los dientes delanteros.

No era una buena noche para Helene.

—Volvemos a encontrarnos, señora Zaharis. —Era Gerald, el fotógrafo.

Quizá los efectos del alcohol habían empezado a remitir debido a la revelación que la asistente administrativa acababa de proporcionarle, pero de pronto Gerald le pareció menos atractivo y mucho más agresivo.

—Así es —contestó Helene, acostumbrada a responder durante estos eventos con tanta educación como era capaz.

En esos momentos, ésta consistía en un «así es».

—Fue una lástima que nos interrumpieran antes.

Helene empezaba a adoptar un talante cínico. Había algo en ese tipo, en su persistencia, aparte del hecho de que aparecía en el momento más impensado, que la desconcertaba.

—¿De veras? ¿Por qué?

—Porque no habíamos terminado de hablar.

—¿Ah, no?

Gerald Parks la miró fríamente.

—Iba a hablarle sobre una de las sesiones fotográficas más interesantes que he tenido últimamente. De hecho, fue justo ayer. —Gerald Parks vaciló unos instantes más de lo que hubiera vacilado una persona bondadosa—. ¿Hizo usted algo interesante ayer?

¿Aparte de que la pillaran tratando de robar en una tienda?

—No que yo recuerde —respondió Helene. Los vapores etílicos se estaban disipando con gran rapidez.

—Qué curioso —dijo él—. Porque tuvo un papel destacado en la parte más interesante de mi jornada.

Helene le miró.

—¿Yo? —Tenía el mal presentimiento de que iba a recibir una respuesta que no le gustaría.

Gerald asintió con la cabeza.

—Ayer estuve en Ormond's. Han comenzado las rebajas semestrales.

—¿Ah, sí?

Ambos sabían que Helene estaba fingiendo.

Gerald Parks asintió, siguiendo el juego.

—Aproveché para hacer unos disparos.

—¿Deduzco que con su cámara fotográfica?

Él soltó una carcajada.

—De haberlo hecho con un arma de fuego me habrían detenido y me habría perdido un reportaje la mar de interesante.

—No me parece el tipo de persona que pueda hallar nada interesante en Ormond's —replicó Helene mirando desdeñosamente el traje de Super-Mart que lucía el fotógrafo—. ¿Pasaba por la tienda de camino hacia el aparcamiento?

—Exacto. Había entrado a comprar una pila para mi cámara en una de esas elegantes joyerías. Me fastidia tener que comprar una de esas complicadas pilas en lugar de una doble A normal, pero gracias a ello tuve uno de los golpes de suerte más fabulosos de mi vida.

—No me diga.

Gerald Parks asintió entusiásticamente con la cabeza.

—Cuando pasé por Ormond's para ir a recoger el coche, mientras comprobaba que la pila que había colocado en la cámara funcionaba correctamente, me tropecé con una escena increíble. No tenía idea de que fuera a toparme con una historia de ese calibre. —El fotógrafo sacó un sobre de su bolsillo—. Eche un vistazo. Son muy interesantes.

De modo que se había propuesto dar esta noche con Helene y acorralarla.

—Su trabajo no me interesa demasiado, señor Parks. —No quería ver lo que contenía el sobre.

—Ande, eche un vistazo —insistió él agitando el sobre ante Helene como un domador de leones agitaría un chuletón para captar la atención de sus animales—. Creo que le parecerán muy interesantes.

Ella le miró furiosa sin decir palabra.

—Más vale que se las enseñe yo a que las vea publicadas mañana.

Helene tomó el sobre de mala gana. En esos momentos desempeñaba en ese juego el papel que no tenía más remedio que desempeñar.

Abrió el sobre, lo cual le llevó unos momentos que a ella le parecieron un siglo, y sacó una ordenada pila de copias en blanco y negro de trece por dieciocho centímetros.

La primera era una fotografía de Helene, tomada de lejos, hablando con Luis en la sección de zapatos de Ormond's.

La segunda mostraba a Luis regresando con la tarjeta de crédito de Helene en la mano, extendida hacia ella.

La tercera mostraba a Luis volviendo de nuevo con la tarjeta de crédito de Helene en la mano.

La cuarta era un excelente primer plano de la angustia que traslucía el rostro de Helene mientras hablaba por el móvil con la compañía de la tarjeta de crédito.

La quinta… era parecida a la anterior.

La sexta era la peor de todas. En ella, Helene aparecía mirando hacia la izquierda con un gesto que indicaba claramente que estaba comprobando si alguien la observaba.

En la séptima Helene se calzaba uno de los zapatos nuevos en el pie derecho mientras sus viejos zapatos se veían dentro de la caja a sus pies.

La octava era una estupenda foto del conflicto que reflejaba su rostro mientras empujaba la caja que contenía sus viejos zapatos debajo de la silla en la que estaba sentada.

Las fotos número nueve, diez y once mostraban a Helene encaminándose hacia la salida con paso supuestamente decidido y una expresión de inseguridad.

En la número doce aparecía abriendo la puerta.

La número trece era la guinda. En ella aparecía el guardia de seguridad, con su rostro superserio de policía montado de Maryland, siguiendo a Helene.

Y la número catorce… era historia. Junto con la número quince hasta la veinticinco. Constituían unos documentos momento a momento de la zozobra y el arresto de Helene.

Tras examinar las fotos detenidamente, las colocó en un ordenado montoncito —tal como se las habían ofrecido— y se las devolvió a Gerald Parks.

—No entiendo muy bien por qué deberían interesarme esas fotografías —dijo, pero su voz temblaba lo suficiente como para asegurar a cualquier persona observadora que lo entendía a la perfección.

Helene lo entendía de sobra.

—Porque son una secuencia de fotos que la muestran a usted (aún me parece increíble que yo tuviera la suerte de estar presente) robando un par de zapatos de una tienda y siendo arrestada cuando se dispone a abandonarla. —Gerald Parks lo explicó con un tono tan amable que parecía un guarda forestal local contando a unos alumnos de primaria la anécdota del día en que halló una serpiente negra inofensiva en su bañera.

Y que había tomado unas fotos del episodio.

Era el concurso «Los momentos más cómicos y abochornantes captados a escondidas con una cámara» y Gerald Parks acababa de llevarse el primer premio.

—Fue un malentendido —dijo ella fríamente.

—¿O sea que no pretendía robar los zapatos? —Parks meneó la cabeza—. Eso no es lo que me ha dicho mi fuente.

—¿Y quién es su fuente? —Helene trataba de conservar la calma, pero las fotografías mostraban claramente que era culpable y nadie que las viera creería la historia que le había contado a Jim.

—Si se lo dijera, señora Zaharis —respondió él chasqueando la lengua contra el paladar—, podría poner en peligro a esa persona. Y, lo que es más importante, la historia. Estoy convencido de que los periódicos pagarían mucho dinero por esto.

—Los periódicos no se interesan por mi persona.

—No sea tan modesta. —¡Dios! ¿Cómo podía ese cretino emplear un tono tan afable y cordial mientras la amenazaba de esa forma?—. Está casada con un hombre que muchos creen que será el futuro presidente de Estados Unidos. Su fotografía ha aparecido numerosas veces en la sección de crónica social del *Post* y la revista *Washingtonian*. Usted es, para utilizar una frase de la justicia criminal, «una persona interesante».

Cuando Gerald Parks terminó, Helene le miró en silencio, asombrada —y casi impresionada— por su increíble capacidad de destilar semejante cinismo y maldad. Una persona que no hablara el idioma habría deducido por su tono que era un hombre respetuoso que expresaba una profunda admiración por la belleza e inteligencia de Helene.

—Veo que la he sorprendido —dijo Gerald—. Le pido que me disculpe por ello. Aunque no lo crea, lo pensé detenidamente, pero comprendí que no había una forma elegante de abordar un asunto como éste. Tenía que soltárselo de golpe, ¡paf!

Helene retrocedió atemorizada.

—Sin andarme por las ramas.

De nuevo, Gerald empleó un tono tan amable y despreocupado que Helene se preguntó adónde quería ir a parar. ¿Acaso pretendía venderle las fotografías? ¿O era posible que quisiera advertirle que se comportara como es debido porque el mundo estaba lleno de indeseables que no se mostrarían tan amables como él?

Helene tenía las suficientes horas de vuelo para dudar seriamente de que se tratara de lo segundo, de modo que preguntó sin rodeos:

—¿Qué piensa hacer con esas fotografías y sus insinuaciones de que yo pretendía robar los zapatos, señor Parks?

Los ojillos oscuros de Gerald mostraban una expresión satisfecha, como un maestro que se siente orgulloso de que un estudiante le plantee una pregunta particularmente astuta.

—Eso depende de usted.

—¿De mí? —Si hubiera dependido de Helene, ese hombre se habría evaporado en el acto.

Gerald asintió con la cabeza.

—Soy un trabajador, señora Zaharis. Tengo que ganarme el sustento, como todo el mundo. —Gerald se detuvo al tiempo que sus ojos traslucían una fugaz expresión de desdén—. Bueno, como la mayoría de la gente.

Helene se sintió tentada de decirle que sabía muy bien lo que significaba luchar para ganarse el sustento, pero no quería establecer ningún tipo de camaradería con el tal Gerald Parks, por vaga que fuera.

Además, eso a ese tipo no le incumbía.

Ya sabía demasiado sobre ella.

De modo que Helene respondió:

—La mayoría de la gente trata de ganarse la vida honradamente.

—Cierto —contestó Gerald—. Así es justamente como me gusta vivir. Y le aseguro que no tengo la menor intención de mentir a nadie sobre usted —añadió señalando con la cabeza el montón de fotos que sostenía en la mano—. Estas fotografías cuentan por sí mismas la verdad, toda la verdad y nada más que la verdad. No es necesario que añada más comentarios.

Helene menó la cabeza.

—¿Qué pretende, señor Parks? No tengo tiempo, ni ganas, de seguir hablando con usted tratando de descifrar sus intenciones.

Gerald la apuntó con un dedo.

—Es usted muy lista, señora Zaharis. Me cae bien. Lo que pretendo es que me pague la suma de veinticinco mil dólares.

Helene se quedó estupefacta. Luego miró a su alrededor, confiando en no haber llamado la atención.

—¿Veinticinco mil dólares? —murmuró con voz ronca—. Debe de estar bromeando.

—En absoluto. Lo he pensado detenidamente. No quiero que retire varias cantidades elevadas de dinero porque eso podría llamar la atención en el banco. Puede justificar el hecho de retirar veinticinco mil dólares como un donativo político o de beneficencia, pero una suma mayor podría hacer sospechar a su marido y exigirle que le mostrara los recibos.

Ese hombre no tenía ni remota idea.

—Mi marido vigila muy de cerca sus finanzas.

—¿Sus finanzas? Qué curioso. También son las suyas. Y ambos sabemos que, en su ambiente, diez mil dólares y un estipendio de, pongamos, dos mil dólares al mes no es nada.

¿Dos mil dólares al mes? ¡Y precisamente ahora que Gerald le había recortado los gastos!

—En mi ambiente —replicó Helene con tono gélido—, a nadie se le ocurriría que el chantaje es un medio legítimo de obtener dinero.

—No me gusta la palabra chantaje.

—Es la justa.

—Cierto, pero prefiero que lo considere una forma de salvaguardarla de su propia verdad —contestó Gerald riendo—. En cierto modo, yo soy su escolta particular de los Servicios Secretos. En cualquier caso, me gustaría cobrar esos veinticinco mil dólares en un cheque bancario, sin nombres ni direcciones. Consiga el dinero y téngalo preparado. Hablaremos a finales de semana.

—¿Dónde? ¿Cuándo?

—No se preocupe. Yo me pondré en contacto con usted.

Helene sintió que le embargaba la ira. Se había esforzado durante demasiado tiempo para alcanzar la vida que tenía y no iba a permitir que un miserable cretino como ése se lo arrebatara todo; pero no sabía cómo impedirlo. Ese tipo le había pedido que le pagara veinticinco mil dólares, y probablemente volvería a pedírselo una y otra vez, según cuáles fueran sus necesidades económicas.

A menos, claro está, que le exigiera un aumento por su duro trabajo.

Eso podría prolongarse indefinidamente, erosionando la vida de Helene en fracciones del tamaño de un dólar, hasta acabar hundiéndola.

Pero no estaba dispuesta a permitírselo.

—No pienso darle ni un centavo. No tiene ni idea de lo que ocurrió hoy, ni del significado de las fotografías que tomó. —Helene recordó de pronto el fogonazo. Al salir de la tienda, cuando la alarma empezó a sonar, había creído ver unas luces parpadeantes. Pero no eran unas luces parpadeantes, sino el *flash* de la cámara de Gerald Parks.

Debió de haberlo imaginado hacía tiempo. Debió de prepararse para este momento, quizás tendría que haber hablado con su abogado para estar prevenida.

Pero no podía hablar con su abogado sin que se enterara Jim, y no quería que él averiguara que, para colmo, un tipo la amenazaba con hacerle chantaje.

Gerald Parks la había colocado en una situación de desventaja mayor de lo que suponía.

Pero no importaba. Ese tipo sabía lo suficiente. Aunque Helene hubiera querido sólo evitar que la prensa lo averiguara, la tenía a su merced.

Y Gerald Parks lo sabía.

—Me consta que me pagará —dijo con una aplastante seguridad—. Tenga el dinero preparado. Nos veremos pronto.

Capítulo 6

Era de nuevo Steve.

Curiosamente, siempre la llamaba hacia las tres y media los días en que ella terminaba a las cuatro. No fallaba.

Sandra no apartaba los ojos del reloj.

Hablaban sobre la necesidad que tenía Steve de volver a relacionarse socialmente. Lo cual le reportaba a Sandra un montón de dinero, mientras que a él le costaba mucho más de lo que le habría costado pagar para desahogarse con un amigo.

—¿No comentamos la última vez que deberías buscar un grupo de apoyo o algo parecido? —preguntó Sandra asumiendo su voz de Terapeuta Profesional.

—Sí —respondió Steve—. Lo intenté. Pero no funcionó.

—¿Qué hiciste?

—Para empezar, consulté Gregslist para buscar un grupo de apoyo en el que pudiera participar.

—¿Y...?

—El grupo de apoyo para transexuales del Distrito de Columbia está lleno.

Sandra no sabía qué responder.

—Es broma. —Era la primera vez que Sandra oía a Steve permitirse un pequeño toque de humor—. Llamé a un club de cocina y a un club de jardinería, pero al parecer tienes que aportar algo de tu propia cosecha, por decirlo así. No puedes incorporarte a ellos sólo para aprender.

—Lástima.

—Sí. Luego llamé al número de Padres sin Pareja, pero no basta con que quieras tener hijos, tienes que ser una madre o un padre sin pareja.

Sandra supuso que Steve diría de nuevo que era broma, pero no lo hizo y esta vez se sintió inesperadamente conmovida por la idea de que ese pobre hombre que se sentía solo deseara tener hijos.

—De pronto vi un anuncio para gente aficionada a los zapatos y pensé, hombre, a mí me gustan los zapatos. —Steve soltó una risotada—. Me gustan más que andar descalzo.

—¿Un club para personas aficionadas a los zapatos? —preguntó Sandra perpleja. Steve debía de haber interpretado mal el anuncio.

—Olvídalo. Es muy concreto. Para empezar, tienes que ser mujer, o al menos una *drag queen* con un tamaño de pie entre estrecho y normal. No admiten tallas anchas.

—¿Cómo? Pero ¿qué dices? ¿Un grupo para personas aficionadas a los zapatos que no pueden tener los pies anchos o ser transexuales? —¿Por qué Steve lo remitía siempre todo al tema de la transexualidad?, se preguntó Sandra. Pero no se atrevía a preguntárselo.

—Espera, te daré los datos. —Ella le oyó teclear en su ordenador—. Adictas a los zapatos anónimas…

Sandra se enderezó en la silla.

Pero ¿era eso real? Porque era exactamente el tipo de sueño capaz de hacerla salir del apartamento que Sandra había tenido a menudo. Después de esperar una eternidad un gesto de Dios o del que fuera, por fin iba a materializarse en una forma concreta. Y ahora que se sentía más dispuesta a salir…

—Se reúnen en Bethesda cada martes por la noche…

Eso era increíble. Sandra estaba libre los martes por la noche.

Por supuesto, estaba libre todas las noches. Tachar eso de la columna de lo «raro».

—Y supongo que se cambian zapatos. Dice algo sobre cambiar unos Maglis…

Steve lo pronunció *mag-lis* en lugar de *mallis*, pero Sandra comprendió a qué se refería. Precisamente en esos momentos había un par en el suelo frente al sofá.

—Ah, y tienes que calzar un número treinta y nueve. Un treinta y nueve femenino. Ni un cuarenta ni un treinta y seis. Si eres hombres y calzas un treinta y nueve masculino, olvídate del asunto. —Steve emitió una exclamación de disgusto—. Un grupo excluyente que te propina una bofetada justo cuando necesitas salir e integrarte en alguna parte. ¡Cretinas!

En cambio, Sandra tenía la sensación de haberse enterado de la existencia de un club que por primera vez en la historia del mundo le ofrecía la posibilidad de sentirse totalmente integrada. Hasta el punto de que parecía un tanto sospechoso.

¿Había averiguado Steve donde vivía, había entrado en su apartamento, había registrado su ropero y había constatado la marca de zapatos que prefería y el número que calzaba?

—Y eso lo has visto en Gregslist —dijo Sandra dubitativa, preguntándose si no debería llamar con su móvil a la policía y rastrear la llamada de Steve, o si al encender su ordenador comprobaría que ese grupo se había evaporado en el mundo de los cuentos de hadas.

—Sí —respondió él de forma tan candorosa, que ella pensó que su paranoia no tenía justificación alguna.

Era imposible que Steve hubiera averiguado sus señas. La compañía se aseguraba de que las llamadas eran canalizadas a través de varias centrales de transferencia hasta que los clientes hablaban con las operadoras.

—Así que ése no es el grupo que te conviene —dijo Sandra sin bajar la guardia, pero sintiéndose más animada que hacía un par de minutos.

—Exacto. Es lo que ocurre cuando miras un tablón de anuncios gratuito en Internet para buscar lo que necesitas. Quizá debería consultar con un verdadero psicólogo.

¡Un psicólogo! ¡Mierda! Sandra miró el reloj.

Las cuatro menos cinco.

—Piensa en ello, Steve —dijo utilizando un tono que indicaba que había llegado el momento de poner fin a la conversación telefónica, cosa que no le convenía, puesto que cobraba por minuto—. Al menos saldrás y te relacionarás con gente cara a cara. Podría ser un excelente primer paso.

—¿De veras lo crees?

Sandra asintió con la cabeza, aunque Steve no la veía.

—Desde luego.

—¿Y la medicación? Los psicólogos no pueden recetar y quizá necesite tomar alguna medicina…

—Un psicólogo te dirá si debes ver a un psiquiatra para que te recete algún psicotrópico.

—¿Qué?

—Antidepresivos.

—Ah. —Steve se detuvo de nuevo. Probablemente le costó un dólar—. ¿De veras lo crees?

—De veras. Es más… —Sandra miró el reloj y vio que faltaban dos minutos para su cita de las cuatro—. Creo que deberías llamar a alguien ahora mismo. No es que te ocurra nada grave, Steve —se apresuró a añadir—. Pero seguro que existe la persona adecuada para ayudar a alguien sensible como tú, que le cuesta salir y desenvolverse en este mundo enloquecido. Hazlo ahora, antes de que pierdas tu resolución. —La palabra «resolución» quizá fuera un poco exagerada, pero según había podido comprobar Sandra, los hombres preferían que exageraras.

—Quizá tengas razón —respondió Steve. Era la primera vez que Sandra le oía expresarse con tono esperanzado—. Haré algunas llamadas.

—¡Excelente! —Las conversaciones telefónicas de Sandra rara vez concluían con semejante *crescendo*—. Y recuerda —añadió dispensando un consejo que sabía que debía aplicarse a sí misma—, debes proceder pasito a paso. No trates de conseguirlo todo de golpe.

—Penny —Steve se detuvo y ella lo imaginó meneando la cabeza y sonriendo—, eres genial.

—Tú también, Steve —respondió Sandra preguntándose si alguno de los dos utilizaba un nombre auténtico o si esa camaradería era un puro espejismo—. No dejes de informarme sobre cómo va todo, ¿de acuerdo?

—Te lo prometo. —Steve se expresaba con más firmeza que de costumbre—. Volveré a llamarte.

—Gracias. —Sandra pulsó el botón FIN en su teléfono y dudó

unos instantes, preguntándose por enésima vez si era tan criminal como parecía dejar que ese pobre hombre la llamara y pagara esa cantidad de dinero por minuto para hablar con una amiga.

Sabía que no estaba bien, pero nadie le forzaba. Era Steve quien decidía llamar una y otra vez. Aunque Sandra le había advertido que le estaba costando una fortuna.

¿Por qué tenía que sentirse responsable de eso?

No era una pregunta que pudiera responder, de modo que decidió planteársela a la doctora Ratner, su cita de las cuatro. Por la que pagaba ciento treinta dólares la hora.

Comparado con lo que pagaba Steve, parecía una ganga.

La conversación con la doctora Ratner se desarrolló como de costumbre.

—Me preocupa que no se sienta lo bastante segura de sí para venir a mi consulta —dijo la doctora—. Está sólo a seis manzanas de donde vive. Le tomaría diez o quince minutos a pie y le proporcionaría la satisfacción de saber que había superado una prueba.

Una prueba. Sí, era una de sus fobias. No había vuelta de hoja. Sandra no sabía cómo salir de su apartamento. Sabía que se llamaba agorafobia, sabía que era bastante común, sabía que algunas personas lograban curarse con cierto esfuerzo por su parte… Sabía muchas cosas sobre ello.

Sabía que tenía que superar su temor a salir. Era prácticamente de Psicología 101, y ya iba siendo hora de que lo hiciera.

—He estado muy liada —mintió, preguntándose por qué pagaba ese dineral por hora a una terapeuta.

—Debe ser una prioridad para sí misma, Sandra.

—Lo sé…

—Lleva un año diciéndolo —persistió la doctora Ratner—. No estoy segura de que lo comprenda. Puede hablar conmigo tantas veces como desee, cada semana, cada día, lo que necesite. Pero no mejorará hasta que trate de superar su temor y abandone el refugio que le ofrece su casa.

—Cada vez que dice eso, suena como si el mundo exterior no fuera un lugar seguro.

—Quizá dice eso porque usted cree que no es seguro. Quizá sea otra buena razón para que salga y se enfrente a sus demonios. —La doctora Ratner tenía una voz tranquilizadora, pero lo que decía a Sandra le parecía irrealizable—. Hasta que lo haga, no creo que yo, ni ninguna otra persona, podamos ayudarla.

—¿Qué pretende decirme? —¡Santo Dios! ¿Acaso su terapeuta quería romper su relación con ella?

—Sólo digo que necesita salir durante una hora. Media hora. El tiempo que pueda. A fin de cuentas, va en coche a la tienda de ultramarinos y a la biblioteca, y de vez en cuando ha venido a mi consulta. Sabe que puede hacerlo sin correr ningún riesgo personal. Lo único que digo es que debe esforzarse un poco en superar esa fobia. —La doctora Ratner vaciló unos instantes, quizá sin darse cuenta de que su paciente sollozaba en silencio al otro lado del hilo telefónico—. ¿No cree que tiene sentido?

Sandra asintió con la cabeza y luego respondió con voz débil:

—Sí.

—Excelente. ¿Por qué no va al cine?

Negó con la cabeza, sin que su interlocutora pudiera verla.

—Hay demasiada gente. Y ahora las películas son muy largas.

Sandra sabía que tenía que intentarlo. Y no sólo ir a ver una aburrida película en un siniestro cine a oscuras. Tenía que relacionarse con personas con quienes se sintiera segura, personas con las que tuviera algo en común. La única forma en que Sandra se imaginaba saliendo de casa y llevando una vida mínimamente normal era relacionándose con amigos, charlando de algo que le interesara, en lugar de asistir a una fiesta donde todas las chicas filiformes y los tíos cachas estuvieran aparejados y ella permaneciera haciendo cosas en la cocina.

—Entonces, ¿qué es lo que le interesa? —preguntó la doctora Ratner—. ¿Qué le gusta, qué le atrae? No importa lo que elija, sino que elija algo que crea que puede hacer.

—¡No lo sé!

—De acuerdo. —La doctora Ratner hablaba con voz suave, pero su tono denotaba una firmeza que Sandra rara vez había oído—. Muy bien, Sandra. Pero voy a ponerle una tarea para la semana que viene. Quiero que busque una actividad, una sola en toda la semana, que le obligue a salir y hacer alguna cosa durante más de una hora. Basta con que sean sesenta y un minutos. Tiene que ser más de una hora. Así empezará a progresar. ¿Se siente capaz de hacerlo?

Una hora.

Podía hacerlo.

¿No?

Sandra deseaba hacerlo. Quería ponerse bien.

—¿Se refiere a una visita a la tienda de ultramarinos, por ejemplo? —preguntó—. ¿A ir a la Catedral Nacional, al zoo o a algún sitio por el estilo?

—No, Sandra. Eso son cosas que usted imagina haciendo sola...

La doctora Ratner tenía razón.

—Lo que yo sugiero es una hora de relacionarse con personas. Un pleno municipal, una reunión de la comunidad de vecinos, lo que se le ocurra. No importa de qué se trate, lo que importa es que salga y lo haga. —La doctora Ratner se detuvo unos momentos y en vista de que Sandra no respondía, prosiguió—: Estoy convencida de que le hará mucho bien.

—De acuerdo —dijo ella adoptando de pronto el tono de una jovencita petulante—. Lo haré.

—Excelente, Sandra —respondió la doctora Ratner—. Creo muy en serio que debe hacerlo. Comprobará que no es tan difícil como teme. Le cambiará la vida.

Le cambiará la vida.

Lo que Sandra necesitaba más urgentemente era que su vida cambiara. Casi no le importa en qué consistiera el cambio, simplemente que rompiera esa rutina en la que estaba atrapada antes de que la devorara.

Después de colgar el teléfono, encendió el ordenador y entró en Gregslist.biz. A partir de ahí sólo tuvo que teclear «Adictas a los zapatos, Bethesda» y el anuncio del que le había hablado Steve Fritz apareció en la pantalla:

Adictas a los zapatos anónimas ¿Eres como yo? ¿Te chiflan los zapatos, pero no puedes comprar todos los que quisieras? Si calzas un número treinta y nueve y te interesa cambiar tus

Manolos por unos Maglis o por otra marca, podemos reunirnos los martes por la noche en la zona de Bethesda. Envía un correo electrónico a Zapatera2205@aol.com o llama al 301-555-5801. Quizá podamos ayudarnos.

Sandra contempló el anuncio durante largo rato, tratando de convencerse de que debía hacer esa llamada, pero le parecía un paso gigantesco. Lanzarse a una reunión con personas que sin duda esperarían que se mostrara sociable… Aunque parecía un grupo perfecto para ella, necesitaba arrancar de modo más pausado.

Pero el tema le interesaba. De modo que se impuso un par de pruebas de dificultad media.

La primera fue una visita a un restaurante de comida rápida. Puesto que el menú no contenía nada de lo permitido por Weight Watchers, fue una visita rápida. Sandra entró en el restaurante, pidió una Coca-Cola *light*, se sentó en una mesa junto a la ventana y se la bebió, obligándose a hacerlo despacito y a utilizar el truco de la doctora Ratner de «flotar» a través de su sensación de incomodidad.

Pasaron veinte minutos que a ella le parecieron dos horas, pero cuando se marchó, tenía la impresión de haber conseguido algo.

Era una cosa insignificante, y prácticamente todas las demás personas en el mundo podían hacerlo a diario sin mayores problemas, pero Sandra estaba aprendiendo a dejar de regañarse a sí misma por su fobia, de modo que en cuanto se le ocurrieron esos ingratos pensamientos trató de eliminarlos.

Aunque no siempre daba resultado.

—Cuanto más se esfuerce en eliminar su temor, más fuerza cobrará —le dijo la doctora Ratner por teléfono cuando Sandra la llamó ese día al regresar a casa.

—Pero es una estupidez —respondió ella desalentada. Quería un helado. Una pizza. El helado casero de nata batida y las famosas galletas de chocolate de Nabisco.

Deseaba algo que le proporcionara placer, porque tomarse un refresco endulzado con aspartamo en un grasiento restaurante de comida rápida no le procuraba ninguno.

—Las cosas son como son —dijo la doctora Ratner. A veces

soltaba esas absurdas frases «filosóficas», las cuales no ayudaban en absoluto a Sandra.

—Es ridículo —contestó—. Todo el mundo puede caminar por la calle sin sentir palpitaciones. Odio que me ocurra eso. —Se estaba comportando como una niña malcriada, pero no podía evitarlo. Lo odiaba y punto. No hacía sino expresar sus sentimientos. En otras circunstancias, la doctora Ratner lo habría aprobado.

—Sandra, hoy ha salido media hora y no le ha ocurrido nada grave. ¿Eso no le indica nada?

Estuvo a punto de replicar que le indicaba que era una idiota por haber regresado a casa corriendo para alejarse de los perversos extraños que la rodeaban, pero decidió que sería contraproducente.

—Me indica que debo hacer otra salida —respondió.

—¡Perfecto! —La doctora parecía auténticamente satisfecha. Por lo visto creía que Sandra iba progresando.

Y quizá tuviera razón.

—¿Cuál será su siguiente paso? —preguntó la doctora Ratner a Sandra—. ¿Un museo? ¿Una comida en un restaurante como Dios manda?

—He concertado una cita con un hipnotista —respondió, temiendo que su psicóloga expresara asombro y desaprobación—. Para que me ayude a superar mi fobia a través de la hipnosis. —Tras unos momentos de silencio, Sandra preguntó—: ¿Le parece una estupidez?

—En absoluto —contestó la doctora Ratner—. Lamento que no se me haya ocurrido a mí.

—¿De veras? ¿Cree que ese método tiene alguna validez?

—Por lo que sé, a algunas personas les ha ido de maravilla. Si usted es una de ellas, perfecto.

—¿Y si no lo soy…?

—No habrá perdido nada por intentarlo. De hecho, seguro que le será útil porque aprenderá unas técnicas de relajación que le ayudarán a superar las situaciones de ansiedad. La felicito, Sandra. Me siento orgullosa de usted.

Dos días más tarde, cuando Sandra trataba de hacer acopio de valor para abandonar su apartamento cinco minutos antes de su cita, recordó las palabras de la doctora Ratner.

Sentía un gran respeto por ella. Hasta el punto de que no se atrevía a llamarla Jane, aunque ella se lo había pedido multitud de veces. Para Sandra, el título de «doctora Ratner» le resultaba más cómodo a la hora de revelar sus pensamientos más íntimos. Y la respetaba tanto que no quería llamarla y decirle que no había tenido el valor de acudir a la cita que había concertado y por la que la doctora Ratner la había felicitado.

De modo que respiró hondo y salió de su apartamento.

Cuando llegó al pequeño edificio cuadrado de ladrillo donde el hipnotista tenía su consulta, Sandra llevaba diez minutos de retraso. Al subir al tercer piso en el pequeño cubículo de acero del ascensor, trató de pensar en alguna excusa que ofrecer a la diligente secretaria que suponía que la recibiría. Pero cuando entró no vio a ninguna secretaria. Sólo vio una reducida habitación repleta de libros y folletos y un atractivo hombre de mediana edad que presentaba el aspecto que cabía imaginar en un tipo que trabajaba en un desordenado despacho repleto de libros de consulta.

—¿Sandra? —preguntó esbozando una cálida sonrisa.

—Sí, lamento llegar tarde. Había mucho tráfico…

—No se preocupe —respondió el hipnotista despachando el asunto con un gesto de la mano—. Muchas personas cambian de parecer a última hora y no se presentan. Es duro afrontar los temores de uno.

Y con cada minuto que pasaba se le hacía más duro a Sandra.

—¿Tengo tiempo de…? Lo siento, no sé cómo funciona esto. ¿Hay un tiempo fijado?

—Eso depende de usted. —El hipnotista abrió una puerta que daba a la habitación principal y le indicó que pasara—. Siempre concierto citas de una hora y media para que mi cliente no tenga la sensación de que debe apresurarse.

Al entrar en la habitación Sandra vio que era una versión más reducida de la habitación en la que habían estado antes. Las paredes estaban cubiertas por unas estanterías que contenían multitud de volúmenes sobre psicología e hipnosis, además de una abundante representación de otros libros que versaban sobre la salud y el bienestar y —según observó Sandra— un libro sobre cómo educar a tu cachorro.

—Siéntese —dijo el hipnotista indicando una mullida poltrona mientras él se sentaba a una mesa situada cerca.

Sandra tomó asiento en la poltrona y soltó un suspiro de alivio casi sin darse cuenta.

—Caramba, es comodísima.

—En efecto —dijo él desenvolviendo una cinta de casete y observando a Sandra—. Tiene veinte años, y la he reparado tantas veces que he perdido la cuenta, pero no encuentro ninguna tan cómoda y acogedora como ella.

—¿Para qué es esa cinta? —preguntó Sandra indicándola con la cabeza.

—Para grabar nuestra sesión. ¿Le molesta?

No estaba segura.

—¿Por qué?

—A muchos de mis clientes les gusta llevarse la cinta a casa y escucharla en privado, para practicar las técnicas de relajación progresiva que les enseño. Si no quiere, no la utilizaremos.

—¿De modo que puedo llevarme la cinta a casa?

—Sí, es para usted. Un valor añadido, por decirlo así.

—Ya. De acuerdo —respondió Sandra asintiendo con la cabeza. Si estaba seriamente decidida a superar sus temores, como así era, tenía que utilizar todos los instrumentos a su alcance—. Estupendo.

El hipnotista insertó la cinta en una máquina, oprimió un botón y se encendió una lucecita roja.

—Ahora, si está preparada para empezar, reclínese en la butaca y cierre los ojos.

Sandra obedeció.

—Escuche el sonido de mi voz. Deje que sea su guía mientras penetra en un mundo nuevo que le ofrece una existencia alegre y despreocupada...

El hipnotista tenía una excelente voz para su oficio. Ni demasiado grave ni demasiado aguda. Melodiosa. Apacible.

Familiar.

Sandra trató de seguirle mientras él la conducía mentalmente por una escalera de mármol hacia una inmensa sala también de mármol en la que había numerosas puertas, pero estaba tan obsesionada tratando de localizar su voz que no lograba concentrarse en el ejercicio.

—Cuando mire las puertas, observará que en cada una hay una palabra como «amor», «odio», «ira», «temor»… Las palabras que usted vea. Lo dejo a su criterio.

De pronto Sandra cayó en la cuenta de que el hipnotista era uno de sus clientes. No uno asiduo, como Steve, pero estaba segura de haber hablado con él en más de una ocasión. Cada vez que ella le preguntaba qué deseaba, el tipo respondía: «Sorpréndeme, lo dejo a tu criterio».

—Pase a través de la puerta que dice «relajación» —prosiguió el hipnotista ajeno a la revelación que acababa de tener Sandra—. Compruebe lo que hay al otro lado. Compruebe qué le hace sentirse más cómoda.

Fuera lo que fuere, Sandra estaba convencida de que no era tumbarse en una habitación en penumbra mientras un hombre que hacía unas semanas le había dicho «azótame otra vez, hoy he sido un chico malo» la conducía hasta los tenebrosos entresijos de su psique.

—¿Qué ve, Sandra?

—Yo… —No sabía qué responder. Quería marcharse. Esto era una pérdida de tiempo. Era imposible que se relajara y se tomara la sesión en serio.

Pero, por otra parte, no podía decirle a ese pobre hombre que sabía quién era y que después de alcanzar el orgasmo le gustaba que le chuparan las pelotas.

De modo que Sandra hizo lo que solía hacer con ese tipo.

Fingir hasta que él hubiera terminado.

—Veo un inmenso prado…

Capítulo 7

—Lo primero que debe hacer es cortar sus tarjetas de crédito en pedacitos y entregármelas.

Lorna miró a Phil Carson —bajo, cincuentón, calvo— como si hubiera sugerido que echara un gatito en la licuadora y oprimiera el botón de *frappé*.

—¿Ahora mismo?

Phil Carson se echó a reír. Era un hombre agradable, pero no parecía darse cuenta de lo que eso representaba para Lorna.

—No, no.

—Ah. —¡Qué alivio!—. Menos mal.

—Primero tiene que darme los números y los nombres del banco —Phil sacó unas tijeras del cajón y se las dio a Lorna—, luego las corta y me las entrega.

Ella lo miró, confiando en percibir algún signo que indicara que estaba bromeando, pero su rostro pequeño y orondo permanecía impasible, sus delgados labios formaban una línea recta.

Phil había sacado una pluma y la sostenía sobre el bloc de notas encuadernado en cuero negro que había en su mesa.

—Luego llamaré a sus acreedores y negociaré un tipo de interés más bajo y un plan de pagos —prosiguió Phil, endulzando levemente el trato—. Eso le ahorrará a la larga cientos, quizá miles de dólares.

—Pero… —Lorna sabía que lo que decía Phil era cierto y que ella no debía expresar ninguna objeción. Pero preguntó—: ¿Qué ocurriría si se presenta una emergencia? ¿Podré utilizar las tarjetas de crédito en ese caso?

Él echó un vistazo a la lista impresa de acreedores y deudas que Lorna le había entregado.

—¿Una emergencia...? Aquí no veo nada que parezca una emergencia.

Era lógico que ese hombre no comprendiera que una terapia basada en ir de compras curaba a Lorna de sus profundos problemas emocionales. ¡No había más que verlo! Lucía un traje de pésima confección, según observó. ¡Y los zapatos! ¡Cielo santo! Probablemente los había adquirido en Payless o en una tienda de todo a cien. Eran de un color tostado chillón y anormal. El tipo de color que siempre inducía al padre de Lorna a comentar que habían empleado muchos «naugas» para confeccionar el artículo en cuestión, refiriéndose a piel sintética comercializada por Naugahyde. (Por algún motivo, los chistes de «naugas» eran muy apreciados en casa de los Rafferty.)

—No creo que vaya a producirse una emergencia —dijo Lorna—, pero ¿y si ocurre algo como... no sé... —¿Qué consideraría Phil Carson una emergencia razonable?—. Si tuviera que alargar mi estancia en otra ciudad. O pagar la factura del médico. O el coche se averiara. —Suponiendo que dentro de un mes aún tuviera coche—. O algo por el estilo. —Lorna se preguntó si no podría quedarse con una tarjeta de crédito, en secreto. Por si acaso. Pero ¿cuál? ¿La Visa por la que pagaba un tipo de interés del noventa y ocho por ciento y tenía un límite de cuatro mil doscientos dólares, o la American Express que tenía un tipo de interés del dieciséis por ciento, pero un límite de diez mil dólares?

Era como *La decisión de Sophie*.

Phil Carson la miró a través de su mesa. Era un hombre menudo, pero había subido su silla hidráulica hasta el punto de que parecía un niño sentado en una trona, observándola con cierto aire de superioridad.

—Lorna, conozco este tipo de situaciones. Está acostumbrada a vivir de una cierta forma, y le da miedo cambiar su estilo de vida.

Ese hombre tenía razón. Había captado a Lorna.

—Eso es cierto. ¿No existe ninguna otra solución?

Phil Carson negó con la cabeza.

—Ya no —respondió tomando uno de los folios—. Está pagando unos tipos de interés de casi un treinta por ciento. Sus pagos mínimos arrojan la proporción deudas-ingresos a la estratosfera. No soy un psicólogo, y le ruego que no se ofenda, pero debe de ser muy duro para usted vivir de ese modo.

Esta última frase, o quizá el tono con que Phil Carson la pronunció, hizo que Lorna estuviera a punto de venirse abajo. Las lágrimas que empañaban sus ojos amenazaban con humillarla delante de ese hombre. Se apresuró a enjugarse los ojos, bajando la vista para recobrar la compostura, y dijo:

—Tiene usted razón. No puedo seguir así. Tengo que hacer lo que sea para librarme de una vez por todas de este martirio.

Phil sonrió.

—Estoy aquí para ayudarla. Se me ocurren algunas ideas y consejos para que salde cuanto antes sus deudas.

—¿De veras? —preguntó ella esperanzada—. ¿Por ejemplo?

—¿Ha vendido algo en eBay?

Lorna no había entrado nunca en eBay. Siempre había pensado que las subastas de Internet iban destinadas a personas adultas que deberían tener mejores cosas que hacer que entrar en ellas para adquirir muñecos de peluche, fiambreras de *Who's the Boss* y figuritas de Hummel.

Pero quizás estuviera equivocada.

La perspectiva de vender cosas en lugar de buscar unos trabajos adicionales no dejaba de atraer a Lorna.

—¿Cómo qué? ¿Qué es lo que la gente vende, o compra, en eBay?

—De todo. Coleccionables, baterías de cocina, cachivaches, ropa, zapatos…

¡Zapatos!

No, no. Eso era imposible. Encima de que esta noche iban a acudir a su casa unas personas con el propósito de intercambiar quizás unos zapatos, sólo habría faltado que tuviera que venderlos a unos extraños anónimos por dinero. Un dinero que iría a parar al pozo oscuro e insondable de sus deudas.

Lorna estaba dispuesta a hacer sacrificios. Trabajar más horas. Hacer de canguro en su tiempo libre, si fuera necesario. Cortar céspedes, como había hecho en el instituto.

Pero no a vender sus zapatos.

De eso nada.

—Mire, creo que ésa no es la solución que me conviene —dijo Lorna interrumpiendo a Phil.

Éste se detuvo.

—De acuerdo. Como quiera. Era una sugerencia.

—Que yo le agradezco, por supuesto.

—Ya se le ocurrirá algo —dijo Phil Carson—. No a todo el mundo le resulta fácil poner remedio a la situación. Y comprendo que debe de ser duro afrontarlo al principio.

—Yo lo estoy afrontando —replicó ella un tanto a la defensiva—. De cara. Por supuesto que lo afronto.

Phil la miró.

—Me alegro.

Lorna se sentía como una idiota.

—Es que… —Las palabras se disolvieron antes de pronunciarlas. Estaba hablando demasiado, sin decir nada concreto. Era lo que solía hacer cuando estaba nerviosa. Comprendió que era preferible que mantuviera la boca cerrada—. Se me han ocurrido algunas ideas para aumentar mis ingresos —mintió.

Lo cierto era que se le había ocurrido un sistema práctico de conseguir zapatos que no podía permitirse sin tener que adquirirlos, pero algo le decía que a Phil Carson no le impresionaría su plan ni el hecho de que se hubiera ocupado de eso antes que de resolver el tema más grave de sus ingresos.

—Excelente. Ahora —Phil se aclaró la garganta y extendió la mano—, si me entrega todas sus tarjetas de crédito, podemos empezar…

—Voy a insertar una varita de metal en el cartílago de su oreja derecha —dijo el doctor Kelvin Lee pellizcando un punto en el lóbulo de Sandra.

—¿Me dolerá? —preguntó. Una pregunta estúpida, habida cuenta de que estaba tumbada en la mesa del acupuntor con unas cuarenta agujas clavadas en esos momentos en su cuerpo.

Pero Kelvin Lee tuvo la suficiente delicadeza para no indicárselo.

—Quizá le duela un momento cuando se la inserte. Pero es un pequeño pinchazo.

—¿Cuánto tiempo tendré que llevarla? —inquirió Sandra, preguntándose si habían pasado los quince minutos necesarios para que hicieran efecto las agujas.

—Un mes.

—¿Un mes?

—La terapia auricular es distinta de la acupuntura —explicó el acupuntor pacientemente—. Seguirá haciendo efecto mientras lleve puesta la varita.

Por la forma en que dijo «mientras lleve puesta la varita», Sandra se imaginó como una mujer de una de esas tribus que se insertan unos tubos cada vez más grandes en las orejas hasta que los lóbulos les cuelgan por debajo de sus fláccidos pechos.

—No estoy muy convencida…

—Le aseguro que no le dolerá.

Sandra tragó saliva. Si eso la ayudaba a salir de vez en cuando de su apartamento, estaba dispuesta a soportarlo aunque le doliera.

—De acuerdo. —Sandra cerró los ojos con fuerza—. Adelante. —Esperó unos momentos mientras Kelvin Lee le palpaba el lóbulo en busca del punto idóneo. Luego abrió los ojos—. De acuerdo, hágalo.

—Ya lo he hecho. —Kelvin Lee sonrió, mostrando una seguridad en sí mismo que hizo que Sandra se preguntara cómo había podido dudar de él.

Se tocó la oreja y sintió una varita de metal, parecida al cierre de un pendiente, inserta en la parte posterior del lóbulo.

—¿Ya está?

—Ya está —respondió Kelvin Lee asintiendo con la cabeza.

Sandra se quedó quieta unos instantes, tratando de comprobar si notaba algo. Pero no notaba nada.

—¿Cuándo empezaré a observar una diferencia?

—No puedo asegurarlo. Depende de cada persona. Probablemente notará lo que no siente en términos de pánico y estrés, en lugar de experimentar una sensación nueva.

Tres horas más tarde, Sandra, pese a una saludable dosis de escepticismo, empezó a pensar que quizá Kelvin Lee tuviera razón.

Era difícil precisar en qué consistía la diferencia. No es que se sintiera de pronto dispuesta a montarse en un abarrotado vagón de metro, pero la perspectiva de salir e ir a comprar a la tienda de ultramarinos ya no le parecía tan aterradora como le habría parecido ayer.

A la mañana siguiente, Sandra seguía experimentando cierta mejoría. En cierto modo, se sentía capaz de enfrentarse al mundo, pero sabía que era una falsa sensación de seguridad. Si salía y se montaba en un autobús, probablemente se apresuraría a bajarse a la siguiente parada.

De modo que el viaje en autobús quedaba descartado. Pero la tienda de ultramarinos de la esquina parecía viable. Salió a comprar ingredientes para la ensalada y barras de helado Skinny Cow. Y aunque no era precisamente irse de juerga, comprobó que no se sentía tan aterrorizada como de costumbre.

Sandra regresó a su apartamento un tanto asombrada, preguntándose si la varita que llevaba inserta en el lóbulo tenía realmente la capacidad de ayudarla a superar su agorafobia.

Había un medio infalible de averiguarlo.

Mañana era martes. El día en que se reunían las adictas a los zapatos anónimas. Sandra se dijo que podía asistir a una reunión. Si daba resultado, estupendo. En caso contrario, al menos lo habría intentado y seguiría con su terapia con la doctora Ratner.

Lo intentaría.

Tan sólo una vez.

Tan sólo una vez.

Sandra se repitió este mantra mientras se acercaba al teléfono y lo descolgaba para hacer la llamada.

Esa gente iba a llegar dentro de quince minutos, y Lorna se arrepentía de haber organizado el sarao. ¿Y si esas personas no eran quienes afirmaban ser? ¿Y si ni siquiera fueran mujeres? ¿Y si uno fuera un tipo desequilibrado que pretendía estrangularla con sus propias braguitas, robarle sus pertenencias y abandonarla allí para que se pudriera en el apartamento hasta que los vecinos se percataran del hedor (lo cual podría llevar cierto tiempo, a juzgar por cómo apestaba la basura en la acera cuando los basureros convocaban una de sus numerosas huelgas)?

No era imposible. ¿Y el tipo que había llamado? A Lorna le había olido a chamusquina. El tipo había insistido en que «necesitaba salir» y que podía adquirir zapatos femeninos del número treinta y nueve y participar en el intercambio. Como si fueran cromos de béisbol, pegatinas tridimensionales de Hello Kitty o algo por el estilo, y todos fueran a reunirse en el patio del colegio para intercambiarlos. A Lorna le había costado mucho lograr que ese tipo desistiera. Quizás era un lobo que había imaginado que podía conocer a mujeres de esa forma, pero quizá fuera un psicópata que había vuelto a llamar, imitando de modo convincente la voz de una mujer, y había obtenido sus señas para poder acudir esta noche y aterrorizarlas.

Lorna había tenido la precaución de poner el número de su móvil en el anuncio para que no pudieran rastrearlo —¡y Phil Carson había sugerido que su móvil no era un gasto imprescindible!—, pero cuando habían llamado Helene, Florence y Sandra, Lorna les había dado, después de charlar un rato con ellas, sus señas.

Quizás una de ellas…, por ejemplo, Florence. ¿Era posible que hubiera alguien que se llamara Florence, o Lorna se había tragado esa estúpida engañifa, perpetrada por una admiradora de *La tribu de los Brady*?

Sintiendo un nudo de angustia en la boca del estómago, se acercó a la puerta para cerciorarse de que había echado el pestillo. Podía mirar por la mirilla y comprobar si quien llamaba a la puerta tenía un aspecto… normal.

Luego esperó.

La primera llamada a la puerta se produjo a las siete menos tres minutos y Lorna se apresuró a mirar por la mirilla. Era una mujer muy alta y delgada, con el pelo negro salpicado de canas, que le recordó a Cruella de Vil. Sostenía tres grandes bolsas, y tenía el ceño fruncido.

Lorna abrió la puerta.

—Hola —dijo, cayendo en la cuenta de que no había preparado ninguna frase para romper el hielo—. Bienvenida a Adictas a los Zapatos Anónimas. Soy Lorna.

—Florence Meyers —respondió la mujer, entrando apresuradamente y golpeando a Lorna con una de las bolsas—. En primer lugar, debemos cambiar el nombre.

—¿Cambiar el nombre? —repitió Lorna.

—Claro. Parece un programa de rehabilitación para alcohólicos o drogadictos. Eso no puede ser.

En realidad, eso era justamente lo que a Lorna le parecía.

—¿No?

—No. ¿Qué piensan las demás?

—Aún no lo sé.

—¿No has hablado con ellas?

—Sobre ese tema, no.

Florence asumió durante unos instantes un gesto de exasperación, tras lo cual se encogió de hombros.

—¿Dónde puedo dejarlas? —preguntó alzando las bolsas.

—¿Qué es eso?

Florence la miró como si acabara de preguntarle qué número seguía al tres.

—Zapatos, claro está.

Eso eran muchos zapatos.

—¿Todo son zapatos?

Florence empezó a abrir las bolsas, a sacar zapatos y a depositarlos en el suelo. Algunos estaban gastados, un hecho agravado por haberlos transportado todos juntos en las bolsas, pero la mayoría eran… horribles. Y de un estilo irreconocible.

—Fíjate en éstos —dijo Florence mostrando un par de sandalias de charol que a Lorna le habrían encantado de niña. Eran de un color que ella describiría hoy en día como «rosa biológico»—. Son de Jimmy Choo. Edición limitada.

—¿Jimmy Choo? —preguntó Lorna con cierto escepticismo.

Florence asintió con la cabeza. Con aire satisfecho.

—Casi nunca crea zapatos planos.

—Bueno, en realidad… —Pero era absurdo ponerse a discutir. Lorna tomó uno de los zapatos y lo examinó. La etiqueta parecía auténtica, pero estaba pegada un poco torcida—. ¿Dónde los conseguiste?

—En Nueva York. —Florence arrebató el zapato de las manos de Lorna—. En la esquina de la calle Cuarenta y ocho y la Quinta Avenida.

—Lo siento, no conozco bien Nueva York. ¿En qué tienda los compraste?

—No era una tienda —respondió Florence como si Lorna hubiera dicho algo increíblemente estúpido—. Se los compré a un tipo que vendía un montón de zapatos y bolsos de diseñadores. He vendido muchos a través de Internet. He ganado una fortuna. Pero éstos… —Florence contempló los zapatos con visible admiración—. Son especiales. Alguien tendría que darme dos pares a cambio de ellos.

—¿De modo que se los compraste a un vendedor ambulante?

Florence se encogió de hombros.

—Sé que probablemente sean robados, pero no por ello son menos valiosos.

Lorna estuvo a punto de replicar que el hecho de que fueran robados reducía evidentemente su valor, pero no dijo nada. Era demasiado educada.

Por fortuna, en aquellos momentos llamaron a la puerta y Lorna fue a abrir. Su temor a que se presentara un individuo peligroso se había desvanecido, dando paso al temor de pasar la velada con una banda de chifladas en su apartamento, tratando de intercambiar unos zapatos de piel sintética color naranja por unos Etienne Aigners de un cuero suave como la seda.

Lorna ni siquiera miró antes de abrir la puerta y encontrarse con una escultural pelirroja que lucía un vestido de lino color marfil y unos zapatos de brocado destalonados de Emilio Pucci. En una mano sostenía un bolsito tipo *baguette* de Fendi y en la otra una pequeña bolsa de la tienda Nordstrom.

Era obvio que la bolsa contenía una caja de zapatos.

Lorna adivinaba esas cosas de lejos.

La mujer sonrió mostrando una dentadura blanca como una estrella de cine y preguntó:

—¿He venido al lugar indicado? ¿Eres Lorna?

Ésta se sentía demasiado deslumbrada por la mujer —¡y no digamos por sus zapatos!— para articular palabra.

—Sí —respondió por fin—. Lo siento, ¿tú eres…?

—Helene Zaharis. —Le entregó a Lorna una botella de vino, mostrando un brazo delgado y bronceado—. Encantada de conocerte. No estaba segura de cómo resultaría esta reunión, pero supuse que una botella de vino siempre es oportuna.

—Muy amable de tu parte —contestó Lorna estrechándole la mano afablemente, tras lo cual se apartó para dejarla pasar—. Me encantan tus Emilio Pucci. No recuerdo haber visto ese diseño antes.

—Yo tampoco lo he visto aquí. Los compré en Londres. —Helene sonrió y miró a Florence—. Hola.

—Florence Meyers —se apresuró a decir la mujer—. ¿No crees que deberíamos cambiar el nombre?

—¿Cómo… dices? —preguntó Helene perpleja.

—Adictas a los Zapatos Anónimas. —Florence meneó la cabeza—. Suena fatal.

Lorna resistió la tentación de volverse hacia su invitada con los ojos en blanco.

—No me importa cambiarlo. Se lo puse en plan de broma.

—Es gracioso —le aseguró Helene—. A mí me gusta. Y soy una adicta a los zapatos. Me da vergüenza confesar hasta qué extremos estoy dispuesta a llegar en esa materia. —Tras dudar unos instantes, sonrió.

A Lorna su cara le parecía familiar, pero no lograba identificarla.

—A mí los zapatos me tienen sin cuidado —dijo Florence con su característico tono cortante—. Pero a mis clientas les gustan.

Lorna miró el reloj de pared. Todo indicaba que la velada se le iba a hacer muy larga. ¿No tenía que venir otra persona? ¿Una mujer llamada Sandra?

—¿Qué os apetece beber? —preguntó—. Tengo cerveza, vino y refrescos. ¿Quieres descorchar la botella que has traído, Helene?

—¿Podría tomar un Dubonnet? —preguntó Florence—. Si tienes, claro está.

Dubonnet. Joder. Hacía años que Lorna no había oído ese nombre. Al menos desde los setenta, cuando ponían todo el rato unos anuncios publicitarios que decían «Dubonnet para dos».

—Lo siento —dijo—. No tengo de eso. Pero… —¿Qué diantres era Dubonnet? ¿Un vino? ¿Un coñac?—. ¿No quieres otra cosa?

—Vino blanco con soda —respondió Florence mientras seguía depositando en el suelo un horripilante par de zapatos tras otro—. ¿Es posible?

Antes de dirigirse a la cocina Lorna cruzó una mirada con Helene y preguntó:

—¿A ti te apetece algo?

—Por ahora, no —respondió Helene sonriendo con gesto de complicidad.

En la cocina, Lorna miró a través de la ventana y vio, justamente frente a su casa, a un hombre apoyado en un coche —un modesto turismo— con la vista fija en su apartamento.

Lorna sintió que se tensaba. ¿Sería el tipo que la había llamado para unirse al grupo de Adictas a los zapatos anónimas? ¿Estaba tan cabreado con Lorna por haberle rechazado que había venido para atacarla o algo así?

No, eso era una locura. Era un edificio de apartamentos bastante grande, y cada día entraban y salían de él muchas personas. Lorna se dijo que eran cosas de su imaginación. No obstante, trató de memorizar la fisonomía de ese individuo, por si más tarde tenía que describirlo: insulso, rubio, de complexión mediana. No debía de ser nadie importante.

Abrió la nevera en busca de soda para preparar la bebida de Florence. Mezcló un poco de soda con chardonnay, puesto que no tenía zinfandel blanco y dudaba que su invitada notara la diferencia.

En esto alguien llamó a la puerta.

—¿Quieres que vaya abrir? —preguntó Helene.

—Sí, haz el favor —respondió Lorna agradecida. Intuía que Helene era fabulosa. Era el tipo de persona que entraba en un sitio y de inmediato se sentía cómoda y se afanaba en facilitarle las cosas a su anfitriona.

El tipo de invitada que le gustaba a Lorna.

Florence, por el contrario…

Lorna bebió un generoso trago de vino antes de volver a dejar la botella en la nevera. Oyó a Helene conversando con otra mujer en el cuarto de estar.

Perfecto. La recién llegada era una mujer. Era imposible que un hombre imitara esa voz. Lorna miró por la ventana y observó que, aunque el coche seguía allí, el individuo que había estado apoyado en él había desaparecido. Probablemente había venido a visitar a alguien.

No había motivo para que se preocupara.

Al menos de momento. Tiempo tendría para preocuparse más tarde, y motivos más que fundados.

Capítulo 8

Lorna llevó la bebida a Florence y vio a una mujer de baja estatura y gruesa, con el pelo castaño claro que le caía hasta la mitad de la espalda. Lucía unas gafas de abuelita debajo de unas cejas oscuras y espesas.

Trató de ocultar su sorpresa, pero la mujer tenía un aspecto tan distinto de su voz que resultaba desconcertante.

—Hola —dijo esbozando una sonrisa exageradamente ancha—. Soy Lorna. Tú debes de ser Sandra.

Ésta se tocó el lóbulo de la oreja con una mano que parecía temblar ligeramente.

—Sí. Sandra Vanderslice. Espero no llegar tarde. Ni demasiado temprano. —Observó los zapatos dispuestos como en un mercadillo que Florence acababa de colocar en el suelo—. Yo no he traído tantos zapatos.

—Yo sólo he traído un par —terció apresuradamente Helene—. Bueno, dos, contando con los que llevo puestos.

Lorna sintió que los latidos de su corazón se aceleraban. ¿Estaba Helene dispuesta a cambiar sus Pucci por otros?

—¿Te apetece una copa, Sandra? —preguntó, decidiendo tomarse ella misma una copa de vino. La necesitaba—. ¿Cerveza, vino, un refresco?

—Mmm —respondió Sandra con voz claramente temblorosa. Por alguna razón, la chica estaba hecha un manojo de nervios—. Un refresco, gracias.

—¿Una Coca-Cola?

Sandra asintió con la cabeza y respiró hondo.

—¿Y tú, Helene? —preguntó Lorna—. ¿Seguro que no quieres nada? ¿Un poco de vino?

—Bien pensado —respondió Helene con una mirada hacia abajo tan fugaz que Lorna casi no captó el gesto—, me apetece una copa de vino blanco.

—A mí también —apostilló Sandra, añadiendo—: La prefiero en lugar de la Coca-Cola. Si no te importa.

Sandra se tocó de nuevo el lóbulo de la oreja. Luego, al observar que Lorna se había dado cuenta, se sonrojó y se ajustó las gafas sobre la nariz.

—De acuerdo. —Lorna sirvió las bebidas y las llevó a la sala de estar.

Helene había sacado la caja de zapatos de su bolsa, y Lorna vio que eran unos zapatos de tacón alto de color rosa.

—¡Cielo santo! —exclamó.

Helene la miró sorprendida.

—¿Qué ocurre?

—¿Son de Prada? —preguntó Lorna señalando los zapatos.

—Sí. Son de hace un par de temporadas. No sabía qué traer.

Lorna los miró extasiada.

—¡Me encantan! Cuando los sacaron, me moría de ganas de comprarlos, pero me torcí el tobillo y… —Una de las numerosas y bochornosas anécdotas sobre zapatos que podía contar más tarde si la conversación empezaba a decaer— y como mi asqueroso seguro no cubrió el accidente, no pude adquirirlos. —Lorna examinó los zapatos más de cerca. Parecían estar en excelente estado. Como nuevos.

—Yo los tengo en negro —dijo Sandra—. Y unos Kate Spades que son muy parecidos, pero el tacón no me va.

Esto era estupendo.

A Lorna le había costado mucho seleccionar tres pares de zapatos para intercambiarlos por otros. Como anfitriona, sabía que estaba obligada a intercambiar al menos un par, puesto que la idea había sido suya, pero ahora pensó en ir en busca de más zapatos.

—Bien —dijo Florence dándose una palmada en el muslo—. ¿Cómo queréis que lo hagamos? ¿Como una subasta? —Tomó los falsos Choos de color púrpura—. Estos zapatos son muy especiales, como le expliqué a Lorna. Creo que debería cambiarlos por dos pares, pero como todas habéis traído uno o dos pares nada más, esta vez me conformaré con uno. ¿Quién los quiere? —preguntó sosteniendo los zapatos en alto.

Se produjo un educado silencio.

Lorna se sentía incómoda.

—¿Me dejas verlos? —preguntó, aunque no tenía el menor interés en examinarlos.

Cuando los sostuvo en la mano, comprobó que la ausencia de calidad era aún más evidente. La cola transparente se había secado alrededor de los bordes de las suelas, y el pespunteado en el charol era irregular. Lorna no sabía cómo decirlo sin ofender a su invitada. Por fortuna, en la suela estaba impreso un «40» —otro indicio de que eran falsos—, lo cual le dio la excusa que necesitaba.

—Son un cuarenta —dijo, tras lo cual preguntó con gesto dubitativo—: ¿No especifiqué en mi anuncio que los zapatos debían ser del treinta y nueve?

¡Santo cielo! ¿Había cometido una metedura de pata y les estaba haciendo perder el tiempo a todas?

—Sí —se apresuró a responder Helene—. Lo especificaste con toda claridad. Los zapatos que he traído son un treinta y nueve.

—Yo también —apostilló Sandra apurando su copa de vino. Parecía sentirse un poco más cómoda.

Claro que el vino solía hacer que la gente se sintiera a gusto.

—Venga ya —protestó Florence—, con lo que ha mejorado la nutrición, un cuarenta hoy en día es como un treinta y nueve hace unos años. —Contempló sus pies jurásicos, para los que sin duda tenía que encargar unos zapatos especiales.

Lorna se levantó y se dirigió a la cocina en busca de la botella, diciendo:

—Lamento que no quedara claro, Florence. Todas calzamos el treinta y nueve normal y no podemos intercambiar zapatos de un número distinto.

—He traído un montón del número cuarenta —dijo Florence con tono malhumorado, rebuscando bruscamente entre los zapatos—. Aquí hay... Veamos..., es un cuarenta. Ya habéis dicho que cuarenta no sirve. Un treinta y siete. Ah, un treinta y ocho y medio —dijo apartando un par—. Estos quizás os vayan bien. A veces la talla es más amplia de lo habitual.

—Nunca he oído hablar de Bagello —dijo Sandra leyendo la etiqueta de los zapatos.

—Es una marca de Super-Mart —respondió Helene impulsivamente.

Florence la miró molesta.

—¿Qué tiene de malo Super-Mart?

—Nada, por supuesto —respondió Helene tratando de reprimir una sonrisa—. Pero no creo que un treinta y ocho y medio de Super-Mart nos vaya bien a ninguna de nosotras. —Esperó unos instantes antes de añadir—: Tienen un tallaje más bien pequeño.

Lorna rellenó la copa de vino de Helene preguntándose cómo era posible que una mujer tan elegante y al parecer culta estuviera informada de la moda de Super-Mart.

—Bien —dijo Florence con tono triunfal sacando un par de zapatos planos de color gris marengo—. Éstos de Ralph Lauren os sentarán de maravilla —dijo entregándoselos a Helene con sonrisa satisfecha—. Me costaron una fortuna.

Helene examinó los zapatos asintiendo con la cabeza.

—Son de Ralph Lauren, sin duda. Un modelo *vintage* de hace varias temporadas. Yo diría que de 1993 o 1994.

Florence parecía muy satisfecha de sí misma.

—Bien, ¿quién ofrece otro par de zapatos por ellos? —preguntó.

Sandra, que había tomado su copa y había bebido un trago, respondió:

—Yo soy demasiado baja para llevar zapatos planos.

Lorna miró los zapatos horrorizada. Estaban muy gastados. No obstante, temía que, como anfitriona, tenía el deber de hacer una oferta.

Pero cuando se disponía a hacerlo Helene dijo:

—De acuerdo. —Estaba claro que lo hacía por educación. Su rostro seguía trasluciendo una expresión divertida, y ni siquiera volvió a mirar los Ralph Lauren—. Te los cambio por estos Pucci.

Lorna sintió un dolor físico en el pecho.

—¡Los Pucci no! Espera. Tengo… —Lorna se devanó los sesos en busca de una solución— unos Angiolini que quizá te gusten más.

Florence miró a ambas mujeres alternativamente.

Helene miró a Lorna.

—No, los Angiolinis no. Son mucho más caros que éstos —dijo guiñando un ojo.

Lo había captado.

Sandra, por el contrario, mostraba una expresión de absoluta perplejidad.

Lorna le siguió el juego a Helene.

—Quizá tengas razón… —Estaba segura de que Florence atraparía al vuelo la oportunidad de llevarse unos zapatos que eran demasiado caros para cambiarlos por los suyos.

De modo que se llevó un chasco cuando Florence meneó la cabeza y contestó:

—Lo siento, chicas. Estos zapatos valen dos pares. Dos pares de zapatos de diseñador —añadió como si las demás se compraran los zapatos en la tienda de ultramarinos.

Helene emitió un suspiro de resignación.

—Eres demasiado exigente —dijo. Era una consumada maestra a la hora de manipular a las personas—. Me temo que no puedo satisfacer tus deseos.

—Yo tampoco —apostilló rápidamente Sandra.

—Yo sólo tengo unos pocos pares —dijo Lorna, confiando en que su nariz no empezara a moverse como si tuviera un tic nervioso debido a la mentira que acababa de decir—. Supuse que, más que nada, charlaríamos sobre zapatos. —Esperaba no haberse equivocada con Sandra y Helene, porque no quería desanimarlas.

—Bien —dijo Sandra. Tenía el rostro deliciosamente arrebolado (lo más probable es que fuera debido al vino) y se mostraba más relajada—. ¿Sabíais que nuestros antepasados inventaron las primeras sandalias atándose a los pies un pedazo liso de madera o piel de animal con los intestinos de su presa?

Se produjeron unos instantes de silencio mientras todas observaban a Sandra sorprendidas.

—He leído mucho —dijo ella encogiéndose de hombros, con la cara roja como la parte superior de un termómetro de pega.

—Cuéntanos más cosas —dijo Helene sonriendo.

—Pues bien, después las personas que vivían en climas fríos inventaron los zapatos. Añadieron a las sandalias unas piezas superiores confeccionadas con pieles de animales. Bien pensado, es muy parecido al calzado que lucimos nosotros hoy en día.

—De modo que, desde el punto de vista sociológico —improvisó Lorna con escasa fortuna—, no estamos tan evolucionados como creemos.

—¡Exacto! —exclamó Sandra—. Tenemos muchas cosas en común con nuestros ancestros prehistóricos.

—Es fascinante. Así que…

—Un momento —terció Florence alzando una mano—. Disculpadme. Tengo que irme. —Y con esto empezó a recoger sus zapatos en las bolsas sin orden ni concierto—. No pensé que esto iba a convertirse en un pequeño club de lectura o algo parecido. No he venido para esto.

La primera reacción de Lorna fue fingir que lamentaba que Florence no se sintiera a gusto y tratar de convencerla para que se quedara, pero se contuvo.

—Siento que la reunión no sea como tú esperabas —dijo mientras la acompañaba a la puerta para evitar que se detuviera y tratara de intercambiar uno de sus pares de zapatos por los Emilio Pucci de Helene.

—Ya… Bien, si queréis algunos de mis zapatos, tendréis que comprarlos en eBay. Buscad «La moda de Flors». Os haré un descuento en los gastos de envío, puesto que vivís cerca de mí. —Al salir del apartamento, Florence añadió—: Recuerda, «La moda de Flors».

Lorna cerró la puerta tras ella y respiró hondo antes de regresar junto a las otras dos mujeres para comprobar su reacción.

Hubo unos momentos de tenso silencio, durante el cual Lorna imaginó que cada una escrutaba a las demás.

Por fin Sandra, que iba por su cuarta copa de vino, comentó:

—Esos zapatos eran tan patéticos...

—No defiendas a los zapatos —se apresuró a responder Lorna, imitando una de las expresiones más divertidas de Tim Gunn en *Project Runway*. De pronto recordó que no conocía a esas mujeres y que probablemente pensarían que estaba loca, por lo que trató de explicar lo que de repente parecía un mal chiste—. Es del *reality show*...

—¡*Project Runway*! —exlcamó Sandra—. ¡Me encanta ese programa! Y lo que Tim Gunn dijo sobre Wendy...

—Vale su peso en oro —intervino Helene—. Y Wendy se lo merecía, esos zapatos eran espantosos...

Todas se echaron a reír. La sensación de alivio que experimentaban las tres llenó la habitación como agua caliente.

Fue en ese momento, debido a algo tan superficial como un programa de televisión, que Lorna comprendió que aquello podía dar resultado. En ese instante se establecieron unos vínculos amistosos entre las tres mujeres. El ambiente se hizo más distendido y las tres se pusieron a charlar animadamente sobre los diseñadores y los diseñadores en ciernes del programa, sobre el momento en que habían comprendido que eran unas apasionadas de los zapatos, y sobre Florence.

—Parecías aterrorizada cuando le ofrecí mis Pucci de brocado —comentó Helene a Lorna sonriendo—. Lo vi en tus ojos. Lo siento mucho. —Se quitó los zapatos y se los ofreció—. Toma. Te los mereces después de lo que has pasado para reunirnos a las tres aquí.

De nuevo, Lorna dijo lo correcto en lugar de expresar lo que pensaba.

—No, gracias, pero no puedo aceptarlos. Ése no es el propósito de esta reunión.

—Pero si no me importa. —Helene miró a Sandra y preguntó—: ¿A ti te importa?

Sandra meneó la cabeza.

—En absoluto. Yo también estoy dispuesta a ceder los míos. Debiste quedarte de piedra cuando se presentó Florence y empezó a sacar sus zapatos de las bolsas.

Lorna soltó una carcajada.

—Confieso que me puse un poco nerviosa al pensar que no había especificado claramente lo que pretendía en el anuncio.

—Cielo, siempre habrá personas que no lo capten —dijo Helene, como alguien que lo sabe por experiencia—. Resolviste estupendamente el problema. ¿Trabajas en ventas?

Lorna negó con la cabeza.

—Soy camarera. En Jico, en la avenida Wisconsin.

Helene sonrió.

—Eso explica tu habilidad.

—¿Y vosotras a qué os dedicáis? —preguntó Lorna mirando a Helene y a Sandra.

Helene guardó silencio unos instantes, de modo que Sandra respondió.

—Yo trabajo en telecomunicaciones.

—¿Telecomunicaciones?

Sandra asintió con la cabeza, pero parecía turbada.

—No es muy interesante, pero me permite pagar el alquiler del apartamento —dijo con una breve carcajada—. Y también comprarme zapatos.

Lorna asintió con la cabeza. Al parecer, las tres estaban básicamente en el mismo barco.

—¿Y tú? —preguntó a Helene.

Ésta dudó de nuevo unos momentos antes de responder.

—Trabajé de vendedora en Garfinkels. Antes de que se hundieran.

—¿De veras? ¿En Garfinkels? —Lorna siempre la había considerado una tienda para personas mayores, como los amigos de sus padres. Si no recordaba mal, había cerrado hacía unos diez años.

Helene asintió con la cabeza.

—Trabajaba en trajes de caballero. Me refiero a la sección, no a la ropa —aclaró Helene sonriendo. Luego se encogió de hombros—. Conocí a mi marido allí, de modo que no puedo decir que me fuera mal.

—Tu marido es Demetrius Zaharis, ¿no es así? —preguntó Sandra.

Helene la miró sorprendida.

—Sí. ¿Cómo lo has adivinado?

—Leo mucho —contestó Sandra encogiéndose de hombros—. Mucho.

—Al verte me pareciste familiar —dijo Lorna—. A veces publican tu fotografía en la sección de «Estilo». —Probablemente la publicaban también otras, pero Lorna sólo leía la sección de «Estilo».

Helene bajó la vista durante unos momentos, pero luego dijo con un tono más despreocupado que la expresión que mostraba su rostro:

—Esas fotografías son siempre tan horrorosas que espero que nadie me reconozca. —Emitió una breve carcajada, pero su risa denotaba cierta amargura.

Lorna dudaba que fuera posible tomar una mala fotografía de Helene, pero comprendió que el tema la disgustaba, de modo que se apresuró a cambiarlo.

—Iré en busca de los Angiolini. Y de un espejo. Luego comenzaremos nuestras transacciones.

Las transacciones les llevaron tan sólo unos minutos, pero la conversación se prolongó durante otra hora. Las tres mujeres se sentían cada vez más a gusto a medida que transcurría el tiempo… y el vino seguía fluyendo.

Cuando la conversación empezó a decaer, Lorna dijo:

—¿Tenéis más zapatos que queráis intercambiar? Me refiero a si os apetece volver. Reconozco que no sé organizar bien estas cosas…

—Tengo un millón de zapatos —respondió Helene—. Y, para ser sincera, es agradable asistir a una reunión social que no entrañe aburridas causas políticas y publicidad.

—Genial —dijo Lorna entusiasmada. Siempre temerosa de que nadie acudiera a sus fiestas, el hecho de organizar este grupo había supuesto para ella un acto de fe en sí misma que al parecer había dado buen resultado—. ¿Y tú? —preguntó volviéndose hacia Sandra.

Ella se sonrojó ligeramente.

—Apenas salgo —respondió, tras lo cual se encogió de hombros—. Pero tengo un montón de zapatos. —Después de respirar hondo, asintió con la cabeza—. Así que… contad conmigo.

—Fantástico. Dejaré mi anuncio en Gregslist durante unos días, por si otras adictas a los zapatos desean apuntarse.

Helene sonrió.

—Seguro que hay muchas. La cuestión es cuántas estarán dispuestas a salir de sus atestados armarios para unirse a nosotras.

A partir de ahí, la conversación se hizo más animada, y al término de la velada, las mujeres acordaron reunirse la siguiente semana y llevar más zapatos que en esta ocasión.

Cuando Sandra y Helene se marcharon, Lorna se sentía muy optimista con respecto a Adictas a los Zapatos Anónimas. Todo había ido muy bien. Llevó las copas de vino a la cocina caminando con paso más alegre —probablemente gracias a sus nuevos Pucci de brocado— y se detuvo para contemplar por la ventana a Sandra y a Helene despidiéndose bajo la farola en el aparcamiento.

Cuando se disponía a volverse, Lorna observó que las luces traseras del coche contra el cual había estado apoyado antes el individuo se encendían.

Una interesante casualidad.

Un BMW negro salió suavemente del espacio donde había estado aparcado. Lorna supuso que era el coche de Helene. Pero al cabo de un momento, el vehículo que había estado observando hizo marcha atrás y abandonó el aparcamiento.

Lorna observó la calle unos momentos, suponiendo que vería pasar el coche de Sandra, pero no fue así. Cuando empezaba a preguntarse si ese individuo habría traído a Sandra y la habría esperado en su automóvil, oyó que alguien llamaba a la puerta.

Lorna se encaminó rápidamente hacia la puerta, puso la cadena y la abrió unos centímetros. Era Sandra.

—Me he dejado el bolso —dijo.

—Ah, un momento. —Lorna cerró la puerta, retiró la cadena y luego la abrió de nuevo—. No me había fijado. Pasa.

Sandra entró.

—Lamento molestarte tan tarde.

—No te preocupes. En realidad, quiero hacerte una pregunta. ¿Cuándo entraste en el aparcamiento, viste a un tipo en un pequeño turismo de color azul?

Después de reflexionar unos momentos, Sandra contestó.

—No lo creo. ¿Por qué?

—No tiene importancia. —Lorna dudó unos instantes. Cualquier cosa que dijera sonaría en el mejor de los casos un tanto paranoico y, en el peor, pondría a Sandra nerviosa. ¿Y qué ganaría con ello? El individuo se había ido. Lorna le había visto partir en su coche—. Creí ver a un antiguo novio mío ahí fuera, pero debe de haber sido cosa de mi imaginación —dijo riendo—. No era un tipo que se dedicara a acecharme.

—¿Estás segura? —preguntó Sandra observando a Lorna atentamente.

—Sí. No tiene importancia.

—No debes tomarte a la ligera el hecho de que alguien te esté acechando —prosiguió Sandra muy seria—. Si crees que ese tipo puede ser peligroso, debemos informar a la policía.

Lorna se sintió conmovida. No había tenido amigas íntimas desde los tiempos del instituto, y aunque su relación con Sandra y Helene no podía calificarse aún de «íntima» o siquiera de amistad, las dos le caían bien y se alegraba de que hubieran accedido a regresar la semana siguiente.

—De veras, no es nada —le aseguró Lorna. Luego, para suavizar las cosas, añadió—: Supongo que confundí mis deseos con la realidad.

—Ya —respondió Sandra con gesto comprensivo. Lo siento. Pero si rompisteis, quizá sea mejor que no fuera él.

—Probablemente —convino Lorna sonriendo con tristeza.

Sandra tomó su bolso y dijo:

—Bien, nos veremos la semana que viene.

—Eso espero.

Al llegar a la puerta, Sandra vaciló unos instantes y luego se volvió.

—Quiero darte las gracias por todo —dijo sonriendo débilmente—. Nunca imaginé que me plantearía venir aquí más de una vez. Como he dicho, apenas salgo. Esto ha sido… muy agradable.

Lorna sintió una cálida sensación de gozo.

—Me alegro mucho.

Cuando Sandra se marchó, Lorna se sentó de nuevo en el sofá, pensando en lo que había dicho Sandra. Más que eso, pensó en la forma en que lo había dicho. Con absoluta sinceridad.

Se había metido en esto con el fin de resolver sus problemas, para sentirse mejor. No había supuesto que su absurda idea de intercambiar zapatos pudiera significar tanto para otra persona.

Capítulo 9

—Bart. ¡Bart, deja de lamerlos! —Jocelyn Brown sujetó a uno de sus pupilos, Colin Oliver, de doce años, con una mano mientras con la otra aferraba a Bart Oliver, de diez. Su madre había organizado un cóctel y, como es natural, Colin y Bart habían decidido levantarse sigilosamente de la cama y bajar para hacer notar su presencia.

Colin se dedicaba a lanzar unos escupitajos contra los huéspedes a través de una larga caña de plata.

Bart lamía los pastelitos de queso uno tras otro y volvía a depositarlos en la bandeja.

—Disculpadme un momento. —La madre de los niños, Deena Oliver, decana de las amas de casa nuevas ricas neotradicionales de Chevy Chase, se acercó apresuradamente a los niños y a Joss mientras su rostro retocado con botox dejaba entrever a duras penas una expresión angustiada—. ¿Qué están haciendo aquí? —preguntó a Joss apretando los dientes.

—Los acosté, pero estaban empeñados en bajar para ver quién había venido.

—¿Y se lo consentiste?

Joss quiso decir que ella no era más que su niñera y que, puesto que ya eran las ocho y media de la noche, técnicamente ya había librado, pero no era una persona a quien le gustara discutir.

—Traté de impedírselo, pero en cuanto entré en mi habitación, los niños salieron de la suya disparados como balas. —Joss soltó a

Colin, que no cesaba de revolverse—. Dile a tu madre por qué quisiste bajar.

—Quería darle las buenas noches.

—Ya nos habíamos dicho buenas noches, Colin —replico Deena con expresión impávida, pero con una evidente irritación reflejada en sus ojos—. Después de cenar. Os dije que iban a venir unos amigos y que estaba muy ocupada.

En esos momentos pasó una de las camareras, que se detuvo para ofrecer a Deena una copa de vino de la bandeja que portaba. La mujer la tomó y la camarera se volvió hacia Joss.

Antes de que ésta pudiera declinar la oferta, Deena dijo bruscamente:

—Está trabajando, no es una invitada.

Sonrojándose, la camarera se alejó rápidamente.

—Haz el favor de llevarte a los niños —dijo Deena a Joss—. Luego baja. Quiero que vayas a casa de los Talbot a buscar más botellas de vino. Nos estamos quedando sin.

—Queremos darte las buenas noches —insistió Bart con tono quejumbroso.

Deena estuvo a punto de poner los ojos en blanco, pero dio a Colin y luego a Bart una palmadita afectuosa en la cabeza y dijo:

—Buenas noches, hijos. No olvidéis que mañana iréis con Jocelyn a la biblioteca.

Ésa era una novedad para Joss, lo mismo que tener que ir en busca de más botellas de vino.

—Lo siento, señora Oliver, pero mañana es mi día libre.

—¿Ah, sí? —Deena la miró sorprendida, como si no supiera que tenía que tener un día libre de vez en cuando. En realidad, a juzgar por la forma en que la trataba, no parecía haberse percatado de que tuviera algún tipo de derecho, ya que continuamente le ordenaba que hiciera cosas fuera de sus deberes contractuales, sin tener en cuenta el día ni la hora que era.

—Pues sí —respondió Joss, mordiéndose la lengua para no añadir una exagerada justificación.

Deena la observó con recelo.

—¿Tienes algún plan?

Ah. No era la primera vez que Joss caía en esa trampa. Quedarse en su habitación el día que libraba, dando a entender que no tenía ningún plan específico, le había reportado el trabajar horas extraordinarias (sin cobrarlas) en más de una ocasión. Era duro, pero Joss trataba de no volver a caer en esa trampa, aunque a veces significara tener que ir a leer a la biblioteca o darse una vuelta por el centro comercial.

No es que no le gustara cuidar a los niños. No eran precisamente unos angelitos, pero cuidar de ellos era más fácil que trabajar ocho horas en un centro comercial.

Recientemente Joss había empezado a buscar grupos que se reunieran los días en que ella libraba. En la pequeña ciudad sureña de Felling, en Virginia, de donde ella era, había un club de kiwanis, pero nada más. Aquí en el Distrito de Columbia había grupos para todo tipo de gente: de voleibol, sofbol, ciclistas, escritores, titiriteros y muchos más. Lamentablemente, Joss no era muy atlética y los grupos para gente con problemas eran demasiado deprimentes. Pero tenía que encontrar el medio de salir de la casa en sus días libres si no quería pasarse la vida satisfaciendo los caprichos de Deena Oliver.

Era una cuestión de principios. A Joss no la pagaban para trabajar horas extraordinarias y hacer de cocinera y de asistenta, de modo que no quería hacerlo.

Tampoco estaba obligada a hacer la colada, fregar los suelos, ir a recoger la ropa a la tintorería, ir a comprar al súper, pintar la cocina o cuidar el jardín, pero pese a su determinación de negarse, siempre terminaba capitulando y accediendo a los caprichos de su jefa.

—Sí —se forzó a responder. Buscaría algún plan para todos los días que tuviera fiesta, para tener algún sitio adonde ir. Quizás al club karaoke, aunque había ido en cierta ocasión y había tenido que soportar a un tipo repelente que se había pasado la noche cantándole canciones de un viejo grupo llamado Air Supply—. Tengo una... reunión. Lo siento.

Antes de que Deena pudiera protestar o, peor aún, pedirle detalles, Joss empezó a conducir a los niños arriba

—Andando, chicos. ¡Es hora de dormir! —Sabía que eso a su jefa le sonaba a música celestial y, efectivamente, ésta se volvió para ir a reunirse con sus invitados.

En cuanto ella y los niños estuvieron a solas, Joss se relajó un poco.

—No debisteis bajar —dijo a los dos chavales pelirrojos, en pijama, que subían a regañadientes la escalera—. Vuestra madre os dijo que iba a dar una fiesta y no quería que la interrumpierais.

—¿Y qué? Siempre está ocupada con algo —replicó Colin, el mayor de los dos hermanos, que le tenía tomado el número a su madre.

—Alguien estaba en la cocina fumándose un porro —dijo Bart, cruzándose de brazos.

—¿Qué? —Joss se paró a media escalera.

El niño asintió con la cabeza mostrando una expresión fingidamente solemne.

—La señora Pryor fumaba mariguana. Siempre fuma mariguana. Es una imbécil.

Tras pensar unos instantes, Joss recordó quién era la señora Pryor. Una de las vecinas más ancianas y ricas. Una mujer con el pelo de color azul y la piel de la cara tan tensa que si le arrojaras una moneda rebotaría. —No, no, Bart, cielo, estaba fumando un cigarrillo.

—¿Y qué diferencia hay?

—Es… —¿Cómo era que ese crío sabía tanto de mariguana y tan poco de tabaco corriente? Era evidente que no tenía las cosas muy claras en ese aspecto. Joss decidió procurarle la suficiente información para que se expresara con propiedad, sin facilitarle demasiados datos—. Es tabaco. La gente lo fuma, pero no es ilegal como la mariguana.

—¿Qué significa ilegal?

—Es… —pero Joss no terminó la frase.

—Significa que la policía te mete en la cárcel, idiota —respondió Colin, imitando a la perfección el talante impaciente, aunque no la forma de expresarse, de su madre.

—Algo es ilegal —dijo Joss dirigiendo a Colina una mirada para silenciarlo antes de volverse hacia Bart— cuando es contrario a la ley. Y sí, cuando alguien hace algo contrario a la ley, la policía puede arrestarlo y meterlo en la cárcel.

—¿Matar a una persona es ilegal?

—Sí. Tremendamente ilegal.

—¿Y robar?

—Sí, robar también es ilegal.

—Es por eso por lo que mi tío Billy está en la cárcel.

—Cállate, estúpido —terció Colin—. No es verdad.

—Claro que sí. Oí a mamá decir a papá que el tío Billy había robado coca —dijo Bart haciendo una mueca—. ¿Por qué querría alguien robar una Coca-Cola?

Ése era un hecho que los Oliver probablemente no querían que nadie supiera.

—A la cama, niños —dijo Joss antes de que pudieran repetir lo de su tío lo suficientemente fuerte como para avergonzar a Deena y a Kurt. El matrimonio se ufanaba del lugar que ambos ocupaban en la sociedad de Washington, un lugar obtenido y consolidado gracias al próspero concesionario de coches alemanes, llamado Automóviles Oliver, que poseía Kurt. Joss se estremeció al pensar en lo que harían a sus hijos si les oían hablar sobre el hecho de que el tío Billy estuviera en la cárcel.

Se llevó a los niños arriba y les dijo que no podían jugar con sus videojuegos, tras lo cual les observó mientras se cepillaban los dientes y se lavaban la cara, les repitió que no podían jugar con sus videojuegos, les ayudó a acostarse, les arropó y al salir se detuvo junto a la puerta rogando que no volvieran a levantarse de la cama para que ella pudiera tomarse un respiro esa noche.

Joss sabía que tenía que mostrarse firme con Deena sobre su horario laboral. El que se quedara en casa no tenía nada que ver; al menos teóricamente; se suponía que libraba a las ocho de la tarde y tenía libre todo el día y la noche de los jueves y los domingos, pero si se quedaba en la casa, se hallaba inevitablemente al servicio de Deena.

Permaneció sentada junto a la habitación de los niños durante diez minutos, observando cómo transcurría su tiempo supuestamente libre en el reloj del pasillo. Cuando por fin se convenció de que no se levantarían de la cama, se encaminó a su pequeña habitación y sacó el *City Paper* para leer lo que otras jóvenes veintiañeras hacían con sus vidas.

Seguro que la mayoría de ellas no se hallaban prisioneras en las mansiones de Chevy Chase.

Hacia las diez y media, sus tripas empezaron a protestar y Joss cayó en la cuenta de que no había probado bocado desde que se había comido un sándwich de mantequilla de cacahuete y jalea con los niños a la hora de almorzar. La fiesta seguía en pleno apogeo, de modo que pensó que podía entrar en la cocina por la parte posterior y tomar unos bocaditos calientes sin que Deena la viera y le pidiera que cortara el césped u otro menester. Toda precaución era poca.

—Qué cabrona —dijo una de las encargadas del *catering*, una mujer de mediana edad y pelo castaño, que daba la impresión de haberlo visto todo, a una compañera—. Es una de esas tías a las que les gusta abroncar a los sirvientes delante de sus invitados para darse importancia.

—Debimos preparar los volovanes de espinaca y queso *fetta*, para que se le quedaran trocitos de espinaca enganchados en los dientes —respondió la otra mujer, más joven y rubia, pero que básicamente ofrecía el mismo aspecto que la otra—. ¿Te has fijado en su frente? Le han inyectado tanto colágeno que la tiene abombada como si fuera un individuo de Cro-Magnon.

—Así que en vez de haberse rejuvenecido diez años —comentó la otra mujer riendo—, ¡parece dos millones de años más joven!

Ambas rieron a carcajadas.

—Lo curioso —dijo la de menos edad— es que cuando nos contrató por teléfono parecía muy amable.

—Como todas.

—Sí, supongo que tienes razón. Tenemos que labrarnos un nombre. Aunque para ello tengamos que soportar a veces esta mierda.

La mujer castaña dio un codazo a la rubia para silenciarla cuando vio entrar a Joss.

—Lamento interrumpiros —dijo ésta—. Me apetece comer algo.

—Pues claro, hija. —La mujer de pelo castaño se acercó al horno y empezó a disponer un delicioso surtido de pequeños volovanes y salsas para mojar en un plato—. Observé que cuando bajaste con los niños no probaste bocado.

Joss sonrió.

—A menos que se trate de mantequilla de cacahuete, pizza o espaguetis, apenas como nada.

—De modo que la señora de la casa te tiene dominada, ¿eh?

—¡Carrie! —exclamó la mujer de pelo castaño mirando alarmada a su indiscreta compañera—. Lo siento… A veces Carrie se va de la lengua —dijo dirigiendo a ésta otra mirada de advertencia—. A propósito, me llamo Stella.

—Ah, así que eres la propietaria de la compañía de *catering* —dijo Joss, pensando en el monovolumen de Ocasionalmente a Su Servicio que estaba aparcado frente a la casa con las palabras STELLA ENGLISH pintadas en un costado y debajo de ellas un número de teléfono.

—Ambas somos las propietarias —dijo Carrie dirigiendo a Stella una mirada afectuosa—. Es una especie de negocio familiar.

No parecían emparentadas, pero Joss se abstuvo de hacer ninguna pregunta. La comida era deliciosa y eso era lo único que le importaba en esos momentos. Degustó unos quesos que jamás había probado, unos fiambres cortados en lonchas muy finas que sabían a beicon, unos delicados volovanes que parecían dulces, pero tenían un sabor salado. En Felling jamás habían visto estas exquisiteces. Si no existía la fotografía de un determinado plato que podías comprar y colgar en la pared de un restaurante, Joss nunca lo había comido.

De pronto se abrió la puerta de lo que Deena llamaba el salón y entró una de las invitadas, una mujer diminuta con el pelo negro y lustroso y un ajustado vestido de color verde que parecía que se lo hubieran pintado sobre su esbelta figura.

—Hola, señora —dijo con un marcado acento sureño. Su mirada se posó unos segundos más en Joss que en las otras dos—. Os felicito por haber preparado una comida fabulosa. ¡Fantafabulosa! Me encantan esas tartaletas de queso, ¿cómo se llaman?

—*Quiche lorraine* —respondió Stella.

—¿Eso es lo que eran? Yo sólo había comido *quiches lorraine* en porciones grandes. En todo caso eran fantafabulosas, os lo aseguro. —La mujer miró de nuevo a Joss, sosteniendo su mirada—. Y tú también tienes una gran habilidad.

La chica se sintió incómoda.

—Con los niños —prosiguió la mujer—. Ese Bart es un trasto, lo sé muy bien. Estudia con mi Katie y a veces la señora Hudson tiene que castigarlo dejándolo fuera de la clase durante toda la mañana.

Joss no lo dudaba. Bart era un niño muy revoltoso. A veces ella conseguía controlarlo, pero Deena lo estropeaba todo pasando siempre por alto sus travesuras. Cuando Joss trataba de reprenderlo en presencia de su madre, ésta protestaba invariablemente, optando por la paz y tranquilidad a que al niño le diera un berrinche.

—Disculpad mi falta de modales —continuó la mujer—. Soy Lois Bradley.

Joss había oído a Kurt Oliver referirse en varias ocasiones al negocio de piscinas y decoración de patios de Porter Bradley, por lo que dedujo que Lois debía de ser su esposa.

—Joss Bowen —dijo—. Encantada de conocerla.

Lois apoyó una diminuta mano en la espalda de Joss y la condujo hacia un rincón más oscuro de la cocina, lejos de Carrie y Stella.

—¿Puedo hacer algo por usted? —preguntó Joss, turbada. No sabía qué se proponía Lois Bradley, pero en Felling la gente no tocaba a personas que no conocían.

En el norte todo era muy distinto.

—Pues sí —respondió Lois bajando la voz—. Y creo que hay algo que yo puedo hacer por ti.

Joss miró a su alrededor instintivamente, en busca de una salida, o quizá de una intervención de emergencia por parte de Carrie y Stella. Pero éstas estaban recogiendo los platos, sin prestar atención a Joss y a Lois.

—No comprendo —dijo la joven mirando a Lois, que se había acercado exageradamente.

—Si vienes a trabajar para mí, te pagaré un veinte por ciento más —murmuró Lois, mirando también a su alrededor, como había hecho Joss hacía unos instantes—. Y te garantizo que mi Katie es mucho más fácil de controlar que Bart y Colin Oliver —afirmó casi escupiendo los nombres de los niños.

Joss la miró asombrada.

—Caray, señora Bradley, me siento halagada, pero con todo lo que hago aquí, no tengo tiempo de coger otro trabajo.

—No seguirías trabajando aquí...

Las palabras le sonaron a Joss a música celestial.

—Sólo trabajarías para nosotros. Tendrías dos días libres cuando quisieras cada semana, aunque yo preferiría que te tomaras los fines de semana...

¡El fin de semana libre! ¡Eso significaba que Joss podría tener una vida social!

—Aparte, por supuesto, dispondrías de tu propio coche y una *suite* en casa...

¡Una *suite*!

—Con una entrada privada y un baño completo. —Lois calló y miró a Joss con expresión interrogante. Era como el silencio que se produce entre «¡Uno!» y «¡Feliz Año Nuevo!»

—Le agradezco su oferta, señora Bradley. —Esto era doloroso—. Pero no puedo dejar a los Oliver. Tengo un contrato con ellos durante un año, y no vence hasta junio.

Lois la miró como si hubiera dicho que prefería la carne de ardilla a un filete de ternera.

—¿Me estás diciendo que prefieres trabajar para los Oliver?

Ni mucho menos, Joss no pretendía decir eso, pero sabía que no podía expresar sinceramente lo que opinaba sobre sus patronos.

—Tengo un contrato —respondió de forma evasiva—. Estoy comprometida con ellos hasta junio.

—¿Y no puedo convencerte para que los dejes?

—No, lo siento. —Por enésima vez, Joss deseó no haber firmado nunca el dichoso documento, pero era muy detallado e incluía una cláusula que le impedía trabajar durante un año para una familia que viviera a ochenta kilómetros de Chevy Chase.

La expresión de Lois era una mezcla de desengaño e irritación, pero sus ojos dejaban entrever también cierta admiración.

—Ojalá te hubiera contratado yo antes que ellos —dijo con tristeza—. Al menos piensa en mi oferta, ¿de acuerdo?

Ese empeño en conseguirla a toda costa sorprendió a Joss. Ni siquiera Joey McAllister la había mirado con tal anhelo, y eso que había salido con él durante dos años. Joss no había oído hablar nunca de un «calentón» ni de los supuestos efectos adversos que tenía sobre la salud hasta que Joey le había suplicado que se acostara con él en el asiento trasero de su Chevy Impala 1985, y ni siquiera él la había mirado con un deseo tan intenso.

Era muy triste.

—Lo siento mucho, señora Bradley.

Lois Bradley abrió el bolsito que llevaba colgado del hombro y sacó una tarjeta.

—Aquí tienes el teléfono de mi casa y mi correo electrónico —dijo—. Si cambias de opinión, o si al menos quieres hablar sobre las posibilidades, no dudes en ponerte en contacto conmigo. Prometo ser muy discreta.

—Creo que no debería… —respondió Joss tratando de rechazar la tarjeta, pero Lois la obligó a tomarla.

—Chitón. Guárdala por si acaso.

En lugar de discutir, Joss decidió que era mejor conservar la tarjeta y arrojarla más tarde a la papelera para no avergonzar a nadie.

—Agradezco su interés, señora Bradley —dijo, y sonó como un comercial que ha tratado de venderte una suscripción a una revista o algo por el estilo—. Gracias.

Lois se marchó tan sigilosamente como había aparecido, indicando a Joss que se guardara la tarjeta en el bolsillo.

Después de que la mujer se fue, Joss siguió observando la puerta y Carrie se acercó.

—¿Qué, trataba de convencerte para que fueras a trabajar de canguro para ella? —preguntó.

Joss se volvió hacia ella.

—¿Qué?

—Esa mujer quería birlarte para que fueras a trabajar para ella, ¿no es así?

—¿Cómo lo has adivinado?

—Querida —terció Stella acercándose con tres copas de champán de la señora Oliver—, vemos esas cosas continuamente. En estas reuniones de la gente rica se llevan a cabo más transacciones comerciales de lo que imaginas.

—¿Qué le has dicho? —inquirió Carrie.

—Que tenía un contrato con los Oliver —respondió Joss suspirando y tomando la copa que le ofrecía Stella. Nunca había probado el champán, aunque siempre había deseado hacerlo—. Es una lástima, porque parecía muy agradable.

—Todas parecen agradables cuando quieren algo de ti —dijo Carrie. Stella asintió con la cabeza—. Pero eso cambia en cuanto te han conseguido. Las canguros de los vecinos siempre parecen más apetecibles.

Joss oyó a lo lejos una carcajada, aunque tan fuerte como si sonara en la habitación contigua.

¡Colin!

Joss supo —con toda certeza— que Deena también lo había oído y probablemente subiría la escalera para regañarla por dejar que los niños metieran tanto ruido.

—Debo irme enseguida —dijo dejando la copa intacta. No había tiempo para lamentarse por no haber podido probar el champán—. Gracias, chicas, habéis sido muy amables.

—Suerte, cielo —dijo Stella mientras Joss salía apresuradamente de la habitación.

—Pero ¿qué estáis haciendo? —preguntó Joss cuando encontró a los niños situados delante del ordenador en su habitación.

Dos rostros, iluminados por el mortecino resplandor blanco verdoso de la pantalla del ordenador, se volvieron sorprendidos.

—Nada —respondió Colin adoptando de inmediato una actitud beligerante.

—Eso, nada —apostilló Bart, con lo cual no ayudó un ápice a la causa de su hermano.

—De acuerdo, moveos, chicos. —Sin esperar una respuesta, Joss pasó entre ellos para alcanzar la pantalla del ordenador antes de que los niños salieran de la página web en la que habían entrado.

—¿Qué diantres es Gregslist? —preguntó Joss, más a sí misma que a los niños, puesto que estaba claro que no iban a darle una respuesta satisfactoria.

—Buscaba motocicletas de cross usadas que estuvieran en venta —soltó Colin—. Mi madre cree que eres estúpida, ¿sabes?

—Tú también debes de pensarlo —replicó Joss examinando más

de cerca la lista que aparecía en la pantalla del ordenador—. A menos que la motocicleta de cross que buscabas fuera una rubia de ojos azules y… —Se acercó más a la pantalla— aficionada a contemplar las estrellas.

—¿Qué? —preguntó Colin mirándola boquiabierto.

Joss se volvió hacia Bart.

—¿Fuiste tú o Colin el que respondió a esta «motocicleta de cross»? —Joss leyó entonces lo que ponía en la pantalla—: «Me gustan tus tetas. ¿Quieres quedar conmigo el viernes a las siete en Babes?» —Joss se volvió de nuevo hacia Colin—. Debe de ser una motocicleta de cross muy interesante.

—No se lo digas a mamá —dijo Bart impulsivamente. Siempre era el primero en venirse abajo en esas situaciones.

Tras dirigir a su hermano una mirada para silenciarlo, Colin dijo a Joss:

—Sí, mamá se enfadaría mucho contigo por dejarnos utilizar tu ordenador, así que es mejor que no le digas nada.

—Sabes muy bien que yo no os he dejado utilizar mi ordenador —respondió Joss—. Deberíais estar en la cama. Y a menos que me equivoque, vuestra madre seguramente está a punto de subir para averiguar a qué se deben vuestras risotadas. —Joss se detuvo y aguzó el oído creyendo sinceramente oír unos pasos en la escalera, pero fue una falsa alarma. No obstante, dijo—: Me parece que se acerca.

Colin puso una cara como si hubiera visto un fantasma.

—¡Yo me largo de aquí! —exclamó, y se fue a toda velocidad a su habitación dejando a su hermano plantado.

Bart no se movió, como inmovilizado por el terror.

—No se lo dirás, ¿verdad?

La indignación de Joss remitió un poco. El pobre Bart era más víctima del comportamiento de su hermano que de sí mismo. Siempre era al que pillaban durante la huida.

—Esta vez, no —respondió Joss suavizando el gesto—. Pero vete a la cama.

—¿Me leerás un cuento? —preguntó Bart dirigiendo la vista instintivamente hacia la puerta, confiando en que su hermano no estuviera allí y se burlara de él por pedirle eso a Joss.

—Claro —respondió ella sonriendo. Esos niños necesitaban tantas cosas que si ella podía ayudarlos siquiera un poco merecía la pena intentarlo. Desde que Joss había hallado una serpiente negra atada a su cama con cordel de cocina, estaba convencida de que no había nada que hacer con Colin, pero Bart aún tenía salvación—. Anda, vamos.

Llevó al niño a su habitación, donde él tomó del estante un libro ilustrado titulado *Un día con Wilbur Robinson*. Era un cuento infantil, probablemente para niños más pequeños que Bart, pero Joss pensó que el hecho de que hubiera elegido precisamente ese libro debía de tener cierto significado.

De modo que empezó a leérselo.

Bart se quedó dormido antes de que ella terminara el cuento por segunda vez. Joss le cubrió los hombros con la sábana, tal como le gustaba a Bart, y devolvió el libro al estante antes de apagar la luz y salir de la habitación experimentando por primera vez aquel día una auténtica sensación de libertad.

Regresó a su ordenador y comprobó si tenía correos electrónicos. Había uno de su madre, contándole el nuevo proyecto de su padre: un Mustang de 1965 que estaba poniendo a punto para el viaje que ambos iban a emprender por todo el país.

También había uno de Robbie Blair, el chico con el que Joss había salido desde el último curso en el instituto. Ella había roto con él las Navidades pasadas, pero Robbie seguía queriendo volver con ella. Leyó su nota con una mezcla de temor y melancolía.

Joss, tu madre me ha dicho que las cosas te van muy bien allí y lo siento, ojalá vuelvas pronto a casa. Mi hermano y yo hemos abierto nuestra propia fontanería de modo que puedo mantener a una esposa, ja, ja. En serio, vuelve, cariño, sabes que te sigo queriendo. Robbie.

Joss suspiró. Robbie era un buen chico, por lo que le disgustó la sensación de profundo horror que hizo presa en ella ante la perspectiva de regresar a Felling y convertirse en la señora Blair. Pero Robbie no pretendía ser otra cosa que un fontanero en Felling, con una esposa solícita y un par de hijos, y ver la televisión por las noches mientras se bebía una cerveza y hacer lo mismo todo el día los fines de semana. Lo cual no tenía nada de malo, pero no era lo que Joss deseaba.

Lo que ella deseaba era recorrer mundo, ver cosas que sólo había contemplado en unos libros anticuados en la escuela pública de Felling. Deseaba tener su propio negocio, y dejar su impronta en el mundo que quería explorar.

Ser la esposa de Robbie Blair era algo que a Joss se le antojaba peor que la muerte, y sintió una opresión en la boca del estómago nada más de pensarlo. Cerró el programa del correo electrónico, y se disponía a apagar el ordenador cuando observó que la ventana de Gregslist seguía abierta tras la pequeña aventura de los niños. Parecía ser una página de anuncios clasificados repleta de eventos locales del Distrito de Columbia.

Quizá tuviera suerte.

Se situó sobre la barra de búsqueda, tecleó «grupos de apoyo que se reúnen los domingos» y apareció en la pantalla una larga lista.

¡Esto era genial!

Pero cuando examinó la lista, comprobó que la mayoría eran grupos religiosos o de apoyo para personas adictas al alcohol o las drogas. Joss no era religiosa ni adicta al alcohol o las drogas —¡ni siquiera había conseguido beber su primer sorbo de champán esa noche!—, y estaba segura de que sería catastrófico unirse a uno de esos grupos.

No obstante, había un club de esquiadores que se reunían los domingos en Dupont Circle a las tres de la tarde. Teniendo en cuenta el viaje y de ida y vuelta en los transportes metropolitanos, Joss podría matar un par de horas. Y no era probable que esa gente fuera a esquiar dentro de varios meses, puesto que era verano y hacía un calor tremendo.

Hizo clic en el vínculo y dio la dirección de su correo electrónico para obtener más información.

Luego tecleó la misma información con respecto a las noches de los martes. En la pantalla apareció la colección de rigor de grupos deportivos: voleibol, bádminton, sofbol y bolos. También había un grupo de apoyo para personas con problemas en la iglesia episcopaliana, no lejos de allí, pero Joss ya había asistido a una de esas reuniones y era más deprimente que soportar a Deena Oliver.

De modo que siguió examinando diversas opciones hasta que se topó con el anuncio más raro y estrafalario que había visto hasta ahora.

Adictas a los zapatos anónimas.

Leyó el anuncio con interés. El hecho de que calzara un treinta y ocho quizá representara un problema, pero la posibilidad de que se tratara de un grupo de mujeres que se dedicaban a charlar sobre temas que no fueran deprimentes parecía genial.

Así pues, Joss se aseguró de que el número de zapatos que calzaba no representara ningún problema. Había numerosas zapaterías en las que vendían modelos de temporadas pasadas, donde podría encontrar buenos zapatos del treinta y nueve a un precio razonable. Sólo tenía que hacer unas indagaciones y patearse la ciudad.

Por suerte, el tiempo que Joss tendría que dedicar a ello la mantendría fuera de casa de los Oliver, de modo que, con sólo ese criterio, aquello era la solución perfecta.

Capítulo 10

«Señora Rafferty, soy Holden Bennington de Montgomery Federal Savings and Loan. Deseo hablar con usted lo antes posible sobre un asunto confidencial. Le agradecería que me llamara a la mayor brevedad al número 202-555-2056.»

—No lo creo —dijo Lorna con tono despreocupado al contestador automático antes de oprimir el botón de BORRAR. Holden Bennington siempre la llamaba cuando su saldo disminuía alarmantemente, para advertirla de que quizás entraran unos talones o unos recibos que el banco tendría que devolver. Parecía un gesto muy amable el que el director adjunto del banco se tomara la molestia de llamarla para prevenirla, pero ella estaba convencida de que ese tipo sólo trataba de conseguir un aumento adoptando a «la chica de las deudas» como su proyecto especial.

Lorna lo había visto un par de veces en el banco, y le había parecido un tipo de lo más estirado. Debía de tener unos treinta años, pero mostraba un aire solemne que le hacía parecer mayor. Aunque… poseía unas facciones bastante armoniosas y parecía tener un cuerpo atlético debajo de esos trajes de Brooks Brothers, pero era imposible estar segura.

Se lo imaginó dentro de cuarenta años, con el mismo aspecto y el mismo talante que ahora, sermoneando a cada cliente que tuviera la desgracia de dejar que su cuenta corriente disminuyera más de lo aconsejable.

Como si al banco le costara un centavo cuando devolvían el talón de una persona.

En esto sonó el teléfono.

Lorna, que siempre había tenido debilidad por un teléfono que suena, respondió en el acto, de lo cual se arrepintió enseguida.

—Me alegro de pillarla en casa, señora Rafferty.

Era, por supuesto, Holden Bennington de Montgomery Federal Savings and Loan.

En efecto, la había pillado.

—¿Cómo dice? —preguntó Lorna, sin saber si fingir que su interlocutor se había equivocado de número o hacerse pasar por una amiga que había atendido la llamada mientras ella, Lorna, estaba ausente… O enfrentarse al toro y responder como si fuera ella misma.

—Soy Holden Bennington de Montgomery Federal Savings and Loan en Bethesda.

Dejándose llevar por uno de los impulsos más estúpidos que había tenido Lorna desde que estudiaba séptimo curso, decidió hacerse pasar por una amiga.

—Lo siento, debe de haberme confundido con Lorna. —En su intento de adoptar una voz falsa, utilizó un acento entre británico y de Nueva Jersey.

Se produjo un largo silencio.

—¿Acaso trata de engañarme con ese pésimo acento? —preguntó Holden.

Ella sintió que se sonrojaba, pero persistió:

—¿Disculpe? —Cuanto menos dijera, mejor. Lorna tapó el auricular con su camisa como suelen hacer las personas en televisión cuando quieren fingir una voz falsa.

Pero luego no dijo nada más, sino que se quedó ahí plantada como una idiota, con la camisa arremangada y cubriendo el auricular, esperando a que Holden Bennington moviera pieza.

—Venga, señora Rafferty. La he oído en su contestador automático las suficientes veces como para conocer cada inflexión de su voz. —Tras un breve silencio, añadió—: No conseguirá engañarme.

—La señora Rafferty no está en casa —dijo Lorna a través de su camisa—. ¿Quiere que le dé un mensaje?

Otra larga pausa.

—Sí, dígale que ha llamado el director del banco…

Lorna resistió la tentación de aclarar que era el director adjunto.

—… y que me llame en cuanto pueda. Quizá pueda ahorrarle una considerable cantidad de dinero en gastos de cheques devueltos.

—¿De veras?

—Sí. De modo que dígale a su amiga, la señora Rafferty, que si no se pasa por el banco para solucionar el tema, devolveré los cheques y le cobraré el cargo de treinta y cinco dólares que todo el mundo tiene que pagar en esas circunstancias.

Lorna sabía que debía procurar no empeorar la situación y colgar en ese momento, pero no pudo evitar preguntar:

—¿Éste no es un asunto confidencial? No creo que deba dejar un mensaje de esas características a una persona que no es la titular de la cuenta.

—En otras circunstancias, no lo haría —le aseguró Holden, tras lo cual colgó sin despedirse siquiera de Lorna.

Cretino.

Lorna cerró los ojos y se quedó pensando. Ese tipo le tenía tomado el número. Por supuesto. Habría sido un imbécil si no le tuviera el número tomado. Y ella era una estúpida por haber adoptado un acento falso del tamaño de unos viejos Ugg del cuarenta y tres, confiando en que Holden no se diera cuenta. Merecía tener que pagar la penalización por los cheques devueltos.

Salvo que no podía permitírselo.

—Le daré su mensaje —se dijo Lorna sarcásticamente, sonando como Dick Van Dyke en *Mary Poppins*. Menos mal que Holden ya había colgado.

Colgó y, después de reflexionar durante una fracción de segundo, hizo lo que sabía que debía hacer.

Dirigirse apresuradamente al banco.

Unos siete minutos más tarde, Lorna se detuvo ante la puerta del Montgomery Federal, para recobrar el resuello antes de entrar tranquilamente como si se le hubiera ocurrido acercarse por el banco para averiguar qué quería Holden Bennington.

Suponía que lo vería nada más entrar, por lo que le sorprendió comprobar que no era así. Y aún le sorprendió más que alguien le diera un golpecito en la espalda.

—¿Señora Rafferty?

—Señor Bennington —dijo Lorna al volverse.

—Qué rapidez.

—¿A qué se refiere? —preguntó ella sonrojándose.

Holden sostuvo su mirada unos instantes antes de responder:

—¿Le importa que pasemos a mi despacho para hablar?

Lorna le siguió a través del vestíbulo, que olía a papel y tinta. Ningún lugar le había generado tanta ansiedad desde que había recorrido los pasillos del centro de enseñanza secundaria Cabin John hacía quince años. Pero no queriendo demostrar que estaba hecha un manojo de nervios, dijo con tono despreocupado:

—Cuando comprobé mis mensajes, hace unos minutos, vi que me había llamado y, como estaba en el barrio, decidí pasarme.

—¿Vive usted en el barrio?

Lorna se encogió de hombros.

—A unos di… quince minutos a pie. Aproximadamente.

—Seguro que podría recorrer esa distancia en menos tiempo. —Holden daba la impresión de reprimir una sonrisa.

Si Lorna no hubiera hablado con él hacía un rato, probablemente le habría preguntado a qué diablos se refería. Pero si no hubiera hablado con él y no supiera exactamente a qué se refería, seguramente no habría dado ninguna importancia al comentario de Holden, que habría interpretado como un comentario sin mayor importancia.

Decidió adoptar esa táctica.

—No soy aficionada a correr —contestó, indicando vagamente unas caderas demasiado voluptuosas para alguien que hiciera ejercicio con regularidad. Claro que la leve falta de resuello que Lorna mostraba aún por haber recorrido las cuatro manzanas hasta el banco a la carrera era una prueba más que palpable.

—Pues a mí me da la impresión de ser una persona que si se lo propusiera no tendría ninguna dificultad en llegar rápidamente a la meta que se hubiera impuesto —dijo Holden con la misma expresión de regocijo.

Ese comentario irritó a Lorna.

—No dispongo de mucho tiempo, señor Bennington, de modo que si hace el favor de decirme por qué me ha llamado… ❧

—Pasemos a mi despacho —repitió Holden—. Es un asunto privado.

Ella lo siguió hasta un despacho tan estrecho que cuando él abrió la puerta, ésta ocupó casi la mitad de la habitación. Lorna pasó no sin cierta dificultad junto a ella y se sentó en una silla de acero y caoba, sin tapizar, frente a la mesa, mientras Holden, mucho más ágil que ella, se instaló sin mayores problemas en su butaca.

—¿De qué se trata? —preguntó Lorna.

—Permita que le muestre su cuenta. —El director adjunto empezó a teclear en su ordenador mientras observaba atentamente la pantalla—. —Aquí está. Ayer entró el cheque número ocho siete uno por la cantidad de trescientos setenta y seis dólares con noventa y cinco centavos.

—De acuerdo, pero también deposité un cheque de cuatrocientos cincuenta y tantos dólares.

—Ese cheque no es de nuestro banco.

Lorna le miró sorprendida.

—¿Y qué?

—Que no se hará efectivo hasta dentro de dos días.

—¿Es que el dinero de otros bancos no les sirve?

—Puesto que no podemos verificar los fondos de inmediato, debemos esperar a que el otro banco dé el visto bueno. —Holden se repantigó en su silla y miró a Lorna como si fuera una pintura que hubiera decidido no adquirir—. Supongo que eso no representa una novedad para usted.

—Sé que retienen cheques emitidos por bancos de otras ciudades —respondió Lorna sin perder la calma—. Pero ese banco está a media manzana de aquí. No podría aparcar su coche más cerca de este lugar que de ese banco. De hecho, seguro que pasa frente a él todos los días de camino al aparcamiento.

—No se trata de eso —dijo él.

En realidad, lo dijo «Holden Bennington III», porque Lorna se había fijado en la placa con el nombre sobre la mesa y había comprendido, instintivamente, que ese tipo jamás podía entender lo que significaba no tener dinero.

—Pero sabe que el banco está aquí al lado. Sabe que podría verificar los fondos, o lo que sea, al instante. Es más, tengo entendido que esos

fondos se verifican al instante porque todo se hace electrónicamente.
—Lorna se estaba sulfurando—. De hecho, esa noción de retener un cheque durante días se remonta a los tiempos del Pony Express.

—Pero son las normas —respondió Holden adoptando durante una fracción de segundo una expresión que dejaba entrever que estaba de acuerdo con lo que ella había dicho—. Cuando abrió su cuenta, usted las aceptó por escrito.

—De eso hace quince años.

Holden inclinó la cabeza en señal de asentimiento.

—Es una antigua clienta. Por eso le ofrecemos un trato especial.

—Ya —respondió Lorna fijando la vista en unos ojos azules que no resultaban desagradables. Es decir, si ella hubiera tenido unos años menos.

Y si Holden no se comportara como un capullo con respecto a su dinero.

—Pero no podemos seguir haciendo la vista gorda cuando usted no cumple —prosiguió él.

—¿Cuando yo no cumplo? —preguntó Lorna con incredulidad. Ese tipo tenía unos siete, ocho o quizá nueve años menos que ella, pero la estaba acusando de no cumplir, como si fuera un profesor de ciencias regañándola por dejar que fuera Kevin Singer quien diseccionara a la rana en séptimo curso.

—Exacto. —Holden esbozó una sonrisa falsa, mostrando dos hileras de dientes blancos y regulares, y algunas arruguitas (casi unos hoyuelos pero menos atractivos) en las que Lorna no se había fijado hasta ahora.

De pronto comprendió que tenía todas las de perder. Ese tipo era un experto en adoptar una expresión paternal a la hora de mostrar su desaprobación. Lorna jamás conseguiría encandilarlo para que se saltara un poco las normas del banco.

—De acuerdo, le comprendo —dijo—. Se lo aseguro. Pero ¿no podría, por una vez, liberar ese cheque? Por favor —añadió Lorna emitiendo lo que confiaba que sonara como una risa distendida—. El cheque en cuestión es de Jico. Tienen un nombre en esta ciudad. No puede pensar que vayan a devolverlo.

—Es imposible saberlo. —Holden mentía. Seguro que mentía.

Lorna suspiró.

—¿No puede retenerlo un día? ¿Sólo un día? Seguro que para entonces el talón ya estará liberado.

Holden hizo una ambigua inclinación con la cabeza y respondió:

—El problema es que hay otros tres cheques. —Se puso a teclear de nuevo en su ordenador. En una habitación tan reducida como ésa, el tecleo sonaba inquietantemente fuerte.

Lorna sintió que el alma se le caía a los pies. ¿Otros tres cheques? ¿De qué?, se preguntó devanándose los sesos. Por lo general, utilizaba una tarjeta de crédito —lo sabía porque después siempre tenía remordimientos de conciencia—, así que ¿dónde diablos había extendido esos otros tres cheques durante la última semana?

En Macy's. Ése era uno de los sitios. Pero lo había hecho para saldar los cuarenta dólares que debía en su cuenta, de modo que había sido... bueno, si no un gesto digno, al menos loable.

Y... ¿en qué otros sitios? Ah, sí, la tienda de ultramarinos. Para pagar dos dólares con diez centavos. Ni más, ni menos. Lorna había comprado una botella de leche y unos chicles.

Pero no recordaba otro cheque.

—... Este de dos dólares y diez centavos le costará treinta y siete dólares con diez centavos —dijo Holden. Luego fijó sus ojos azules en Lorna y añadió—: ¿No ve que es ridículo?

—¿Que si no veo que es ridículo? —Pero ¿es que ese tipo le estaba vacilando?, se preguntó Lorna—. Por supuesto que lo veo. Hasta un niño de tres años vería que es ridículo. La cuestión es por qué nos hacen ustedes esas cosas.

—Son las condiciones...

—Deje de achacarlo todo a unas estúpidas condiciones que firmé hace mil años. —Al darse cuenta del exaltado tono de su voz, Lorna se sintió avergonzada y se moderó—. Sabe muy bien que esos documentos contienen un millón de palabras por página en una fuente Ariel de diez puntos negativos que es imposible leer.

Holden hizo otra breve inclinación de cabeza, un gesto que ella empezaba a interpretar como que estaba de acuerdo en que el banco se dedicaba a jorobar a sus clientes.

—Yo no puedo cambiar las normas.

—Y yo no puedo cambiar los hechos —replicó Lorna señalando con la mano el ordenador—. Ya ve mi situación. No quiero pagar un montón de dinero por tener la cuenta en descubierto, y no quiero que devuelvan mis cheques. ¿Qué quiere que haga? ¿Me ha hecho venir sólo para humillarme?

Holden Bennington III parecía sinceramente sorprendido, y luego dolido, por la acusación.

—Estoy tratando de ayudarla.

—Se lo agradezco —respondió Lorna con sinceridad, aunque sonaba completamente sarcástica; incluso a ella se lo pareció—. De veras.

—¿Me promete que a partir de ahora procurará tener los fondos en su cuenta antes de extender un cheque? —preguntó él. De pronto parecía un estudiante de décimo curso haciendo el papel de un padre harto en una obra representada en el instituto.

Con todo, Lorna se sintió conmovida. Holden demostraba que ella le preocupaba. Estaba tratando de ayudarla. Y ella se había comportado como una bruja quejica con él.

—Lo prometo —contestó. Estuvo a punto de hablarle de Phil Carson, pero eso habría sido excesivo. Lorna no tenía por qué sacar a relucir todos sus problemas, especialmente dado que no había tenido tiempo suficiente para demostrar que era capaz de cumplir lo prometido. No, era mejor dejarlo correr y mostrarse agradecida de que Holden estuviera dispuesto a perdonarle esta vez los gastos de devolución de un cheque.

—Bien —dijo él, y tecleó un par de veces en el ordenador—. He podido pasar por alto dos cargos por fondos insuficientes —añadió con tono triunfal.

Pero su triunfo, al menos de cara a Lorna, era prematuro.

—¿Dos? ¿Significa eso que me va cobrar los otros dos?

—Me temo que sí.

—¿Setenta dólares?

El director adjunto asintió con la cabeza.

—No puedo echarlos todos para atrás.

Lorna sintió deseos de protestar y preguntarle por qué no, pero no tenía sentido, porque Holden no podía o no quería, y estaba claro que no iba a cambiar de parecer.

Y era evidente que Holden pensaba que Lorna no merecía irse completamente de rositas.

Ella comprendió que debía mostrarse amable. Otra actitud habría resultado pueril.

—Muchas gracias por su ayuda —dijo, levantándose y ofreciéndole la mano.

Tras observar su mano unos momentos, Holden se la estrechó torpemente.

—De nada, señora Rafferty. Celebro haber podido ayudarla en algo.

Si desea ayudar, podría transferir un millón o dos a mi cuenta y dejar de cobrarme siete dólares al mes por el privilegio de tener una cuenta aquí que no me reporta intereses, pensó Lorna. Pero dijo:

—Teniendo en cuenta que trabajo dos y tres turnos, es difícil mantenerse al día en estas cosas. De vez en cuando incluso me encuentro un cheque de mi paga que he olvidado ingresar. —Era una mentira estúpida. A Holden no le costaría ningún esfuerzo comprobar que lo único que Lorna hacía sin falta era ingresar cada dos viernes el cheque que le pagaban en Jico.

—Ya.

Lorna estaba segura de que Holden no la creía.

—Pero a partir de ahora trataré de enmendarme.

Pasó de nuevo con bastantes dificultades por el estrecho espacio detrás de la mesa de Holden, la silla que ella había ocupado y la puerta, que ahora estaba abierta.

—Gracias de nuevo, señor Bennington —dijo bajando la voz al pronunciar su nombre porque se hallaban en el vestíbulo principal y no quería que nadie supusiera que tenía problemas bancarios en lugar de, pongamos por caso, tanto dinero que tenía que abrir una nueva cuenta para quedar plenamente asegurada por la FDIC.

Él hizo una breve inclinación de cabeza.

—Espero volver a verla pronto, señora Rafferty. Mejor dicho, espero no volver a verla pronto. —El chiste tenía la doble ventaja de resultar torpe y obvio.

Lorna sintió deseos de estrangularlo. Pero lo cierto era que no estaba en condiciones de estrangular a nadie por hacerla afrontar sus problemas de deudas.

Cuanto antes se responsabilizara de ellas, antes podría pasar página.

El mundo según Phil Carson.

Muchos anuncios de detergentes insistían en que eliminaban manchas de sangre, de chocolate y de vino, pero nunca hacían referencia a los vómitos.

Joss se quitó la camisa empapada en vómitos con cuidado por la cabeza e hizo una bola con ella de forma que la parte húmeda quedara dentro. Luego se puso una camiseta, cogió un cubo de basura y regresó apresuradamente a la habitación de Bart, donde éste estaba postrado en la cama aquejado de un virus gastrointestinal.

—¿Cómo te sientes, colega? —le preguntó suavemente, dejando la camiseta manchada en el cubo de basura unos momentos y sentándose en el borde de la cama—. ¿Estás mejor?

—No —respondió Bart con voz quejumbrosa—. ¿Puedo beber una Coca-Cola?

En esos momentos parecía muy pequeño, inocente y vulnerable. Joss recordó que había elegido ese oficio porque le gustaban los niños. Aunque era preciso reconocer que los chavales ingobernables no la entusiasmaban, y tenía sus dudas sobre si era o no demasiado tarde en el caso de Colin, pero Bart lograba conmoverla.

—Desde luego —respondió, recordando el espeso jarabe de Coca-Cola que su madre solía verter sobre hielo antes de dárselo cuando sentía náuseas—. Voy a bajar para poner una colada y luego te traeré la Coca-Cola.

—Y unos Count Chocula —añadió el niño.

No eran los cereales insípidos y desmenuzados que Deena pedía a Joss que comprara para los niños, pero su jefa no estaba presente y ella estaba dispuesta a hacer lo que fuera con tal de que el pobre niño se sintiera mejor.

—De acuerdo, pero sólo unos pocos.

Joss sacó la camiseta del cubo de basura y la bajó al cuarto de la colada, dispuesta a lavar unas cuantas prendas.

Se sorprendió al ver dos grandes cestas de colada frente a la lavadora con un papel sobre ellas en el que figuraba su nombre en unas letras grandes y negras escritas con rotulador.

Temiéndose lo peor, Joss tomó el papel.

Joss, separa las prendas blancas de las de color y lávalas todas en agua fría.

Nada de «por favor», observó la joven. No es que ese detalle le hubiera hecho encajar mejor la petición de su patrona. Durante unos momentos se le ocurrió dar media vuelta y salir de la habitación como si nunca hubiera puesto los pies en ella y no hubiera visto la nota, pero Deena Oliver era capaz de haber instalado unas cámaras para observar todos sus movimientos.

Era preferible que hiciera lo que le ordenaran cuando estuviera de servicio, y largarse de la casa cuando no lo estuviera.

Emitiendo un profundo suspiro, tomó ambas cestas y arrojó el contenido al suelo, disponiendo las prendas de color y las blancas en dos pilas. Mejor dicho, unas prendas que en su día habían sido blancas, rectificó Joss mentalmente al toparse con unos calzoncillos del señor Oliver que mostraban la fatídica prueba de que Bart no era el único miembro de la familia con problemas intestinales.

Una cosa era hacer de «niñera» y otra muy distinta hacer de «criada». Joss no había firmado un contrato para trabajar de criada. Así que ¿qué hacía allí, en un sótano en Maryland, lavando las manchas biológicas de otra persona por unos dos dólares y cincuenta centavos la hora?

En esos momentos, la oferta de Robbie Blair le parecía tremendamente atractiva.

Pero, en esos momentos, hasta un convento le parecía una perspectiva más atractiva.

Esa noche, mientras gozaba de unos momentos de tranquilidad entre el fin del virus gastrointestinal de Bart y el regreso de Colin de clase de artes marciales, Deena Oliver la llamó a lo que denominaba «el salón», pero que, en casa de Joss, lo habrían calificado de «un cuarto de estar elegante con muebles que no puedes utilizar.»

—Joss —dijo su patrona sin más preámbulo—, ¿hay algo que quieras decirme?

Había un montón de cosas que quería decirle, pero dudaba mucho que Deena se refiera a ese tipo de cosas.

—No comprendo —respondió.

—¿No? —Deena arqueó una ceja y esperó en silencio.

Joss experimentó un sentimiento de culpa que no venía a cuento. Era la misma sensación que le acometía cuando pasaba a través de los sensores de seguridad en la biblioteca, confiando en que no la «pillaran», aunque no había hecho nada para que la «pillaran».

—No lo creo —contestó Joss con tono interrogante.

—¿Y si dijera las palabras «ropa interior»?

Si la expresión de Deena, en ese rostro curtido y bronceado debajo de una estropajosa nube de pelo teñido, no hubiera resultado tan amenazadora, Joss habría soltado una carcajada.

—Lo siento, señora Oliver —dijo sintiendo una opresión en la boca del estómago—. Sigo sin comprender a qué se refiere.

A menos que Deena tuviera el poder psíquico de detectar la repugnancia que había sentido hacía un rato al ver la ropa interior del señor Oliver, pero ¿quién no habría sentido repugnancia?

Después de observar a Joss fríamente durante unos instantes, la mujer sacó una prenda de un tejido atigrado que ocultaba a la espalda y se la arrojó. Y aunque la prenda voló con la velocidad de un *kleenex*, Joss se sobresaltó.

—Me refiero a esto —dijo Deena—. ¿Quieres hacer el favor de explicarte?

¿Explicarme? Joss ni siquiera recogió la prenda para averiguar de qué se trataba.

—¿Qué es? —preguntó.

Deena se levantó y empezó a pasearse por la habitación con el gesto melodramático que Bette Davis habría utilizado en una de esas películas en las que hacía el papel de arpía insoportable. Sólo le faltaba dejar una estela de humo de cigarrillo para conferir mayor dramatismo a la escena.

—Sabes muy bien que es el tanga de un hombre.

Joss estaba completamente perdida.

—¡No sabía que los hombres llevaran tangas!

Durante una fracción de segundo, Deena pareció sorprendida. Luego perpleja. Luego asumió de nuevo una expresión indignada.

—Lo encontré debajo de mi cama, Joss. Debajo de mi cama.

—Yo… no sé qué decir… —balbució la joven—. Ni siquiera sé muy bien qué me está preguntando.

—No te pregunto nada. Te ordeno que pongas fin a esto inmediatamente. Y como sospeche que vuelves a traer a hombres a mi casa y te acuestas con ellos en mi cama, no sólo te despediré en el acto, sino que te reclamaré cada centavo que te he pagado en concepto de daños y perjuicios, ¿está claro?

Joss estaba horrorizada. Sintió que palidecía y notó una sensación de frialdad en el pecho y el estómago.

—Señora Oliver, le juro que jamás había visto esa… esa cosa y que nunca he traído a nadie a esta casa.

Deena asumió de nuevo una expresión que indicaba que se sentía menos cómoda con la negativa de Joss de lo que se hubiera sentido con una confesión.

—¿Me he expresado con claridad? —preguntó.

—Sí, pero…

—¿Me he expresado con claridad? —Parecía como si Deena hubiera concentrado toda su energía en su voz y fuera a estallar con la furia del malo de una película de Disney.

Joss, que no tenía un pelo de tonta, comprendió que era preferible mostrarse de acuerdo y largarse que ponerse a discutir.

—Sí, señora.

—Eso es todo —dijo Deena asintiendo con gesto satisfecho.

Joss se marchó, lamentando que su patrona hubiera dicho que iba a reclamarle el sueldo que le había pagado en concepto de daños y perjucios, porque en esos momentos el hecho de que la despidiera no parecía tan catastrófico.

—¿Son unos Max Azria? —Menos mal que asistía a estas reuniones los martes por la noche. Era la única forma en que Lorna conseguía actualmente una satisfacción material.

Sí, tenía la satisfacción de haber reducido sus deudas, pero ¿acaso podía calzarse unas deudas reducidas capaces de modificar su estado de ánimo? No.

Para eso necesitaba unos zapatos.

Helene asintió y entregó a Lorna los Max Azria.

—Son preciosos, pero nunca me han quedado bien. Pruébatelos.

Lorna se calzó un zapato, el cual le quedaba como un guante.

—¡Dios mío! ¡Son unos zapatos de masaje! —Dio unos pasos—. Son de una comodidad asombrosa. —De pronto se le ocurrió que había cometido una grosería, puesto que Helene acababa de decir que no le resultaban cómodos—. ¡Debe de ser porque tengo unos pies raros!

—No, los pies raros deben de ser los míos —respondió Helene sonriendo—. Pásame esos Miu Miu. —Tomó la caja—. A propósito, ¿dónde está Sandra?

—Llamó hace aproximadamente una hora para decir que no podía venir esta noche —contestó Lorna—. Me pareció extraño. Al principio dijo que tenía una cita, pero al final de la conversación dijo que estaba indispuesta. De modo que no estoy segura de cuál es el motivo. Confío en que no sea por algo que yo haya hecho.

—Seguro que no. —Helene se inclinó sobre la mesa de café y rellenó su copa de vino—. Probablemente está muy ocupada.

Lorna asintió con la cabeza, pero no estaba demasiado convencida.

—¿Va a venir alguien más? —inquirió Helene.

Dado que pasaban veinte minutos de la hora acordada, Lorna no lo creía, pero había llamado una persona.

—Ha llamado una tal Paula no sé cuántos —dijo, tratando de recordar el apellido. Era un apellido singular. Como una fiesta. ¿Paula Navidad? No—. Valentine —se acordó Lorna al cabo de un momento—. Paula Valentine. Es curioso, al principio pensé que asistiríamos más mujeres a estas reuniones, pero creo que muchas mantienen su adicción a los zapatos oculta en el armario. —Soltó una carcajada—. Por decirlo así.

—Luego están las mujeres cuya adicción desborda el armario y ocupa las habitaciones contiguas. Literalmente.

De pronto sonaron unos golpes en la puerta, tan fuertes que hizo que los cuadros colgados en las paredes se pusieran a bailar.

Helene y Lorna se miraron.

—¿Esperas un regalo de San Valentín? —preguntó Helene esbozando una media sonrisa.

Lorna se echó a reír, se encaminó indecisa hacia la puerta y miró a través de la minúscula mirilla.

Esa estúpida mirilla siempre había sido demasiado pequeña, y Lorna nunca se había lamentado tanto de ello como en esos momentos. Lo único que vio fue una figura alta y corpulenta en el pasillo, iluminada por la débil luz del techo.

—Supongo que es ella —murmuró.

—¿Vas a abrirle la puerta o no? —respondió Helene bajando la voz y con tono melodramático, tras lo cual emitió una carcajada.

Lorna también se echó a reír.

—Me estoy volviendo paranoica —dijo, después de lo cual respiró hondo y abrió la puerta.

La persona que tenía ante sí era muy alta, de aproximadamente un metro noventa y ocho centímetros de estatura. La peluca no podía haber sido más obvia si hubiera sido de algodón de azúcar. El maquillaje también era muy pronunciado, al igual que la nuez de la garganta. Por lo demás, el vestido que llevaba era soberbio; parecía un modelo *vintage* de Chanel, aunque, dada la talla, era imposible. Pero los pendientes y las perlas Chanel eran auténticos, y servían para ilustrar la palabra «ironía» como nada de lo que Lorna había visto jamás.

Durante unos angustiosos instantes, no supo qué hacer. No es que tuviera una política antitravestidos, pero los pies de ese individuo eran claramente el doble de grandes que los suyos. Sea lo que fuere que portara en esa enorme bolsa de Chanel, no eran unos zapatos del treinta y nueve.

—Hola —dijo Lorna con una voz más enérgica que la indecisión que sentía—. ¿Paula Valentine?

El tipo —¡no cabía la menor duda de que era un hombre!— abrió los ojos como platos, la miró atónito y en silencio durante unos instantes y luego miró a Helene, que estaba sentada en el sofá detrás de Lorna. Parecía como si estuviera calibrando al grupo y éste no acabara de dar la talla.

El prolongado silencio empezó a hacerse incómodo.

—¿Paula? —repitió Lorna. Ese tipo no tenía los ojos como los de un ciervo atemorizado por los faros de un coche. Eran los ojos de un individuo sentado al volante que de pronto ve un ciervo a la luz de los faros—. ¿Paula Valentine?

El hombre la miró con los ojos exageradamente abiertos y asintió con rapidez con la cabeza.

Al cabo de unos segundos la situación empezó a asumir un aire de lo más estrambótico y Lorna se volvió hacia Helene, que había sacado el móvil de su bolso como si fuera una pistola. Lo tenía abierto y el pulgar apoyado sobre los botones de llamada.

Lo cual era una buena cosa, porque Lorna temía que quizá tuviera que indicar a Helene que llamara al 911.

Pero antes de llegar a ese extremo, Paula Valentine dio media vuelta y echó a correr, sus tacones resonaron estruendosamente por el pasillo hacia la escalera.

Lorna la observó estupefacta hasta oír que la puerta de la escalera se cerraba.

Luego se volvió hacia Helene.

—Creo que no le ha gustado nuestro estilo —dijo.

Ambas rompieron a reír a carcajada limpia.

Helene y Lorna pasaron la larga velada charlando y riendo, consumiendo dos botellas de vino y una cafetera enorme de café. Era casi la una de la mañana cuando Helene se marchó.

A juzgar por su estado de embriaguez, Lorna dedujo que había sido ella quien había consumido buena parte del vino, ya que durante la última hora Helene sólo había bebido agua.

De modo que, cuando Lorna entró en la cocina y vio que un coche salía del aparcamiento y seguía al BMW de Helene, al principio no le dio importancia.

Luego, cuando se le ocurrió que quizá fuera el mismo coche que había visto en el aparcamiento la semana pasada, pensó que era cosa de su imaginación.

Pero estuvo dándole vueltas a la cabeza durante horas, sin poder conciliar el sueño. Por fin, poco después de las dos de la mañana, cuando su conciencia le dijo que era preferible que hiciera el ridículo advirtiendo a Helene sobre un peligro inexistente que ignorar que pudiera existir un verdadero peligro, la llamó para decirle que creía que alguien la seguía.

Capítulo *11*

Helene se despertó sobresaltada al oír la sintonía de *Embrujada*.

Era su móvil, el tono que utilizaba para las llamadas de amigos. Una música divertida. Las llamadas políticas iban acompañadas por la inquietante obertura de la *Quinta sinfonía* de Beethoven.

Se apresuró a abrir el móvil para que dejara de sonar, tras lo cual miró a Jim, que dormía a pierna suelta a su lado. Sus ronquidos eran capaces de sacudir las ventanas. Menos mal que normalmente dormía en su propia habitación. Esta noche había hecho a Helene una visita conyugal, el precio que ella pagaba por el confort material que gozaba al margen de que ambos se llevaran bien o no.

Cuando Jim le preguntó, mientras la desnudaba, si había dejado de tomar la píldora, ella respondió afirmativamente. Era mentira. Pero al menos Helene se había acordado de retirarlas del cajón de la mesita y ocultarlas en la tapa de una caja de zapatos en su armario ropero. Le sorprendía que Jim no las hubiera descubierto. Habían pasado dos días entre su arresto y el motivo que había propiciado ese incidente.

Helene se apartó sigilosamente de Jim, sintiendo un desapego emocional de él y un persistente cosquilleo debido a su destreza sexual. Al menos era una recompensa por cumplir con su deber de esposa.

—¿Sí?

—¿Helene? —Era una mujer. Con una sola palabra, era difícil identificarla, aunque la voz le sonaba familiar.

Claro que el hecho de que le sonara familiar no tenía por qué ser un elemento favorable.

—¿Quién es? —preguntó Helene en voz baja y apremiante, atravesando descalza la habitación para no despertar a Jim.

Dios sabía lo que su marido imaginaría si averiguaba que recibía llamadas telefónicas en plena noche.

En realidad, Helene tampoco entendía el motivo de esa llamada.

—¿Quién habla? —preguntó antes de que su interlocutor pudiera responderle la primera vez.

—Soy Lorna Rafferty —se apresuró a contestar la mujer, desvelando el misterio de a quién pertenecía la voz—. Lamento llamarte a estas horas —prosiguió.

Helene sintió un profundo alivio. Pero ¿qué había temido? ¿De quién temía que fuera la llamada? ¿De sus padres? ¿De Ormond's? Quizá...

¿De Gerald Parks?

¡Bingo!

Helene había tratado de no obsesionarse con él, pero el mero hecho de pensar en su nombre hacía que le acometiera una sensación de náuseas.

—Lorna —dijo, aliviada pero nerviosa al pensar en Gerald Parks—. ¿Ocurre algo malo?

—Espero que no. Es decir, creo que no. Dios, pensarás que soy una idiota por llamarte a estas horas. —Lorna parecía muy agitada y hablaba atropelladamente—. Debí esperar a que amaneciera. O hasta la semana que viene...

—¿Qué sucede?

—Allá va. —Lorna respiró hondo emitiendo un sonido sibilante que atravesó el hilo telefónico—. Te lo diré sin rodeos, aunque probablemente no signifique nada.

Helene empezaba a estar preocupada.

—¿De qué se trata, Lorna?

—Creo que... Creo que es posible que alguien te siga. ¿Tienes un guardaespaldas?

—No. ¿Por qué?

—Supuse que siendo tu marido un personaje público, y además un político, quizá os asignaban algún agente del Servicio Secreto...

—¿Me refiero a por qué crees que alguien me sigue? —Helene se dio cuenta de que se había expresado con brusquedad, lo cual no era su intención, pero ella misma había tenido esa incómoda sensación y le chocó que una persona que apenas conocía confirmara sus sospechas.

—La semana pasada, cuando viniste, vi a un tipo apoyado contra un viejo coche en el aparcamiento, con la vista fija en mi apartamento. Por eso me ponía tan nerviosa cuando llamaban a la puerta.

Helene se acordaba perfectamente. Lorna había mirado unas veinte veces a través de la ventana. Ella había supuesto que esperaba que apareciera su novio después de la reunión.

—El caso —continuó Lorna— es que mientras miraba por la ventana, para comprobar si ese tipo seguía allí o no, aunque no sé por qué, observé que cuando partiste en tu coche él también se fue. Al principio pensé que era Sandra...

—Pero no lo era...

—No, Sandra había olvidado algo y regresó a mi apartamento en cuanto te marchaste.

Helene sintió una sensación de temor en la boca del estómago.

—¿Eso es todo? —Tenía el mal presentimiento de que no.

Y no se equivocaba.

—Esta noche ha vuelto a ocurrir —respondió Lorna—. Era el mismo coche. Claro que podría ser una coincidencia. De hecho, quizás haya alguien en el edificio que también organiza reuniones los martes por la noche y he reaccionado exageradamente. O quizá no fuera el mismo coche.

Helene lo dudaba.

—¿Qué aspecto tiene ese tipo?

—Rubio. Melifluo. Insulso. De peso mediano, de estatura mediana, de complexión mediana.

Gerald Parks.

—¿Te fijaste si llevaba una cámara?

—No. —De eso Lorna estaba segura—. Permaneció apoyado en el capó del coche con los brazos cruzados. No creo que debas preocuparte de que tomara fotografías. —Lorna dudó unos instantes, tras lo cual añadió—: Aunque a fin de cuentas no estabas haciendo nada malo.

Esta vez no.

—Gracias por informarme —dijo Helene, pensando en que debía de ser una coincidencia. Gerald Parks no era precisamente tímido; si la hubiera estado siguiendo, no habría dudado en hacerle sentir su presencia. A fin de cuentas, seguía queriendo dinero.

Helene pensó que había contagiado a Lorna su paranoia. Debía permanecer alerta, pero no quería que ningún problema empañara su nueva amistad.

—A veces los fotógrafos locales no tienen otras historias y se dedican a seguirme por si dan con algo. —Y a veces lo lograban—. Es irritante, pero no hay por qué alarmarse.

Lorna emitió un suspiro de alivio a través del hilo telefónico.

—¡Menos mal! Oye, siento mucho haberte molestado. Debes creer que soy una imbécil.

Helene se rió.

—¡Por supuesto que no! Creo que eres una amiga que estabas preocupada por mí y te lo agradezco mucho.

Después de colgar, Helene permaneció largo rato acostada observando el resplandor de las luces del camino de acceso reflejado en el techo de su habitación. Estaba en su santuario. El único lugar en el que casi se sentía como era en realidad.

Pero la presencia de Jim allí impedía que se sintiera de esa forma.

Otra mala señal sobre su matrimonio.

Se levantó y caminó descalza por el frío suelo de madera hasta la ventana que daba a la fachada. Deseaba abrirla y dejar que entrara el aire nocturno, aspirar el perfume del jazmín que sabía que crecía junto a la ventana porque ella misma lo había plantado.

Pero si la abría se dispararía la alarma.

En lugar de ello, Helene se apoyó en la estrecha repisa y contempló el cielo violáceo, tachonado por unas pocas estrellas, y el leve resplandor que se alzaba de la ciudad a sus pies.

En esos momentos añoraba el cielo inabarcable de su infancia, tan cuajado de estrellas por las noches que parecía azúcar derramado sobre un mantel oscuro. Casi percibía el aroma verde e intenso de Virginia Occidental, hasta el punto de que tuvo la tentación de montarse en su coche y conducir durante una hora hacia el norte para contemplarlo.

Pero eso era imposible. Helene no tenía una necesidad apremiante de ir allí, y si iba —y alguna persona chismosa se enteraba de ello— suscitaría unas preguntas a las que no quería responder.

De modo que regresó a la cama, abrió la mesita de noche para sacar el frasco de somníferos que le había recetado el médico durante la última campaña política de Jim, y tomó dos.

De esa forma, al menos durante unas horas, podía olvidar el presente, el futuro y el pasado.

La mujer que aparecía en la caja tenía una melena larga, rubia y lustrosa, con unos reflejos que añadían dimensión y hacían que sus ojos azules relucieran como cristales. El color se llamaba Palomino Intenso.

Pero el pelo de Sandra había adquirido un color verde grisáceo oscuro, con las puntas partidas y rizadas.

No obstante, sus ojos relucían, como ocurría siempre después de haberse pasado un buen rato llorando. Hasta el momento Sandra había llorado sin cesar mientras veía *Jeopardy*, *Supervivientes* y *Ley y orden*. Se disponía a ver el informativo de la noche, y si todo el tarro de mayonesa —mejor dicho, la Salsa Milagrosa— que se había aplicado en la cabeza y cubierto con una bolsa de plástico no daba resultado, probablemente vería todo el *Tonight Show*.

Llamar al número incluido en las instrucciones no había servido de nada.

—Lamentablemente, tendremos que esperar un mes antes de hacer algo para remediarlo —había dicho la mujer después de que Sandra hubiera esperado a que alguien atendiera la llamada, escuchando una canción de Henry Manzini tras otra, durante una hora aproximadamente. Sin duda habían llamado centenares de mujeres con el pelo verde antes que ella, porque Sandra había seguido las instrucciones al pie de la letra.

—¿Un mes? ¿Por qué tengo que esperar un mes?

—Porque al utilizar el producto ha abierto la cutícula y, a juzgar por el estado en que le ha quedado el pelo, si se aplica otro producto, el colorante puede quemarlo.

Sandra se imaginó con la mitad de su pelo corto y greñudo y el resto desprendiéndose lentamente.

Ahora comprendía por qué le habían recomendado que no hiciera nada.

—¿Y si me aplico un tinte ligero de color castaño oscuro o algo parecido? ¿No serviría para tapar el color actual?

—No, porque usted se había hecho unos reflejos en el pelo, y una parte del mismo adquiriría un color más intenso que la otra, con lo que conseguiría una tonalidad desigual.

Sandra sopesó mentalmente esa imagen y estudió la larga melena verde que lucía ahora, y no sabía qué era peor.

—¿Y si fuera a una peluquería? —preguntó, aunque se había comprado la caja precisamente para teñirse el pelo en casa y no tener que ir a una peluquería—. ¿No podrían solucionarlo?

—Quizá le aseguren que pueden conseguirlo, pero los productos que utilizan son tan capaces de quemarle el pelo como cualquier tinte que compre usted misma. Yo no me arriesgaría. Si espera un mes a que la cutícula se regenere y la condición de su pelo mejore, podrá acudir a una peluquería para que le arreglen el color.

—¿Eso es todo? ¿Es lo único que puede aconsejarme?

—Lo siento, señora.

—Yo compré su producto de buena fe. ¿Cómo es posible que hagan que el pelo de las personas se vuelva verde y se limiten a decirles que tienen que vivir con ello?

—Las instrucciones especifican que no debe utilizarse en un pelo con reflejos.

—¿Dónde lo dice? —Sandra había leído las instrucciones palabra por palabra.

—Lea la letra pequeña en la parte inferior.

—¡Nadie lee eso! —replicó Sandra exasperada.

—Lamentablemente, los abogados sí —contestó la mujer asumiendo durante unos momentos un tono comprensivo.

Que desastre. Justo cuando Sandra había empezado a salir de nuevo, ocurría esta tragedia.

—Bien, de todos modos, gracias.

—De nada, señora. Y como gesto de buena voluntad, si me da sus señas estaremos encantados de enviarle un cupón para otra caja de nuestro producto.

¿Bromeaba? ¿Un cupón para otra caja del producto? Sandra supuso que la necesitaría en el improbable caso de que lograra que su pelo recuperara un color normal y sintiera la imperiosa necesidad de volver a adquirir el aspecto del Grinch.

Había colgado indignada y había buscado en Internet unos remedios caseros. Uno de los más populares era aplicar un potente champú anticaspa y dejarlo durante una hora para que eliminara el color. Pero eso requería no sólo salir para ir a comprar el champú, sino hacerlo con un pelo que parecía algo que alguien hubiera extraído de una cloaca y se lo hubieran colocado en la cabeza.

La mayonesa parecía una opción más recomendable esa noche. Por lo visto, el vinagre eliminaría el color y el huevo regeneraría su pelo. Sandra confiaba en que la Salsa Milagrosa Light poseyera las mismas propiedades mágicas para reparar el caballo. Había utilizado hoy la última cucharada de su mayonesa, minuciosamente medida, en un sándwich de pavo para almorzar.

Era una estupidez. Sandra podía permitirse ir a una peluquería; era su maldita fobia lo que le impedía salir de casa. Después de una semana muy provechosa —que había empezado con su encuentro con las adictas a los zapatos—, había sufrido de golpe un ataque de pánico esa tarde cuando se disponía a ir a casa de Lorna.

Era extraño, porque hasta ese momento Sandra estaba convencida de que la terapia auricular funcionaba. El pánico que había sentido era un grave contratiempo. En lugar de ir a casa de Lorna, se había quedado en su apartamento estrujándose las manos, tratando de recuperar el resuello y lamentándose profundamente de no ser otra persona.

Ahí fue cuando decidió cambiarse el color del pelo. Sandra había adquirido el tinte hacía unas semanas, cuando estaba en un estado de ánimo similar al de hoy, pero el estado de ánimo había pasado —por fortuna, comprendió ahora— y no había utilizado el tinte. Pero esta noche, mientras miraba *La rueda de la fortuna* y admiraba el pelo de Vanna White, Sandra se había acordado de las dos cajas de Palomino Intenso que tenía en el armario de la ropa blanca (las cuales había comprado cuando estaba de mal humor) y había decidido cambiar su imagen y, por ende, su vida en sentido positivo.

No se le había ocurrido examinar el interior del frasco para comprobar que ambos decían «Palomino» y no «Rubio Ceniza Oscuro», y aunque lo hubiera hecho, Sandra jamás habría pensado que un rubio ceniza oscuro daría a su pelo con reflejos el color de unos espárragos podridos.

Por lo que era muy lógico que lo aderezara con mayonesa.

La cuestión era: ¿qué iba a hacer ahora? Ponerle el pelo de color verde a una persona que no quería salir de casa, incluso cuando todo iba bien, parecía insólitamente cruel. Pero Sandra era muy dada a buscar signos, y se preguntó si éste no lo sería.

Quizá tenía que hacer precisamente lo que no quería hacer, quizá tenía que salir y… sumergirse en su bochorno.

En psicología, eso se llama «inundar».

Pensó en ello unos instantes. Era martes por la noche, unos minutos pasados las once. Las calles estarían atestadas de gente —siempre lo estaban en la zona de Adams Morgan—, pero no tanto como lo estarían al día siguiente por la noche. Aunque eso no importaba, porque si Sandra se decía que era mejor esperar y hacerlo *mañana*, entonces para *mañana* siempre faltaría un día.

Sandra decidió hacerlo.

Es imposible adivinar qué la indujo a ello, o de dónde sacó el valor para salir —sin sombrero— y mostrarse ante la gente, pero el caso es que veinte minutos más tarde se alegró de haberlo hecho.

—¿Sandra?

Durante unos momentos, todo indicaba que Sandra iba a vivir una pesadilla.

Al volverse vio a un tipo alto y delgado, con una cabellera castaña y ondulada perfecta, unos ojos de color marrón chocolate y una piel tan tersa que era más que evidente que se la exfoliaba.

—¿Sandra Vanderslice? —preguntó el tipo formulando su nombre con unos labios como los de las estrellas de cine.

No obstante, la voz era un tanto aguda. Poco viril. Aunque eso no quería decir nada. Simplemente que tenía la voz aguda.

Lo extraño era que supiera cómo se llamaba Sandra.

¿Cómo lo había averiguado?

—Lo siento… —Sandra se llevó instintivamente una mano a la cabeza, recordando que tenía el pelo verde, mientras sentía que sus mejillas se teñían de un rojo que contrastaba con ese color.

Esto no había sido una buena idea.

—Soy yo —dijo el tipo arqueando las cejas y mirándola con expresión interrogante.

Ni idea. Sandra se había quedado en blanco, tal como indicaba la expresión de su rostro.

—Yo…

El tipo puso los ojos en blanco.

—Mike Lemmington. —Una pausa—. Del instituto.

Sandra lo miró boquiabierta. ¡Mike Lemmington! ¿Cómo era posible? Mike Lemmington era la única persona en el instituto junto a la que Sandra se sentía, no exactamente delgada, pero relativamente menos gorda.

—¡Mike! —Los complejos de Sandra desaparecieron ante esa increíble transformación—. Pero ¿cómo es posible? ¡Cielo santo! ¿Qué…? —Meneó la cabeza con incredulidad—. Pero ¿qué has hecho?

Mike sonrió mostrando una dentadura blanca y regular.

—He perdido un poco de peso.

—Mike. —Si alguien era capaz de evitar las burlas sobre el sobrepeso, eran ellos dos—. Has perdido mucho peso. ¿Cómo lo lograste?

—Weight Watchers —respondió Mike encogiéndose de hombros.

—¿De veras? —Sandra recordó que también era socia de Weight Watchers y se preguntó si el prestarle un poco más de atención al asunto podía reportarle un cambio tan espectacular como el de Mike.

—Cada jueves por la tarde —dijo él sonriendo—. Pero ¿y tú? ¿Qué te has hecho en el pelo?

Sandra no comprendía cómo había podido olvidarse de su pelo durante unos instantes, y volvió a sentirse abochornada.

—Ah, pues…

—¡Es verde! —exclamó Mike revolviéndole el pelo afectuosamente.

—Sí, porque…

—Es muy atrevido —prosiguió Mike mirando a Sandra con evidente admiración—. Cielo, pensé que no ibas a salir nunca de tu caparazón.

Sandra frunció el ceño. ¿Había permanecido tanto tiempo encerrada en un caparazón?

Pero ¿a quién pretendía engañar? ¡Si había nacido dentro de un caparazón! Era prácticamente la Venus de Botticelli, pero sin su maravilloso cuerpo o su rostro angelical renacentista.

—Me alegro de que no temas expresarte como deseas. ¡Y ese verde realza el azul de tus ojos!

—¿De veras? —Sandra necesitaba eso. Lo necesitaba urgentemente.

—Por supuesto.

Sandra decidió seguir adelante y ser la chica que se había teñido el pelo de color verde por un exceso de seguridad en sí misma en lugar de por el tipo de inseguridad que hace que adquieras una caja de tinte de pelo rubio un día en que te sientes fatal.

—Gracias, Mike. Bien —prosiguió Sandra en el papel del tipo de mujer capaz de teñirse el pelo de verde para demostrar al mundo su valor y confianza en sí misma—, ¿qué haces en esta parte de la ciudad? ¿Has venido a visitar a alguien? ¿O vives aquí?

—Tengo un apartamento en Dupont Circle —respondió Mike esbozando de nuevo esa sonrisa gloriosa. ¿Había tenido que esforzarse en conseguirla también, o era fruto de la impresionante pérdida de peso?—. Pero vengo con frecuencia a Stretson's. Mi amiga trabaja en el bar.

—Ya. He oído hablar muy bien de ese lugar. —Sandra nunca había estado en Stretson's. Tenía fama de ser un bar de ambiente gay, aunque no estaba segura de que lo fuera. En cualquier caso, decían que era un lugar muy agradable.

Mike frunció los labios y la miró de arriba abajo.

—Precisamente me dirigía allí. ¿Quieres venir conmigo?

Sandra sintió que el corazón le daba un vuelco. ¿Era posible que ese tipo tan cachas le pidiera que le acompañara a tomar una copa? Quizás el hecho de haberse teñido el pelo de verde era lo mejor que había hecho ese año.

Pero no dejaba de ser verde. Y lo lucía en la cabeza. Y por mucho que Sandra se esforzara en mostrarse a gusto, no se sentía así.

—No quisiera fastidiarte la velada, Mike.

—¿Bromeas? Me encantaría que me acompañaras. Además, va gente muy interesante a ese bar. Quizá conozcas a alguien. A menos... —Mike la miró como si acabara de pisar una boñiga— que ya estés comprometida con alguien... Ha sido una torpeza por mi parte no habértelo preguntado.

—No te preocupes —le aseguró Sandra—. No estoy comprometida con nadie. Así que, por mí, encantada.

—¡Genial! Te encantará Stretson's. Tengo ganas de presentarte a mi amiga Debbie. Creo que las dos os llevaréis estupendamente.

Mi amiga Debbie. De acuerdo, si era su novia, Mike no habría invitado a Sandra a ir con él.

—Me muero de ganas de que me cuentes todo lo has hecho durante los... —Después de un rápido cálculo, Sandra añadió—: trece últimos años. ¡Caray, es increíble que haya pasado tanto tiempo!

—A mí también me parece un siglo —respondió Mike alegremente rodeando a Sandra con el brazo—. Te confesaré una cosa. Mi madre se habría llevado una alegría si tú y yo nos hubiéramos hecho novios. Por supuesto, odia el tipo de vida que llevo actualmente.

Sandra deseó ser menuda y flaca como la célebre modelo Twiggy, para que Mike pudiera rodearla por completo con el brazo y estrecharla contra sí, como hace siempre el protagonista al final de una película romántica, pero no iba a dejar que ese pequeño detalle le amargara la velada.

—¿De modo que eres un soltero con ganas de marcha? —preguntó, confiando en que la respuesta de Mike le ayudara a descifrar su presente situación sentimental.

—Exacto —contestó Mike echándose a reír. Luego se detuvo y la miró de nuevo—. No sabes cuánto me alegro de volver a verte. He pensado mucho en ti.

—¿De veras? —Sandra lamentó no poder decir lo mismo, pero lo cierto era que se había afanado en olvidar los años que había pasado en el instituto—. Te agradezco que me lo digas.

—Es la verdad. —Ambos echaron a andar de nuevo—. A partir de ahora vamos a vernos con mucha frecuencia, estoy seguro.

Sandra sonrió entusiasmada. Ésta era, oficialmente, una gran noche, que recordaría la próxima vez que se sintiera desanimada. Una nunca sabe con quién va a toparse en el momento más impensado.

Bien mirado, quizás una no supiera nunca lo que había en su pasado. Sandra jamás había visto a un tipo tan impresionante en Mike Lemmington.

Ni siquiera había vislumbrado esa posibilidad.

Puede que la vida fuera así. A veces no vislumbrabas ese tipo de posibilidad en un mal día.

Hacía tres horas, Sandra se había sentido deprimida, convencida de ser una repugnante bola de grasa que jamás conocería la felicidad. Incluso había temido ser incapaz de volver a salir de su apartamento y habría creído que protagonizaría una de esas extrañas historias que publican de vez en cuando en el *Post* sobre alguien a quien encuentran dos semanas después de muerto cuando los vecinos caen por fin en la cuenta de que el hedor no proviene de ese horrible restaurante chino de Hunan que hay en la esquina.

En esos momentos Sandra caminaba del brazo de un hombre tan atractivo que todo el mundo se volvía —hombres y mujeres— al verlos pasar. Tenía una cita, aunque fuera para irse de copas a un bar gay, con un tipo de lo más cachas. Un tipo que la conocía desde hacía tiempo y la aceptaba tal como era.

Decididamente, las cosas empezaban a mejorar.

—Necesito otra varita de metal contra los ataques de pánico —dijo Sandra al doctor Lee—. Esta vez, en mi oreja izquierda.

—Eso no es posible, señorita Vanderslice. Sólo existe un punto para esa ansiedad, y ya lo hemos utilizado. Le aseguro que es suficiente.

—Creo que he empezado a notar una diferencia —dijo Sandra—. Por eso quiero que me inserte otra varita. Porque todavía no lo he superado por completo, ¿comprende? Y quizás otra varita me ayude a curarme del todo.

Haga que vuelva a ser una persona normal, pensó Sandra, pero no tuvo valor para expresar algo tan patético.

El doctor Lee la miró sin estar muy convenido, y ella recordó que tenía el pelo verde. ¿Convenía que se lo explicara? No. El doctor Lee probablemente veía cada día cosas más raras en su consulta.

—Señorita Vanderslice, ya que está aquí, podemos aplicar otra terapia de acupuntura, pero su terapia auricular es ahora mismo la correcta.

Sandra asintió con la cabeza.

—De acuerdo, lo entiendo. Es que me sentía tan entusiasmada con los efectos de esa varita que quería que me insertara otra.

El doctor Lee asintió y sonrió afablemente.

—Cada vez se sentirá mejor.

A continuación le aplicó otro tratamiento de acupuntura, y Sandra se marchó de su consulta eufórica. Se moría de ganas de contárselo a la doctora Ratner. Hacía mucho tiempo que no tenía nada importante que contarle con respecto a sus progresos.

Por fin podía hacerlo.

Capítulo *12*

Por fortuna, cuando Joss encontró el envoltorio roto de un condón en el suelo, debajo del borde del armario de la cocina, estaba sola.

Lo que estaba haciendo allí tenía sentido —Deena Oliver había dejado los platos en el fregadero, como de costumbre, con unas instrucciones claras y detalladas sobre cómo lavar cada pieza a mano, de modo que cuando Joss había dejado caer la cucharita de plata para la mostaza, había tenido que recogerla del suelo—, pero era difícil imaginar qué pruebas anticonceptivas podían justificar la presencia de ese objeto allí.

La idea de que tuviera algo que ver con las asistentas de Domésticas Alegres que acudían dos veces a la semana era absurda, de modo que Joss la descartó inmediatamente. Y los chicos le habían revelado que Kurt Oliver se había sometido a una vasectomía. Lo cual llevó a Joss a una única conclusión, puesto que sabía que no había sido ella: Deena Oliver mantenía una relación extraconyugal.

Y cuando Deena había dejado por descuido la prueba de su aventura debajo de su cama —o su vehículo de safari, suponiendo que el tanga indicara el tema de la ambientación—, su defensa había sido una ofensa bastante decente: culpar a la niñera. A su cara.

Por si las cosas se ponían feas.

Cualquiera sabía si Kurt Oliver había encontrado esas pruebas, pero, en tal caso, el huidizo pero vagamente intimidatorio hombre de la casa debía de pensar que Joss se dedicaba a follar con un tipo cuando la familia no estaba en casa.

Debía de pensar que pertenecían a Joss.

Una perspectiva francamente humillante.

Pero, como tantos otros aspectos humillantes de su trabajo, no facilitaba a Joss el medio de poner fin a su contrato. Si la despedían, automáticamente le reclamarían daños y perjuicios, según le había explicado Deena, de modo que dedujo que el hecho de disgustar a su jefa vulnerando el contrato de cualquier otra forma tendría el mismo resultado.

Joss estaba en un callejón sin salida.

Y todo cuanto hacía Deena Oliver ponía de relieve ese incómodo hecho.

—No quiero que hables con mis amigas. Para ellas representa un incordio tener que esmerarse en ser educadas y charlar con el servicio —le había reprendido Deena un día después de que una de las madres que había asistido a la espectacular fiesta de cumpleaños de Colin había preguntado a Joss dónde estaba el lavabo.

—Ve a recoger la ropa de Kurt de la tintorería. No encuentro el comprobante, pero no te preocupes, ya saben cuáles son sus prendas.

Resultó que no sabían cuáles eran las prendas de Kurt, ni siquiera quién era Kurt, de modo que después de seis llamadas a Deena, por fin habían encontrado el traje marrón de Arman... Sólo que no era un traje marrón de Arman, sino una chaqueta gris de Prada.

—Las asistentas de Domésticas Alegres no pueden venir hoy debido al mal tiempo u otra memez por el estilo. Cuando termines de preparar la comida, haz el favor de limpiar los baños. Debido a ese virus intestinal que ha circulado estos días, están hechos una pena.

Y luego se había producido un incidente tremendamente ofensivo para Joss.

—¿Has terminado ya? —había preguntado Deena a través de la puerta del baño un día en que la joven se estaba cambiando un tampón—. Los niños te están esperando.

Era un infierno.

De modo que Joss había insistido, una y otra vez, en su búsqueda de una actividad que llevar a cabo en su tiempo libre, y de las ofertas para los martes por la noche, la que más le atraía era la de las adictas a los zapatos anónimas.

Lo que significaba que tenía que salir en busca de zapatos de diseñadores.

Joss se paseó lentamente por Algo Antiguo, una tienda de prendas *vintage* de segunda mano en Georgetown. El trayecto en autobús le había llevado casi una hora, pero no tenía prisa. A fin de cuentas, no tenía nada que hacer hasta las siete y media, cuando asistiría a la reunión de las adictas a los zapatos anónimas en Bethesda. Joss suponía que si salía de allí a las diez podía tomar un autobús de regreso a la avenida Connecticut en Chevy Chase, y realizar el resto del camino a pie hasta la casa de los Oliver.

A esa hora Deena estaría dormida y no le pediría que hiciera ningún trabajo adicional. A menos, claro está, que fuera sonámbula. Lo cual, dado el volumen de sus exigencias, no era inimaginable.

—¿Puedo ayudarla?

Al volverse, Joss vio a una joven delgada con el pelo lacio que lucía una de esas faldas amplias y vaporosas que ella denominaba «de gitana» cuando se disfrazaba o se preparaba para salir en Halloween.

—Gracias —respondió Joss—. Echaba un vistazo, pero en realidad busco unos zapatos de diseñador. Del treinta y nueve.

—¿De diseñador? —La joven la miró tan perpleja como se sentía la propia Joss—. No sé qué tipo de zapatos tenemos, pero están todos ahí.

Joss siguió a la chica, percibiendo un leve aroma a mariguana en la estela que dejaba tras ella.

La joven se detuvo delante de una estantería que ocupaba toda una pared, la cual contenía unos zapatos dispuestos como libros.

—Esto es lo que tenemos.

—Gracias —dijo Joss, fijándose en una etiqueta que ponía sesenta y cinco dólares de unos zapatos que parecían los anticuados zapatos de su abuela.

—De nada —respondió la joven con tono quedo, tras lo cual regresó al lugar del cual habían partido.

En cuanto la dependienta desapareció, Joss empezó a rebuscar entre los zapatos tratando de hallar algo más barato —en primer lugar, tenía que encontrar un precio que le conviniera, y luego examinar la marca—, pero no había ningún par por menos de cincuenta dólares. Reconoció los nombres de algunos de ellos debido a su búsqueda en Internet: Chanel, Gucci, Lindor. Por fin se decidió por un par de Ferragamo un tanto gastados —un nombre que había visto repetidamente durante su búsqueda— y pagó los cincuenta dólares más IVA.

Era una iniciación un tanto costosa a ese club, pero Joss no tenía tiempo para seguir buscando. Había supuesto que sería fácil encontrar zapatos de diseñador a buen precio. Su error había sido dirigirse a una tienda de prendas *vintage* en la parte más cara del Distrito de Columbia. La próxima vez iría más lejos, quizá a Virginia Occidental, en busca de una tienda de oportunidades.

Cuando Joss se disponía a montarse en el autobús, empezó a sonar su móvil.

—¿Dónde diablos estás? —le espetó Deena con voz tan alta que la mujer que estaba junto a Joss se volvió para mirarla.

—En un autobús en Georgetown —respondió la joven con tono quedo, tratando de contrarrestar el volumen de Deena.

Pero no dio resultado.

—¿Qué?

—Estoy en Georgetown —dijo Joss alzando un poco la voz.

—¡Georgetown! ¿Y tu trabajo?

Las personas alrededor de Joss no la miraban, pero ella tenía la sensación de que todas podían oír a su jefa, lo cual era extremadamente bochornoso.

—Los niños están en el colegio —respondió Joss.

—¿Y eso significa que puedes tomarte el día libre?

Joss se sintió confundida. ¿Qué quería Deena que hiciera? ¿Sentarse en las aulas de los niños? Y en tal caso, ¿en las dos? ¿Al mismo tiempo?

—No, dentro de una hora y media iré a recoger a Bart y luego...

—¡Vuelve enseguida!

Joss sintió que se sonrojaba. El autobús se detuvo frente a una de las elegantes tiendas de la avenida Wisconsin, y Joss se apeó, demasiado humillada para proseguir la conversación delante de todo el mundo.

—No lo entiendo —dijo Joss estremeciéndose porque sabía que le caería una buena regañina—. Los chicos no están en casa, de modo que...

—¡Pero su ropa sucia, sí! En el cuarto de Colin hay un montón que llega hasta el techo.

Mentira. Joss había lavado la ropa de los niños ayer y, al menos anoche, la cesta de la ropa sucia en el baño sólo contenía una muda de cada niño.

—Supongo que Colin debió de sacarla de los cajones y dejarla en el suelo en lugar de recogerla. —Y probablemente lo había hecho adrede.

Tras un tenso silencio, Deena dijo:

—Te estás pasando de la raya.

¿Por qué?, quería gritar Joss, pero sabía que era inútil. La lógica no funcionaba con Deena Oliver.

—Lo siento, señora Oliver. Regresaré enseguida.

—Te doy quince minutos.

Eso era imposible, ni siquiera en el taxi que Joss acababa de parar.

—De acuerdo —contestó.

El conductor se detuvo junto a la acera y Joss abrió la puerta cuando su móvil comenzó a sonar de nuevo. Estuvo tentada de no responder, pero no sabía quién era.

Podría ser una emergencia.

Pero no lo era.

—Pásate por Safeway —bramó Deena antes de que Joss pudiera decir una palabra—. Compra una botella de leche y esos platos preparados de comida *light* que me gustan. Así tu pequeña excursión no habrá sido una pérdida de tiempo.

Cuando Joss se instaló sobre la raída tapicería del asiento trasero del taxi y miró el taxímetro, se le ocurrió que la hora que había pasado fuera de casa de los Oliver le había costado un total de setenta y cinco dólares.

Era una inversión considerable en un grupo que en realidad no le interesaba demasiado. Joss confiaba en que mereciera la pena.

Escarpines 927

Tenía un aire evocador. Lorna tecleó una nueva contraseña en eBay aparejada a su nuevo nombre de usuaria, esperó un correo electrónico de confirmación, hizo clic en el hipervínculo y recibió el mensaje «¿QUÉ ES QUE LO BUSCA?»

¿Era posible que fuera tan fácil

Lorna tecleó las palabras *Marc Jacobs*.

¡Bingo, 450 respuestas en zapatos femeninos! Lorna buscó en la página un treinta y nueve y vio de inmediato *Botas de cuero color hueso Marc Jacobs NYC*. Hizo clic en el *link* y leyó la descripción:

> *Sin estrenar, en su caja. Estas sexis botas de cuero tienen la puntera redonda, un detalle de unos cordones en el costado, se cierran con una cremallera a un lado y tienen un tacón alto y grueso. Están forradas de cuero y llevan una plantilla. Tamaño treinta y nueve. Tacón de nueve centímetros y medio, caña de cuarenta y cinco centímetros.*

¡Qué maravilla!

Su precio de salida había sido de ocho dólares con noventa y nueve centavos, y durante unos momentos Lorna sintió que le faltaba el aire. ¿Unas botas auténticas de Mark Jacobs por ocho dólares con noventa y nueve centavos? Tenían que ser falsas. Pero no. La puja había ascendido considerablemente. El precio actual era de noventa y nueve dólares y treinta y cinco centavos. Aun así representaba un ahorro de unos quinientos dólares.

Lo valían. Sin duda. En caso necesario, Lorna podía revenderlas e incluso obtener unos dólares de beneficio. O podía vender alguna otra cosa, si fuera absolutamente necesario.

Esto era una ganga. El equivalente de Ahorre-En-Comida para el comprador de zapatos. Lorna tecleó 101,99 dólares como el precio máximo que estaba dispuesta a pagar por las botas y sonrió satisfecha cuando la pantalla cambió y dijo: «ES USTED EL MEJOR POSTOR».

Si las cosas no cambiaban dentro de un día, dos horas y cuarenta y seis minutos, las botas serían suyas. A un precio increíble. Casi era robar, pero era legítimo.

Phil Carson se sentiría orgulloso de ella.

Bueno, puede que Phil Carson no se sintiera orgulloso de ella. Probablemente pensaría que era otro despilfarro, pero él no lo entendía. Era más barato que acudir a un psicoterapeuta.

Lorna sostendría eso hasta el día de su muerte.

EBay era increíble. Si Lorna lo hubiera descubierto unos años antes, probablemente hoy no se vería en el follón financiero en el que se había metido.

Durante el resto de la tarde regresó una y otra vez al ordenador, haciendo clic en el botón RECORDATORIO para comprobar si seguía siendo el mejor postor. Cada vez que lo hacía aparecía en la pantalla: «El mejor postor es Escarpines 927 (0)». Y el reloj registrador seguía avanzando.

Lorna estaba impaciente por contárselo esta noche a las otras adictas a los zapatos.

Pero poco después de las cinco —faltando veintitrés horas y dieciocho minutos en la subasta— en su página de recordatorio apareció el mensaje: «Han superado su puja».

Durante unos angustiosos momentos, Lorna se sintió como debió de sentirse la madrastra de Blancanieves cuando le dijeron: «No está mal, alteza, pero francamente, ha aparecido otra más guapa que usted».

¿Quién había superado su puja?

Lorna escudriñó la página —se estaba convirtiendo en una experta en eBay— y vio que el nuevo mejor postor era *Babuchas (0)*. El cero entre paréntesis, según había averiguado, significaba un nuevo usuario que aún no había empezado a interactuar con otros usuarios.

¡De modo que su puja había sido superada por otro postor! Aparte de que Lorna era una novata, el hecho de ver *Babuchas (0)* la cabreó. Especialmente porque la puja que la había superado era de 104,49 dólares.

Dos miserables dólares con cincuenta centavos más que el precio que ella había ofrecido

Sin pensarlo mucho, elevó su puja a 104,56 dólares. Un número bonito, raro. Si su oponente anónimo subía a 104,50 dólares —como haría la mayoría de la gente—, Lorna lo superaría por seis centavos. ¡Ja! ¡Fastídiate, *Babuchas*! ¡Tú y tu *(0)*!

Pero en lugar del mensaje azul que decía «Es usted el mejor postor» que Lorna confiaba ver, recibió uno de color pardusco que decía «Han superado su puja».

¡Babuchas!

Lorna sintió que hacía presa en ella una competitividad que ignoraba que poseía, y elevó su puja máxima a 153,37 dólares, pensando que los números impares le traían suerte.

Y no se equivocaba. Recibió de inmediato el mensaje que decía «Es usted el mejor postor» y, asintiendo con gesto satisfecho, dejó el ordenador —encendido— para prepararse a recibir a sus invitadas.

Al igual que la vez anterior, la primera en llegar fue Helene, vestida con un impecable traje de lino verde que le daba un aire decididamente vibrante. Lucía unas sandalias con tiras de cuero, de un verde tan oscuro que era casi negro.

—Prada —dijo Helene en respuesta a la silenciosa pregunta de Lorna.

—Impresionantes.

—Quizá las veas sobre la mesa dentro de unas semanas —comentó Helene sonriendo.

—Eso espero —contestó Lorna echándose a reír.

Sandra llegó al cabo de unos minutos, luciendo un asombroso pelo verde. No era un verde neón ni nada por el estilo, pero era un pelo verde. Y absolutamente frito.

—Lo sé —dijo, antes de que Helene o Lorna pudieran hacer algún comentario, cosa que no hubieran hecho—. He tenido un pequeño contratiempo al teñirme el pelo.

—Denise, mi estilista, puede solucionártelo —se apresuró a decir Helene—. Trabaja en Bogies, en el extremo norte de Georgetown. Puedo darte su número...

—Gracias —respondió Sandra—. Pero al parecer éste —añadió

señalando su cabeza— es el color que presentaré durante un mes si no quiero quedarme calva. Y os aseguro que he sopesado las opciones. Verde durante un mes o medio calva durante dos años... A menos que podáis indicarme algo que se me haya pasado por alto, me quedo con mi pelo verde.

—Supongo que existe el riesgo de que se te estropee el pelo si lo castigas demasiado —dijo Helene asintiendo con la cabeza—. Pero si cambias de opinión, no dudes en llamar a Denise. Hace milagros.

Al contemplar su maravilloso pelo castaño, con un corte tan perfecto que se moviera Helene como se moviera siempre le caía en torno a la cara de forma favorecedora, ¿quién no habría aprovechado la oportunidad de visitar a su estilista?

Si Lorna no hubiera comprometido ciento cincuenta dólares en un par de botas —empezaba a sentir ciertos remordimientos por ese dispendio y confiaba en que *Babuchas* no superara su puja mientras ella no estuviera conectada a Internet—, no habría dudado en llamar ella misma a la estilista de Helene.

Al cabo de aproximadamente un cuarto de hora, llamaron a la puerta. Todas miraron a Lorna.

—Olvidé deciros que esta noche viene una nueva adicta —dijo—. Se llama Jocelyn.

—Espero que se quede más tiempo que la persona que apareció la semana pasada —dijo Helene, aclarando a Sandra la aparición del hombre-mujer que, después de echarles un vistazo desde la puerta, había salido corriendo sin decir palabra—. Al parecer atraemos a gente rara —afirmó—. Nosotras también somos raritas, lo cual atrae a unas personas raras y siniestras.

Por fortuna, éste no parecía ser el caso esta semana, pensó Lorna al abrir la puerta y ver a una joven de pelo castaño y con el aspecto lozano y saludable de La Vecinita de Al Lado.

—Hola —dijo la chica esbozando una sonrisa algo torcida que realzaba su encanto—. Soy Joss Bowen. —Sostuvo en alto una bolsa de Pier 1—. He venido por el anuncio de Adictas a los Zapatos... —Al observar que Lorna miraba insistentemente la bolsa, se apresuró a añadir—: No te preocupes, no son de mimbre. Es la única bolsa que encontré.

Ambas se echaron a reír, y Lorna, al darse cuenta de su mala educación, se apresuró a apartarse e invitó a Joss a pasar, presentándola a las demás y explicando el problema del pelo de Sandra para que ésta no tuviera que relatar de nuevo la historia.

Pese al hecho de que tenía unos diez años menos que las otras, Joss se aclimató enseguida y pasaron la velada charlando sobre sus vidas, sus amores y sus trabajos. Joss trabajaba de niñera en casa de los Oliver. Lorna había adquirido en cierta ocasión un coche en Oliver Ford, antes de que se pusieran tan finos que sólo vendían «automóviles» alemanes. Se había llevado tal chasco con el agresivo vendedor que la había atendido y la falta de apoyo del establecimiento cuando había tenido unos problemas mecánicos que el mero nombre de Oliver le producía un sarpullido. A Lorna no le sorprendió averiguar que los Oliver eran tan impresentables como sus vendedores.

—¿Por qué no lo dejas? —preguntó Lorna a Joss, aunque hay que reconocer que era la solución que proponía a cualquier tipo de problema laboral. Por eso trabajaba en Jico en lugar de en una oficina donde pudiera utilizar la licenciatura de inglés que había obtenido en la Universidad de Maryland—. Seguro que hay centenares de personas en esta zona que buscan una buena niñera.

—Tengo un contrato —respondió Joss, comprendiendo con toda claridad el peso de su firma en ese contrato.

—¡Pues rómpelo! —Bien, puede que Lorna no fuera la persona más indicada para dar consejos en materia laboral. Estaba algo más cualificada (pero muy poco) que para dar consejos en materia económica, pero no era la persona idónea.

Por fortuna, se impuso el sensato criterio de Sandra y Helene.

—¿Cuánto falta para que expire tu contrato? —inquirió la primera.

—Nueve meses. Y cuatro días. —Joss sonrió—. Y aproximadamente tres horas y media.

—¿Has mostrado el contrato a un abogado? —preguntó Helene—. Quizás exista algún resquicio legal que te libre del compromiso. Como por ejemplo que te obliguen a limpiar, hacer la compra y cumplir horas extraordinarias que no figuran en el contrato, de modo que ésa podría ser tu solución.

Durante unos momentos Joss parecía sentirse esperanzada, pero luego meneó la cabeza.

—No puedo romper un contrato. Si lo hiciera, ¿quién iba a contratarme luego? Los Oliver me pondrían verde, se asegurarían de que nadie me concediera siquiera una entrevista.

—Entonces tienes que procurar al menos salir siempre que puedas para que tu jefa no pueda obligarte a satisfacer sus caprichos —insistió Lorna.

—Estoy de acuerdo —dijo Sandra.

—Quizá podamos ir de compras… —Lorna se detuvo sin concluir la frase. Ir de compras no figuraba en su futuro inmediato. Pero ¿qué actividad social podía proponer que no comportara dinero? ¿Una partida de bridge? ¿Una saludable caminata a una velocidad por encima de la habitual?

Seamos realistas.

—… o algo por el estilo —dijo con una voz algo más débil.

Al término de la velada, Lorna se había hecho con unas sandalias doradas hollywoodienses al estilo Marilyn y unos zapatos de salón negros con la puntera abierta de Jil Sander, y se sentía decididamente culpable por haber pujado tan alto por las botas en eBay. Regresó a su ordenador, confiando en comprobar que *Babuchas* había entrado en la puja y había conseguido un *(1)* por haber adquirido y abonado las botas.

Pero no había sido así. Tan pronto como Lorna entró a regañadientes en la página web, vio las botas bajo el epígrafe ARTÍCULOS QUE HE CONSEGUIDO. 153,03 dólares. Aparte de los gastos de envío, que Lorna no había tenido en cuenta. Eso sumaba otros quince dólares al monto total.

Mierda

Mierda, mierda, mierda.

Hizo de nuevo clic sobre la fotografía. Eran unas botas muy bonitas. Estupendas. Que hacían juego con prácticamente cualquier conjunto. En cuanto llegara el invierno, Lorna se alegraría de haberlas adquirido.

Sintiéndose más animada, examinó la información de la subasta en busca de una dirección a la que enviar el pago. Cuando se disponía a extender un cheque nominativo observó que el vendedor sólo aceptaba un talón de caja o un giro postal.

A la mañana siguiente fue al banco para sacar el dinero para pagar las botas. Por suerte, no había ni rastro de Holden Bennington, y cuando Lorna se acercó a la caja, supuso que no tendría ningún problema.

Pero cuando el cajero hizo clic en su cuenta, asumió una expresión de extrañeza y recelo y dijo que iría en busca del director.

Lorna no tuvo tiempo de farfullar una protesta antes de que el cajero desapareciera. Durante unos frenéticos momentos pensó en dar media vuelta y largarse a toda prisa, y cuando el cajero regresó acompañado por Holden, lamentó no haberlo hecho.

—Hola, señora Rafferty.

—Hola, señor Bennington.

—¿Quiere hacer el favor de pasar a mi despacho?

La tentación de negarse era tremenda, pero ¿qué podía hacer Lorna? Tenía que pagar las botas.

—Un servicio personal muy de agradecer —comentó siguiendo a Holden hasta su despacho por una ruta a través del banco que empezaba a resultarle familiar.

—Ciento sesenta y ocho dólares con tres centavos —dijo Holden indicando a Lorna que se sentara en lo que ambos acabarían sin duda considerando «su» butaca.

—Eso es.

—En estos momentos su cuenta arroja un saldo de ciento veinte dólares con cuarenta y nueve centavos…

Ella extendió los brazos al tiempo que se encogía de hombros.

—Si usted lo dice…

—Salvo que le hemos aprobado la cantidad de… —Holden hizo clic en el ordenador y Lorna resistió el impulso de sugerirle que colocara su cuenta en su lista de «favoritos»— doscientos cuatro dólares con dieciséis centavos. —La miró—. Uno de los cuales era la preaprobación de un dólar en la gasolinera por la compra de lo que imagino que fue más de un dólar de gasolina. Lo cual nos coloca de nuevo en números rojos.

Lorna tragó saliva. No le gustaba vivir de esa forma. Y podía ponerse borde con Holden, pero ¿qué conseguiría? Necesitaba que el tipo encargado de su cuenta corriente estuviera de su lado, no en contra de ella.

—Mire —dijo Lorna—, estoy tratando de solucionarlo. No quiero mentirle, no resulta fácil. Supongo que puede comprobarlo— añadió indicando el ordenador—. Pero necesito conseguir este talón de caja hoy mismo.

—No puedo darle un dinero que no posee.

—Podría si quisiera —replicó ella sonriendo—. ¿No es lo que hacen los bancos?

Para sorpresa de Lorna, Holden le devolvió la sonrisa.

Y comprobó aún más sorprendida que el director adjunto resultaba muy atractivo cuando sonreía.

Holden siguió tecleando en su ordenador, dando la impresión de que se estaba esforzando en solventar el problema. Pero de pronto le dijo:

—Lo siento, pero no puedo hacer nada.

Lorna se preguntó cuál era la penalización por ser un moroso en eBay. Probablemente le impedirían volver a participar en las subastas. Acababa de encontrar ese maravilloso paraíso donde podía comprar zapatos de importantes diseñadores a precios de ganga y ahora tendría que renunciar para siempre a él.

De repente se acordó del dinero de las propinas que llevaba en el bolso.

—¡Un momento! —exclamó rebuscando en su bolso mientras Holden aguardaba en silencio al otro lado de la mesa. Al cabo de unos instantes Lorna halló lo que andaba buscando: un desordenado fajo de dinero que aún no había contado—. Tengo que hacer un depósito.

Lorna contó el dinero —204 dólares, sesenta de los cuales eran en billetes de un dólar— y se lo entregó a Holden.

—Supongo que ahora podré obtener el talón bancario —dijo.

Holden parecía consternado.

—Sí, aunque no se lo aconsejo.

—De acuerdo, tomo nota. Pero pueden darme el cheque, ¿no?

Él suspiró, la miró a los ojos —Lorna no se había percatado de que los tenía de un insólito color azul verdoso— y asintió con la cabeza.

—Sé que esto es un error —dijo—, pero legalmente no puedo negarme.

Lorna esbozó una breve sonrisa.

—Anímese, Bennington. Todo se arreglará. Se lo aseguro.

Capítulo *13*

«No puedo remediarlo... Te amo a ti y sólo a ti...»

Sandra no era de las que saltaban de la cama por la mañana, pero hoy estaba de un humor excelente, cantando la canción que no dejaba de darle vueltas en la cabeza. Mike había llamado anoche mientras ella estaba en casa de Lorna y había dejado un mensaje preguntándole si le apetecía ir esa noche a Cosmos, donde celebraban la velada del karaoke.

Sandra era incapaz de ponerse de pie delante de todo el mundo y «respirar», así que mucho menos lo era decantar, pero estaba encantada de salir y beberse unos martinis con Mike. En realidad, habría estado encantada de hacer lo que fuera con Mike.

¿Cómo era posible que hubieran pasado tantos años sin que Sandra se acordara de él? Y, ante todo, qué suerte tenía de que él hubiera aparecido en su vida justo cuando más le necesitaba.

«... por más que lo intento, no puedo ocultar mi amor...»

Sandra encendió su ordenador y bailó alrededor de la habitación hasta acercarse al teléfono y llamar a Mike. Respondió el contestador automático y dejó un mensaje. Luego llamó a la estilista de Helene, la cual no podía atenderla hasta dentro de un mes. A Sandra se le ocurrió preguntar por otra estilista, pero lo cierto es que su pelo verde le traía suerte. Si hubiera presentado su habitual aspecto insulso, es posible que Mike no se hubiera fijado en ella esa noche.

Además, a él le gustaba.

Así que... Sandra decidió conservar el color verde de su pelo durante un tiempo. ¿Por qué no? No es que se pasara el día mirándose en el espejo y viéndose con aquella pinta.

Se sentó ante el ordenador y empezó a teclear, siguiendo su acostumbrada rutina: correos electrónicos, Zappos, Poundy.com, Washingtonpost.com, eBay y generalmente dos o tres búsquedas en Google con respecto a cualquier cosa que le hubiera llamado la atención la noche anterior.

Últimamente había realizado numerosas consultas en Google sobre Mike Lemmington. Éste había obtenido varios éxitos académicos en la universidad que aún aparecían en la web de la misma, y en la página de su compañía publicitaria habían colgado una breve biografía y una pequeña fotografía de Mike. Sandra había contemplado la fotografía numerosas veces. De no haber temido que él acabara viéndola en algún lugar inoportuno, la habría imprimido.

Tras completar su rutina, Sandra hizo lo que hacía siempre en último término los miércoles: dirigirse al baño, orinar, quitarse todo lo que llevaba puesto, incluyendo los accesorios del pelo, y subirse en la báscula. Tenía que hacerlo una vez a la semana, y había elegido los miércoles porque le daba un razonable margen de tiempo para recuperarse de un posible fin de semana hipercalórico. (Las solitarias noches del viernes y el sábado solían inducir a Sandra a consumir un montón de calorías vacías.)

Respiró hondo y se subió en la báscula. Odiaba ver el número. Sobre todo porque últimamente no se había esforzado mucho, por no decir que no se había esforzado nada. Hacía dos semanas, había aumentado un cuarto de kilo, y la semana pasada no había tenido valor para pesarse.

Pero esta semana era distinto. Sandra se sentía feliz. Ilusionada. Optimista. Dios, ¿cuánto hacía que no había podido decir eso? De modo que se subió en la báscula y esperó a que el número se estabilizara.

Había perdido dos kilos.

Sandra no daba crédito a sus ojos. Sabía que no había estado tan obsesionada por la comida, pero esto era una sorpresa.

Volvió a vestirse y miró la báscula de nuevo, sintiéndose casi lo suficientemente segura de sí como para pesarse vestida.

Pero eso era exagerar. Colocó de nuevo la báscula debajo del lavabo y se prometió seguir esforzándose y no volver a pesarse hasta la semana que viene.

Tras comprobar que todo estaba en orden, y preparada para esa noche, Sandra se puso manos a la obra. Llamó al número central y se registró, tras lo cual esperó la primera llamada mientras veía un programa de entrevistas matutino en televisión, donde dos mujeres se enzarzaban en una discusión en presencia de un tipo alto y delgado con una perilla de pelo rubio.

Sandra no tardó en recibir la primera llamada.

—Penelope —dijo una voz masculina ronca y pastosa—. Pen... el... o... peee. Estoy cachondo por ti.

—Hola, cielo —respondió Sandra con tono meloso—. ¿Quién eres?

—Llámame John Silver *Picha Larga*... —El tío se rió durante un buen rato de su chiste, que le había costado como mínimo un dólar cincuenta centavos—. ¿Captas? John Silver *Picha Larga*... —El tipo volvió a reírse.

Excelente. Con suerte, este sería un caso de polla perezosa que tardaría bastante en satisfacer. Sandra podría utilizar el dinero para comprar a Mike unos zapatos. Mike estaba penosamente poco cultivado y desabastecido en esa materia.

Se rió para complacer a John Silver *Picha Larga*.

—¡Qué divertido eres!

—Conozco un millón de chistes.

Acto seguido el tipo recitó una letanía de chistes obscenos, uno tras otro, mientras los dólares en su factura telefónica alcanzaban los diez, los veinte... Por fin se detuvo y dijo:

—Pero eres tú quien debes hablarme a mí. Ponme cachondo, bonita. Quiero sentirte... Háblame, Pen-el-o-peee...

Sandra se recostó en el sofá, apoyó los pies en la mesa de café y dijo:

—Llevo unas botas de charol negras hasta la cadera...

Era un buen día. Un día magnífico. Sandra no sabía qué tenía de especial ese miércoles para que tantos hombres estuvieran cachondos y jadeando por ella. Cuando llegaron las tres de la tarde, llevaba trabajando seis horas. Más que las que necesitaba para poder ir a

Ormond's y adquirir esos Hogan de ante de color claro que a Mike le quedarían perfectos. Ni tan informales como para parecer baratos, ni tampoco de vestir; los Hogan eran elegantes y perfectos.

Cuando Sandra llegó a la sección de zapatos comprobó que el vendedor era Luis. Nunca le perdonaría por la actitud fría y condescendiente con que la había tratado la primera vez que la había atendido. Como si al verla hubiera decidido al instante que Sandra se había confundido y buscaba la tienda de oportunidades que había en la esquina.

Por lo visto las breves frases que habían cambiado, y la compra que había hecho Sandra, habían hecho que ésta se le quedara a Luis grabada en la mente, porque nada más verla arqueó las cejas y se dirigió a ella por su nombre.

—¡Señora Vanderslice, cuánto tiempo sin verla por aquí! Pero siempre es un placer —se apresuró a agregar Luis.

—Busco unos zapatos Hogan para mi novio —dijo Sandra. Aunque sólo había utilizado el término «novio» porque era más corto que «un chico con el que salgo y con el que espero desarrollar una relación», le gustó como sonaba.

Su novio. Sandra nunca había tenido novio, de modo que una parte de ella seguía atrapada en la mentalidad de una alumna de quinto curso, ensayando «palabras de adultos» para ver qué efecto le hacían.

—Unos Hogan —dijo Luis con expresión de admiración—. Una excelente elección. Personalmente, me encantan. ¿Qué número tiene su novio? —Lo preguntó de una forma que indujo a Sandra a pensar que tenía sus dudas sobre esa relación, pero posiblemente fueran imaginaciones suyas.

—Un cuarenta y dos. —Con el pretexto de ir al baño, Sandra había mirado en el ropero de Mike cuando habían pasado una noche por su apartamento de camino a Stetson's.

Luis chasqueó los dedos y señaló a Sandra.

—Tenemos también unos Zender. Creo que posiblemente le gusten más que los Hogan. Siéntese y le traeré varios pares para que elija.

—Gracias. —Sandra se sentó y se sorprendió cuando Luis le preguntó—: ¿Le apetece un café?

—No, gracias —contestó meneando la cabeza.

—¿Una taza de té u otra cosa?

A decir verdad, a Sandra le disgustaba esa actitud exageradamente solícita por parte de Luis, pero no quería tener problemas con él debido a ello. De modo que trató de comportarse como si estuviera por encima de esas cosas.

—Nada, gracias.

Luis se alejó apresuradamente y regresó al cabo de un par de minutos con cinco cajas. Las depositó en el suelo y les quitó las tapas al tiempo que decía a Sandra:

—Los Zender cuestan unos cien dólares más que los Hogan, pero ¿quién puede poner precio a la elegancia?

Sandra sonrió educadamente.

Luis manipuló los zapatos con gran pericia, resaltando sus principales cualidades.

—El color de estos Bruno Magli es magnífico, como puede comprobar —dijo depositando en el suelo un par de zapatos de un burdeos intenso.

Sandra tuvo que reconocer que eran muy elegantes. Pero muy de vestir.

—Mi novio… Mi novio camina mucho debido a su trabajo y creo que esos zapatos son demasiado formales. Me gustan los Hogan porque son muy cómodos para caminar.

—Perfectamente. —Luis movió las cajas para acercar a Sandra los Hogan, afanándose de paso en que el par más caro quedara delante de los otros—. ¿A qué se dedica su novio?

—Trabaja en una inmobiliaria.

Luis asintió sin el menor interés.

—Estos zapatos son perfectos para cualquier hombre que desee calidad —dijo mostrando a Sandra el par más caro.

Ella tomó deliberadamente el par más económico. En realidad, le gustaban más que los otros.

—¡Luis! —Una mujer mayor que Sandra no había visto nunca salió de la trastienda—. Te llama Javier por teléfono. Otra vez.

—Dígale que ya le llamaré más tarde —contestó Luis bruscamente. Luego, al darse cuenta del tono que había empleado, se apresuró a aclarar—: Nuestra política es no dejar nunca a un cliente desatendido.

A Sandra le chocó.

—Si necesita atender una llamada, puedo arreglármelas yo sola sin problemas.

—No, no —respondió Luis con un suspiro de exasperación—. Es una política nueva. —Luego añadió con tono confidencial—. Debido a lo que ocurrió con la esposa del senador.

—Perdone, ¿cómo dice? —Sandra no podía imaginar qué le había ocurrido a la esposa de un senador que impedía a Luis responder a una llamada telefónica. ¿Acaso había sufrido algún extraño accidente sin que nadie acudiera a atenderla? ¿La habían atacado unos zapatos de cocodrilo?

—No debo comentarlo —respondió Luis con un tono que indicaba que, fuera lo que fuera, lo había comentado repetidamente. Y que no tenía intención de dejar de comentarlo—. Pero tengo la impresión de que puedo confiar en usted.

La vida de Sandra estaba tan incómodamente repleta de secretos de hombres, que las palabras «puedo confiar en usted» le hicieron darse cuenta en el acto de que Luis probablemente se disponía a contarle algo que a ella no le apetecía oír.

—No quisiera que tuviera problemas —dijo—. De veras, no tiene que…

—¡La pillaron robando! —Luis apretó los labios y asintió con la cabeza mientras observaba la reacción de Sandra.

—¿Quién? —preguntó ella confundida. No entendía nada. Era imposible que Luis insinuara que la esposa de un senador…

—La esposa del senador —respondió Luis bajando la voz con gesto teatral. Su regocijo era evidente—. Helene Zaharis.

La fiesta era un tostón.

Claro está que la mayoría de eventos destinados a recaudar fondos para campañas políticas lo eran, pero éste había sido organizado en casa de la controvertida familia Mornini —sobre la que se rumoreaba que estaba involucrada en el crimen organizado, aunque

Helene lo dudaba—, por lo que debía de haber resultado más animada.

Puede que Helene estuviera demasiado cansada para gozar de la reunión esa noche. Jim y ella no tardarían en marcharse. Eran ya... Helene buscó un reloj y halló uno en la repisa de la chimenea. ¿Las ocho y cuarto? ¿Sólo?

¡Santo cielo, creía que eran más de las once!

Trató de superar su sensación de cansancio y se dirigió hacia la barra para pedir su cuarto Red Bull de la noche. La cafeína sin duda la pondría a tono dentro de unas horas, justo cuando tratara de conciliar el sueño.

—Otro —dijo Helene al barman, sonriendo y meneando la cabeza—. No, póngame uno doble.

El barman esbozó una sonrisa encantadora, sacó una pequeña lata y vertió el contendio en un vaso corto de cristal.

—¡Tienes cara de estar tan aburrida como me siento yo!

Helene se volvió y se encontró con Chiara Mornini, la atractiva, menuda y joven esposa italiana de Anthony, el patriarca (y septuagenario). Las dos mujeres no se conocían, pero la fotografía de Chiara aparecía con asiduidad en la sección de «Estilo» del *Washington Post* y en la revista *Washingtonian*.

—Soy Chiara Mornini —dijo ésta extendiendo una mano perfectamente cuidada.

—Helene Zaharis —respondió ella, observando una fugaz y extraña expresión en el rostro de Chiara. Confió en que no le disgustara la política de Jim—. Disculpa si tengo aspecto de aburrida, pero es que estoy cansada. —Por lo general, Helene sabía disimular mejor su aburrimiento.

—No te disculpes, cielo, esto es un rollo —dijo Chiara riendo—. Hacemos lo que tenemos que hacer, por los hombres —añadió con una estridente carcajada.

—Sirve para pagar las facturas —bromeó Helene, tras lo cual dio un paso y tropezó. Un error. Había sido demasiado indiscreta. Le convenía beber un poco de café antes de ponerse en ridículo ella misma y (¡Dios nos libre!) a Jim.

Pero Chiara no parecía darle la menor importancia. De hecho, el tropezón de Helene sólo hizo que la anfitriona se fijara en sus pies.

—¡Cielo santo! ¿Son unos Stuart Weitzman?

Helene la miró sorprendida.

—Sí. Tienes buen ojo para los zapatos.

—¡Me encantan los de Stuart Weitzman! Estuve a punto de convencer a Anthony para que me comprara sus zapatillas de Cenicienta recamadas con brillantes, pero le pareció que dos millones era mucho dinero por un par de zapatos —dijo Chiara suspirando—. No le importa gastárselos en un collar, pero en unos zapatos, no. No logré convencerlo de que venía a ser lo mismo, aunque Alison Krauss los lució en la gala de los Oscars.

Incluso a Helene le costó racionalizar ese argumento, pero la actitud de Chiara le impresionó.

—Creo que mi marido tampoco accedería a comprármelos.

—Son cosas que no comprenden.

Ciertamente, había muchas cosas que Jim no comprendía.

—Es verdad —se limitó a responder Helene.

—¿De modo que eres aficionada a los zapatos? —preguntó Chiara.

—Puede decirse que soy adicta —contestó Helene riendo abiertamente.

La italiana sonrió,

—¡Lo sabía! En cuanto nos conocimos, intuí que teníamos algo en común. Probablemente más de una cosa. A propósito —hizo una breve pausa y murmuró—: sube conmigo unos momentos. Quiero enseñarte algo.

Helene miró indecisa hacia donde se encontraba Jim.

—Sí, por supuesto que se enojará. Anthony también. Pero olvidémonos de ellos. —Chiara la tomó del brazo en un gesto de instantánea camaradería—. Si quieren que nos quedemos, la próxima vez que inviten a unos chicos jóvenes y guapos para deleitarnos la vista.

Helene sintió que esa mujer le caía bien.

Subieron la escalera, atravesaron un pasillo dorado más ricamente decorado de lo que Helene había visto jamás fuera de una iglesia, y Chiara la condujo a través de una habitación decorada en rojo que contenía un inmenso lecho con sábanas de satén rojo, hasta una espaciosa habitación vacía rodeada de puertas.

—¿Qué es esto? —preguntó Helene, pensado que la cama tenía un aspecto estupendo y lo mucho que le gustaría echarse una siestecita.

—¿Esto? Es mi armario ropero —respondió Chiara acercándose a una de las puertas y abriéndola.

Unas luces se encendieron inmediatamente en la pequeña habitación, mostrando unas bandejas con unas cajas extraíbles que ocupaban todo el espacio del techo el suelo.

Eran cajas de zapatos.

Cada una ostentaba una etiqueta con un número de referencia. Chiara se acercó a la C-P-4 y sacó las sandalias más maravillosas que Helene había contemplado jamás, con una tira en el empeine y unos tacones de vértigo.

—Obsérvalas detenidamente, cielo. Son increíbles.

—Son una preciosidad —respondió Helene pensando que se quedaba corta, al tiempo que examinaba la sandalia que sostenía en la mano como si fuera una obra de arte.

El arco constituía una airosa cascada sobre un tacón tan exquisitamente moldeado que parecía de cristal. El cuero era tan suave y dúctil como las sábanas de algodón egipcio.

Helene buscó una etiqueta, siquiera del tamaño de un sello de correos, pero no vio ninguna.

—¿Dónde las conseguiste? —preguntó.

Chiara sonrió y arqueó una ceja.

—Mi sobrino, Phillipe Carfagni.

—¿Tu sobrino? —Chiara no debía de tener más de veintiséis o veintisiete años. ¿Qué edad tenía su sobrino?

La italiana se encogió de hombros.

—Tiene mi edad, pero mi padre se había casado anteriormente, ¿comprendes? Mi hermana, de su primer matrimonio, es de mediana edad.

Lo cual explicaba la elección de marido por parte de Chiara. Su padre probablemente era de la edad de Anthony.

—En cualquier caso, mi sobrino confecciona estos zapatos tan maravillosos. Anda, pruébatelas.

—¿De qué número son?

—Sí, ya veo que tienes los pies demasiado grandes para calzártelas —respondió Chiara chasqueando la lengua—. Es una lástima, porque al ponértelas tienes la sensación de que unas manitas te acarician los pies.

Helene se rió de la ocurrencia.

—¿Dónde vende tu sobrino sus zapatos?

La mujer meneó la cabeza.

—No los vende. Al menos, de momento. Yo acabo de enterarme de que mi sobrino tiene esa habilidad, y Anthony... —Chiara se interrumpió para soltar una breve retahíla de palabras en italiano—, Anthony no soporta el talento de ese joven. Sería una magnífica inversión, desde luego... —añadió señalando los zapatos—, como cualquiera puede ver. Pero Anthony... Creo que está celoso. Phillipe es muy joven y muy guapo.

De pronto no había nada que Helene deseara más que unos zapatos de Phillipe de su talla. Ni siquiera le importaba demasiado que fueran cómodos o no; eran tan divinos que compensaban todo tipo de molestias e incomodidades.

Helene siempre había sido así, desde pequeña. Cuando alguien le decía que no podía conseguir algo, se empeñaba en demostrar que estaban equivocados. Tenía que lograrlo a toda costa.

Así era como Helene había logrado llegar hasta aquí, demostrando a su padre, un hombre que le había dicho que «nunca haría nada de provecho», que era capaz de obtener cualquier cosa material que deseara.

Daba lo mismo que su padre hubiera muerto, que se hubiera marchado mucho antes de que Helene abandonara el hogar familiar.

Aún tenía que demostrarle algo.

Y ahora tenía algo que demostrar también a Jim.

Mientras regresaban a casa en coche después de la fiesta, Helene le planteó la posibilidad de invertir en los diseños de Phillipe.

La carcajada con que su marido había respondido a esa sugerencia fue la primera indicación de que no estaba dispuesto siquiera a considerarla.

—Es típico de ti querer obtener dinero de unos zapatos. —Jim la observó desde el asiento del conductor. La luz de las farolas parpadeaba sobre su rostro tan rápidamente que Helene no consiguió descifrar su expresión—. Confieso que te admiro.

—Es lógico. Supongo que prefieres que obtenga dinero de unos zapatos a que me lo gaste en ellos.

—O a que los robes —apostilló Jim.

Eso hirió a Helene. Su marido nunca dejaría que lo olvidara. Ambos los sabían.

—Creo que eso no es justo —contestó ella.

—Pero es la verdad, tesoro. —Jim apoyó la mano en su muslo—. Sabes que soy sincero.

Helene recordó el pelo púbico que había visto entre los dientes de Pam hacía un par de semanas, y decidió que no quería proseguir esa conversación con Jim. Quizá podía llegar a convencerlo de que respaldara ese proyecto, pero de pronto Helene pensó que no quería que su marido cosechara los beneficios de ese proyecto.

Lo haría ella misma.

—¡Este lugar huele raro! —dijo Colin Oliver, lo suficientemente alto como para hacer que varios patrocinadores de Goodwill, una tienda de artículos de segunda mano que destinaba su recaudación a causas benéficas, se volvieran para mirarle.

—¡Colin! —murmuró Joss enojada—. Eso no está bien.

El niño apoyó las manos en las caderas, alzó la vista y, pese a su corta estatura, consiguió mirarla con aires de superioridad.

—Mamá dice que es mejor ser sincero que amable.

Colin era digno hijo de su madre. Deena Oliver prefería optar por una «sinceridad» masturbatoria en lugar de tener cierta consideración hacia los demás, felicitándose encima por ello.

Por enésima vez, Joss lamentó no haber conocido a fondo a los Oliver antes de firmar un contrato comprometiéndose a convivir con ellos un año.

—También es importante ser amable —dijo la joven, utilizando la diplomacia en lugar de decir al chaval que su madre estaba equivocada—. Y es muy importante ser educado.

Colin se encogió de hombros.

—Esto apesta.

—Sí —convino Bart tapándose la nariz.

—Entonces nos daremos prisa. —Joss tomó a ambos niños de la mano y los arrastró por la tienda hasta la pared del fondo, donde vio unos estantes con zapatos y cajas de zapatos.

Los niños protestaron sonoramente, organizando tal follón que la gente debió de pensar que Joss pretendía secuestrarlos. La joven se sintió tentada a hacer un pacto con ellos, prometiéndoles una recompensa a cambio de que se portaran bien, pero no soportaba la idea de recompensarles por ese comportamiento.

Se negaba a contribuir a formar ese tipo de personas. Deena se bastaba ella sola para maleducarlos; Joss tenía que atenerse a sus principios.

Alcanzó por fin zapatos. Era cierto que la tienda olía bastante mal. Peor aún, los zapatos estaban apilados en los estantes de cualquier manera, sin tener en cuenta el número ni el sexo del comprador en ciernes.

Esto no iba a ser agradable.

Por fortuna, a unos cinco metros de los zapatos había una sección de juguetes, de modo que Joss arrastró a los niños, que no cesaban de protestar, hasta allí y les dejó que cada uno eligiera un juguete infestado de bacterias mientras ella examinaba rápidamente los zapatos.

Colin eligió una radio de onda corta con la antena rota y Bart un dispensador de caramelos Tweety Bird Pez que aún tenía unos pedacitos de Pez color naranja pegados.

Perfecto. Mientras los chicos estuvieran entretenidos un rato, a ella no le importaba qué eligieran.

Sacó una lista del bolsillo. Antes de ir a la tienda, había impreso los nombres de algunos de los mejores diseñadores de zapatos. Para su sorpresa, había comprobado que no era difícil encontrar zapatos de diseñador. Pero hallar unos zapatos del número treinta y nueve y en buenas condiciones era casi imposible. La mayoría tenían la suela gastada, a veces incluso agujereada. Los tacones estaban partidos, el cuero arañado, las hebillas dobladas...

Después de veinticinco minutos de rebuscar frenéticamente, Joss consiguió encontrar un zapato salón de Gucci perfecto. Era del treinta y nueve, pero sólo había un zapato.

—Disculpe —dijo Joss a una dependienta, una mujer de aspecto cansado con el pelo de color caoba en las puntas y las raíces negras—. ¿Puede decirme dónde está el otro zapato de este par?

—Los zapatos están ahí —respondió la mujer, señalando indolentemente los estantes de zapatos.

—Lo sé, pero sólo he visto uno de estos zapatos, y le agradecería que me indicara dónde puedo encontrar el otro. —Joss frunció el ceño—. ¿O es que exhiben un solo zapato de cada par?

—No, a menos que sea un zapato ortopédico o algo por el estilo.

Joss no estaba segura de a qué se refería, pero no tenía tiempo para preguntárselo.

—¿Así que el otro zapato debe de estar por ahí?

—No debe de andar muy lejos. —La dependienta se encogió de hombros y se apartó el cabello entre púrpura y negro de la cara—. A menos que alguien lo haya robado.

A Joss se le ocurrió preguntar si había entrado en la tienda últimamente una mujer con una sola pierna y gustos caros, pero observó que la dependienta abría los ojos como platos al contemplar algo detrás de Joss.

—¿Ése es su hijo? —preguntó—. Creo que le pasa algo.

—¿Qué?

Al volverse Joss vio a Bart con los ojos desorbitados, pálido como la cera y aferrándose el cuello.

—¡Dios santo! —exclamó corriendo hacia él—. ¿Qué te ocurre, Bart?

El niño no respondió. No emitió ningún sonido, sino que siguió aferrándose el cuello frenéticamente mientras adquiría un alarmante color azulado.

De pronto Joss vio el dispensador Pez, al que se le había desprendido la cabeza de Tweeny, en el suelo.

—¿Te estás ahogando? —preguntó angustiada al niño, y sin esperar una respuesta le hizo darse la vuelta y le aplicó la técnica de Heimlich.

Pero nada.

La maniobra no dio resultado.

—¡Colin! —gritó Joss tratando de captar la atención del otro niño, que se entretenía en doblar la antena de la radio—. Saca el móvil de mi bolso y llama al 911.

—¿Por qué?

—¡Obedece, Colin, por lo que más quieras! —Joss juntó las manos con más fuerza y volvió a oprimir el plexo solar de Bart.

Pero no obtuvo ningún resultado.

La joven sintió que el terror hacía presa en ella. Colin parecía moverse a cámara lenta, y la empleada que había advertido que a Bart le ocurría algo seguía allí plantada, observando la escena.

—¡Llame a una ambulancia! —le gritó Joss oprimiendo el plexo solar del niño con toda su furia y desesperación.

Esta vez Bart emitió una tos ronca, casi inhumana, y la cabeza de plástico de Tweety Bird salió disparada de su boca y chocó contra una columna de cemento situada a unos diez metros.

El niño se puso a toser como un descosido al tiempo que trataba de recobrar el resuello.

—¿Te sientes bien? —preguntó Joss arrodillándose junto a él—. ¿Puedes respirar?

Sabía que la tos era un buen síntoma. Mientras el niño tosiera, entraría aire en sus pulmones.

Por fin Bart dejó de toser y sus mejillas adquirieron de nuevo color.

—¿Puedes respirar? —le preguntó Joss de nuevo.

El niño asintió con la cabeza, boqueando como un pez.

—Muy bien. —Joss lo abrazó—. Ya ha pasado. Tranquilo. —Estrechar al niño contra su corazón, que palpitaba aceleradamente, probablemente no era el mejor método para que se calmara.

—Tenía mucho miedo —dijo Bart con una voz tan débil y vulnerable que la joven sintió que el corazón se le encogía.

—No te preocupes. Tengo que comprobar que no se te ha quedado nada atascado en la garganta, ¿de acuerdo? —dijo Joss—. De modo que no te muevas. Respira hondo varias veces mientras voy en busca del juguete, ¿sí?

El niño asintió con la cabeza y Joss fue a recoger la parte inferior del dispensador de caramelos y en busca de la parte superior, deteniéndose cada dos segundos para volverse y mirar a Bart a fin de cerciorarse de que seguía en pie, respirando y con buen color.

Joss sabía por dónde había caído la pieza de plástico al salir disparada y chocar contra la columna, de modo que buscó en esa zona hasta que por fin la vio en el suelo detrás de una desvencijada butaca orejera que apestaba a humo de puros.

Se puso de rodillas y metió la mano debajo de la butaca para recuperar la cabeza de Tweety Bird, pero palpó otro objeto, duro y cubierto de polvo, que se apresuró a sacar.

El otro zapato salón de Gucci.

No había tiempo para examinarlo, de modo que Joss introdujo de nuevo la mano debajo de la butaca, procurando no hacer caso de las bolas de polvo, y por fin alcanzó la dura cabecita de plástico.

Estaba cubierta de polvo, pero encajaba perfectamente en la parte inferior. Perfecto. Bart no tenía ningún fragmento de plástico en los pulmones o intestinos.

Joss se apoyó unos momentos en la columna, aliviada pero agotada tras la experiencia.

—Disculpe, señora.

Al alzar la vista vio a la dependienta ante ella.

—¿Sí? —Joss confiaba en que la mujer no fuera a felicitarla por su heroica hazaña. En Felling, los medios sin duda se harían eco de una noticia como ésa, y lo último que ella pretendía era convertirse en el centro de atención.

Pero sus temores eran infundados.

—Tiene que pagar eso —dijo la mujer señalando el Tweety Bird que Joss seguía sosteniendo en la mano.

Capítulo 14

—Lo importante —dijo Lorna a Phil Carson, que estaba sentado a la barra durante su turno en Jico— es que pago mis facturas, pero no me queda nada para darme algún capricho.

—Quizá debería venir al despacho para que hablemos en horas de oficina...

—Vamos, Phil —replicó Lorna irritada—. Ya ve lo liada que estoy —dijo señalando a su alrededor—. Trabajo dos turnos y a veces tres. Y usted está sentado ahí. ¿Qué más le da que hablemos unos minutos?

—No es eso...

—¿Qué bebe? —preguntó Lorna observando su copa. Tenía una habilidad especial para eso—. ¿Un Rita Tini con un lingotazo de Cointreau?

Phil miró su copa medio vacía.

—¿Cómo lo ha adivinado?

En realidad, era la bebida que tomaban todos los tipos que ocupaban un cargo intermedio.

—Porque presto atención, Phil —respondió Lorna—. Soy muy buena en mi trabajo. Y trabajo como una mula. De modo que deme algún consejo sin obligarme a ir a verlo a su despacho, ¿de acuerdo?

—De acuerdo.

—Genial. —Lorna miró al barman—. ¡Boomer! —gritó señalando a Phil—. Ponle otra. Yo invito.

—No tiene que hacer eso —protestó Phil sonrojándose—. Es más, no debe hacerlo. No puede permitírselo.

—Me cobran las copas a mitad de precio y luego puede darme una propina —contestó Lorna guiñando un ojo—. Créame, encima saldré ganando.

—Si lo hace cien veces más, habrá resuelto sus problemas —comentó Phil sonriendo irónicamente.

—Muy gracioso. —Lorna se sentó en el taburete junto a él—. Necesito saber si puede negociar un tipo de interés más bajo con cualquiera de las compañías de mis tarjetas de crédito.

—¡Pero si ya son muy bajos!

—En Discover sólo me ofrecen un nueve coma nueve —dijo Lorna—. ¡Su tipo de interés inicial es más bajo!

—Sí, pero es inicial. Después de haber captado a un cliente… ya conoce el resto.

Lorna se sentía profundamente desanimada. Sí, ya conocía el resto. Demasiado bien.

—¡Pero es que ni siquiera puedo comprarme unos zapatos!

Phil se rió.

—Venga, mujer, no exagere. Tiene el dinero suficiente para lo indispensable. Y debería alegrarse de los progresos que ha hecho.

—No, si me alegro de los progresos —respondió Lorna—. De lo que me quejo es de la falta de dinero.

—¿Este trabajo le reporta algún beneficio? —inquirió Phil—. Me refiero a un seguro de enfermedad y esas cosas…

—No, eso tengo que pagármelo yo.

—¿Qué cobra por hora?

Cuando Lorna se lo dijo, Phil se quedó estupefacto.

—Pero eso es con las propinas. A veces, con propinas, cobro unos quince o veinte dólares la hora.

—¿Cada hora, cada noche?

—No —reconoció Lorna—. Varía bastante.

—Señorita Rafferty…

—Lorna.

—… quizá debería pensar en buscar un trabajo… más estable. Un trabajo que le reporte beneficios, un plan de jubilación 401(k) y un sueldo que le permita planificar sus gastos. Tiene estudios universitarios, ¿no es así?

Ella se encogió de hombros.

—Una licenciatura en inglés. —A Lorna la lectura le había parecido un elemento fundamental hasta que había tratado de encontrar un trabajo basándose en ello.

Le sirvió la segunda copa a Phil y éste apuró la primera rápidamente.

—Podría obtener un empleo mucho más satisfactorio.

Boomer se detuvo y dirigió a Phil una mirada circunspecta, pero Lorna hizo un ademán para indicarle que se alejara al tiempo que decía moviendo los labios en silencio «no pasa nada».

—¡Pero si apenas tengo dinero para comer! —se quejó ella—. Confiaba en que usted pudiera hacer algo.

—Sigue gastando más de la cuenta, ¿no es así? —preguntó Phil observándola con una lucidez que no había mostrado hasta ahora.

Ella sintió que se sonrojaba.

—¿A qué se refiere?

—Hemos revisado su presupuesto detalladamente —respondió Phil asintiendo con la cabeza—. Incluso teniendo en cuenta el carácter variable de sus ingresos, el promedio debería bastarle para pagar sus deudas, además del alquiler, los recibos de la casa y la comida. —Meneó la cabeza—. Sigue gastando más de la cuenta. He visto otros casos semejantes.

Lorna tragó saliva para eliminar el nudo en la garganta que le producía la sensación de culpa que experimentaba.

—Hace semanas que no voy al centro comercial.

—Entonces, ¿qué hace?, ¿comprar por Internet con su tarjeta electron? —Phil sabía que había dado en el blanco—. Que yo sepa, es la única que no hemos destruido.

¿Y qué? ¿Acaso Lorna era una de sus clientas? ¿Cómo era posible que Phil recordara los detalles de su entrevista con él con tanta claridad?

—No, he tenido un par de gastos imprevistos. Mi coche —añadió para darle un toque de credibilidad. Era cierto, había pagado una elevada suma en concepto de atrasos—. Y los recibos de la casa.

No había ocurrido la semana pasada, pero Lorna no podía confesar que había visitado eBay. Un tipo como Phil Carson jamás reconocería que comprar artículos de ocasión tenía sus virtudes si venía a sustituir a un psicoterapeuta.

—Ya. —Phil bebió un sorbo de la copa a la que Lorna le había invitado—. Es obvio que necesita más ingresos. El presupuesto que fijamos debería ser suficiente, pero si no lo es, significa que tiene unos gastos adicionales y la única solución que se me ocurre es que busque un trabajo que le dé más dinero. —Se encogió de hombros—. Usted me preocupa. Ojalá pudiera ponérselo más fácil, pero es la única forma.

—Gracias, Phil. —Lorna lo dijo con tono sincero, pero no lo era.

Ese hombre tenía razón. Se había pasado del presupuesto. Y si le había dicho que no podía negociar un tipo de interés más bajo, Lorna tenía que creerlo, porque Phil no tenía motivos para mentirle.

El resto de la velada Lorna trabajó como una autómata, sonriendo mecánicamente y describiendo las copas especiales de la noche mientras trataba de pensar cómo o dónde podía encontrar otro trabajo que encajara con su actual horario laboral.

Al cabo de un rato hizo una pausa de quince minutos, que aprovechó para apoyar los pies en alto y examinar la sección de anuncios clasificados del *City Paper*.

Nada.

A menos que pudiera conducir un autobús o un camión, dar clases de inglés como segunda lengua o crear más horas por arte de magia y ocupar un puesto de secretaria que le reportaría menos dinero que los ingresos medios que percibía como camarera, no tenía solución.

Lorna echó una ojeada al resto del periódico, sintiéndose más deprimida, irritada y cansada de lo que recordaba haberse sentido nunca. Decididamente, estaba envejeciendo, pensó con tristeza.

Y, lo que era peor, sus nuevos y maravillosos Jimmy Choo la estaban matando. Pronto tendría que ir a trabajar calzada con esos zuecos ortopédicos de color blanco para salvar su espalda.

Sobre las once de la noche, a Lorna le sorprendió ver entrar a Sandra acompañada por un hombre muy atractivo. La chica le había contado que salía con un viejo amigo del instituto, pero ese tipo parecía haber salido de las páginas de *GQ*.

Sandra parecía tan sorprendida como Lorna de ver a ésta allí, y después de unas torpes frases de saludo, le presentó a su amigo.

—Éste es Mike Lemmington, el amigo del instituto del que te hablé.

—¡Sí! —Caray, a Sandra la había tocado la lotería. El tío era un guaperas. Quizá demasiado. Demasiado... atildado. Pero daba lo mismo. Lorna decidió pedir más tarde a Tod que indagara sobre él y utilizara su radar para detectar a gays.

—Encantado de conocerte —dijo Mike estrechando suavemente la mano de Lorna—. ¡Me encantan tus zapatos!

—¡Ah! —Ella miró sus nuevos Choo y sonrió—. Eres un cliente, quizás el hecho de que hayas hecho un comentario sobre mis zapatos los haga deducibles a efectos fiscales.

—¿Por qué no? —respondió él riendo. Sandra también se rió. Quizá de forma demasiado estridente. Parecía nerviosa.

—Hemos quedado aquí con unos amigos de Mike —dijo Sandra—. Luego iremos a Stetson's. Me encantaría que nos acompañaras. ¿Cuándo libras?

—Dentro de un par de horas. —Era el eterno lamento. A Lorna le encantaba socializar con los clientes mientras trabajaba, pero al mismo tiempo, cuando sus amigos pasaban por allí antes de ir a otro bar, se sentía como una niña que tiene que irse a la cama a las siete de la tarde cuando el resto de sus amigos siguen paseando en sus bicis bajo el resplandor rojizo del crepúsculo.

—Es una lástima —dijo Mike—. Hemos quedado con mi amiga Debbie. Llevo mucho tiempo tratando de presentársela a esta mujer —añadió estrechando a Sandra con un brazo. Ella se rió—. Esta noche no te libras.

—De acuerdo —respondió Sandra dirigiendo a Lorna una pequeña sonrisa que decía «no sé, pero me gusta».

—¡Mike!

Todos se volvieron para ver a una mujer alta e imponente que lucía un vestido drapeado de Diane Von Furstenberg y unas sandalias de tacón alto que Lorna no logró identificar. La mujer echó a andar hacia ellos cruzando el bar.

—Margo. —El atildado Mike se acercó a ella y la abrazó.

Lorna observó que Sandra se tensó al ver ese gesto. No se lo reprochaba. La mujer era espectacular.

—Os presento —dijo Mike conduciendo a su amiga hacia Lorna y Sandra— a Margo Saint Gerard.

—Hola —se limitó a decir Sandra observando a Mike mirar quizá demasiado afectuosamente a la imponente rubia.

La mujer debía de medir un metro ochenta de estatura como mínimo y pesaría unos cincuenta y cinco kilos; era delgada y de pecho plano como una supermodelo. Lo que le faltaba en curvas femeninas lo suplía con la estructura ósea de su rostro.

Era tan impresionante que resultaba incluso un tanto desconcertante.

Lorna temió que Sandra estuviera pasando un mal rato.

—Encantada de conocerte —dijo Margo con una voz suave y modulada. Parecía una locutora.

Se produjo un momento de tensión.

—Sandra me ha hablado mucho de ti —dijo Lorna a Mike, confiando en hacer que volviera a fijar su atención en la mujer con la que había venido—. Me alegro de conocerte por fin.

—Tú eres una de las adictas a los zapatos, ¿no es así?

—Sí —respondió ella echándose a reír.

—Es a ella a quien se le ocurrió la idea —comentó Sandra.

Mike se rió.

—¡Una idea fabulosa! Si yo calzara un treinta y nueve de la talla femenina, me uniría también al grupo.

—Algunos hombres han tratado de hacerlo —respondió Lorna procurando no mostrarse desdeñosa, pero confiando en que ese tipo no pretendiera unirse en serio a ellas—. Pero no tenían la plantilla adecuada —añadió observando los pies innegablemente anchos de Mike.

—Ah, ¿te refieres a los travestidos semioperados? —preguntó él.

Por lo visto Sandra le había explicado muchas cosas.

—Más vale mantenerlos a raya —murmuró Mike—. Si no se

sienten orgullosos de quienes son, pueden crear muchas tensiones. Uno no tiene por qué aguantar los problemas de otros.

—Estoy de acuerdo.

Todos siguieron charlando durante unos minutos. Mike era muy atractivo y Sandra estaba evidentemente enamorada de él, de modo que Lorna desterró la leve irritación que sintió cuando él se puso a perorar sobre unos hechos políticos con los que ella no estaba de acuerdo.

—No sé, Mike —dijo Lorna tratando de quitar hierro al asunto—. Si todos pensáramos igual sobre todo, éste sería un mundo muy aburrido. La división es la base de la democracia.

—¿No deberíamos irnos? —preguntó Sandra, incómoda.

Lorna miró el reloj que había sobre el mostrador. Tenía que irse. Dentro de ocho horas tenía que levantarse y ponerse a trabajar de nuevo.

—Bien, Lorna —dijo Mike, quien afortunadamente no se había tomado a mal el que ella se mostrara en desacuerdo con él—. Nos vamos a Stetson's, ¿quieres venir con nosotros? Me encantaría continuar nuestro debate allí.

—¡Sí, ven! —exclamó Sandra—. ¡Por favor!

Lorna deseaba echarle una mano, pero estaba rendida. Llevaba trabajando en el restaurante desde las once de la mañana. Necesitaba un respiro. Algunas teorías sostenían que Dios había creado la Tierra en siete horas, no en siete días, y si eso era correcto y Dios había descansado la séptima hora y quería que todos hiciéramos lo mismo, Lorna arrastraba un déficit de reposo respaldado por la Iglesia de cinco horas y media.

—Lo siento mucho —dijo principalmente a Sandra—. Me encantaría ir con vosotros, pero estoy tan cansada que casi me veo incapaz de conducir hasta casa. Es imposible que me vaya de copas, permanezca despierta durante otro par de horas y luego me vaya a casa en coche.

—Puedes quedarte a dormir en mi casa —dijo Sandra—. Pero comprendo que estés cansada.

—La próxima vez —le prometió Lorna.

Cuando se disponía a seguir disculpándose por no acompañarles, Tod pasó junto a ellos. Lorna trató de detenerlo, para presentarle al menos a Sandra y a Mike, pero al verlos Tod pasó apresuradamente de largo con aire ofendido.

Lorna tomó nota de no tomarle el pelo más tarde por haberse comportado como un niño malcriado, y no volvió a pensar en ello hasta después de que Sandra, Margo y Mike se marcharon y Tod se acercó a ella en el aparcamiento.

—¿Conoces a ese capullo? —preguntó Tod.

Ella se volvió, pensando que quizá Tod se dirigiera a otra persona que estaba cerca, y pensando que tal vez se refiriera a otra persona que estaba cerca.

—¿De quién hablas?

—De Mike Lemmington. Don «vive, ama, ríe y folla». —Tod emitió un bufido despectivo—. No sabía que se refería a hacerlo con una persona distinta cada noche.

—Ah. —Lorna recordó de pronto lo excitado que se había mostrado Tod la otra noche sobre su cita—. ¡Ah! De modo que... ¡Lo siento mucho! Debió de sentarte como un tiro verlo esta noche.

Él asintió con la cabeza y los labios apretados.

—Especialmente con ésa.

—¿Con Sandra?

—¿Se llama así? La he visto en Stetson's. No la soporto.

Sandra había mencionado Stetson's, pero Lorna no la imaginaba capaz de inspirar semejante desprecio en un tipo tan buenazo como Tod. Aunque los celos afectaban a las personas de variada manera.

Supuso que debía ser por lo agotada que estaba, porque con todos esos jeroglíficos mentales, no se le ocurrió hasta al cabo de unos minutos que Tod había insinuado que el tipo con el que salía Sandra era gay. O al menos bisexual.

—¿Estás seguro de que es el mismo tío? —le preguntó a Tod.

Él la fulminó con la mirada.

—Joder, Lorna, deja que repase mentalmente el catálogo de tíos con los que me acosté esa noche —replicó él apoyando un dedo en la barbilla al estilo de *El pensador*—. Sí, no cabe duda de que es él. El muy cabrón. —Se mordió el labio y meneó la cabeza antes de añadir—: ¡A que es un bellezón!

—Está muy bueno, desde luego.

—Los tíos buenos siempre son iguales. No falla. Lo odio.

—Yo también.

Tod la miró preocupado.

—Es injusto. Tú tratas de consolarme por el fracaso de mi vida amorosa y yo ni siquiera te he preguntado qué ha ocurrido con el tipo con el que salías.

—¿George? ¿George Manning? —Lorna meneó la cabeza—. Eso acabó hace un mes y medio.

Dios, arrastraba un montón de relaciones fracasadas y nada memorables, pensó Lorna. Ese inopinado pensamiento la sumió en una profunda tristeza.

Su expresión debía de traslucirlo, porque Tod la observó preocupado.

—Soy un asqueroso egoísta —dijo volviendo a su manía de autoflagelarse, lo cual confirmaba lo que acababa de decir—. No lo sabía.

—No importa. De veras, esa relación no tenía futuro. —Lo cierto era que hacía mucho tiempo que Lorna no albergaba ninguna esperanza, ni a largo ni a medio plazo, sobre su futuro. Había salido con George Manning durante dos meses, y en estos momentos le había llevado unos instantes recordar su apellido—. Pero volvamos a Mike.

Tod emitió otro bufido.

—¿Estás completamente seguro de que es gay?

—Cielo, he conocido a muchos hombres que aseguraban ser heterosexuales mientras se abrochaban la bragueta después de correrse una juerga. Mike no es uno de ellos. No cabe duda de que es homosexual. —Tod suspiró—. Y lo hace divinamente.

—Entonces, ¿qué hace con Sandra? —preguntó Lorna—. Y lo que es más importante, ¿debo decírselo?

—Ella ya lo sabe —respondió Tod con una inclinación juiciosa de la cabeza—. Créeme, lo sabe.

—¿Qué te ha parecido Mike? —le preguntó Sandra en la siguiente reunión. Se moría de ganas de saber qué opinaba Lorna, que parecía tener un gusto excelente en todo, de su novio.

—Muy agradable —se apresuró a responder ésta con tono convencido.

—Y es atractivo, ¿no crees?

—Muy atractivo. Sí. —Lorna miró a Joss y a Helene—. Desde luego.

Normalmente a Sandra le habrían chocado sus concisas afirmaciones, pero esa noche no. Estaba muy animada.

—¡Ojalá me vieran ahora las chicas del instituto!

—A todas nos gustaría —murmuró Helene.

Joss parecía un tanto perpleja.

—Pues a mí no —saltó Lorna—. Las chicas con que las estudié en el instituto son médicas, abogadas o ejecutivas que figuran en la lista Forbes de las cuatrocientas mujeres más poderosas, o están casadas con médicos, abogados o ejecutivos que figuran en la lista Forbes de los cuatrocientos hombres más poderosos. —Meneó la cabeza y reveló un secreto que apenas se atrevía a reconocer ante ella misma—. A veces me pregunto si siempre fui inferior a ellas o si ocurrió después de que todas nos graduáramos.

—¿Inferior a ellas? —repitió Helene sorprendida—. ¿Tú? ¿Cómo puedes decir eso?

Lorna esbozó una sonrisa de tristeza.

—Quizá no sea el término justo, pero durante un tiempo, cuando pasaba en coche frente a esas casas estilo rancho en River Road, en Potomac, estaba convencida de que podría comprarme una casa mejor que ésas. Ahora las venden por uno o dos millones, y yo apenas puedo pagar el alquiler de mi apartamento. —Sintió que se sonrojaba, pero ya lo había soltado y no podía desdecirse.

No fue necesario, porque Sandra se apresuró a decir:

—Te entiendo perfectamente. Todas las chicas con las que estudié en el instituto, incluso las arpías a las que confiaba en hacerles pagar por lo que me habían hecho sufrir, acabaron casándose con unos tipos macizos y viviendo en casas dignas de aparecer en *Architectural Digest*. —Meneó la cabeza—. Sinceramente, jamás pensé que sería como ellas, pero estaba segura de que al menos alguna acabaría como yo. Ya sabéis, soltera y... —Sandra frunció el ceño—.

Luchando por seguir adelante. No me refiero económicamente, sino… a nivel personal —añadió encogiéndose de hombros.

—Pero das la impresión de tenerlo todo controlado —dijo Joss, asombrada al averiguar que estaba equivocada.

Lorna la miró sorprendida. Sentía un gran respeto por Sandra, pero le sorprendió que a Joss le pareciera increíble que deseara algo más.

—Madre mía, eso es lo mejor que podías haberme dicho —respondió Sandra—. Porque no es verdad. Mejor dicho, no era verdad, pero ahora la situación ha mejorado. Hace unas semanas fui a ver a un acupunturista que me ha insertado una varita de metal en la oreja —dijo tocándose el lóbulo que Lorna se había fijado que se acariciaba con frecuencia. Lo cual no era tan chocante, puesto que sólo tenía dos orejas.

—¡Ay, qué daño! —exclamó Joss—. ¿Te insertó una aguja ahí?

—Sí, y se nota. Es como el cierre de un pendiente, sólo que más pequeño y está colocado en otro lugar. —Sandra se encogió de hombros—. Yo soy tan escéptica como el que más, pero antes de que el acupunturista me insertara esa varita me ponía nerviosa ante la idea de salir de casa, y ahora he mejorado mucho.

—¿Sufrías agorafobia? —preguntó Helene.

—En grado máximo —respondió Sandra asintiendo con la cabeza—. Lo había intentado todo, Prozac, psicoterapia, hipnosis… Os aseguro que dudaba que nada pudiera aliviarme, y menos la acupuntura, pero creo que lo ha conseguido. Yo no creía que me ayudaría, sino que me lancé a ello con una actitud más cínica que la mayoría de la gente.

—¿Qué significa agorafobia? —preguntó Joss—. Lamento parecer una ignorante, pero…

—No te preocupes —se apresuró a responder Sandra—. Me ponía nerviosa la idea de abandonar mi apartamento. Me ponía nerviosa el verme rodeada de gente. Incluso en la calle o en el supermercado.

Joss asintió con la cabeza, pero estaba claro por su expresión que nunca había oído hablar de eso.

—¿De modo que ese tipo te insertó una aguja en la oreja y estás mejor? —inquirió Lorna con gesto escéptico—. ¿En serio?

Sandra se encogió de hombros.

—Estoy aquí, ¿no? Hace seis meses, no habría podido venir. —Sandra volvió a sonrojarse—. Espero que no penséis que me siento una perdedora o algo por el estilo.

—¡No, no! —contestaron todas a coro.

—Yo creía ser la única persona que conocía llena de manías —dijo Lorna—. Me alegra saber que no es así.

—¿Cuáles son tus manías? —le preguntó Sandra, mirando a Helene y a Joss en busca de apoyo. Aunque Helene desvió la vista y Joss parecía tan inocente, era imposible creer que tuviera algo que confesar.

—De acuerdo —respondió ésta enderezándose—. A los dieciséis años tuve un novio estupendo, pero lo fastidié todo y desde entonces no he encontrado a nadie que le sustituya.

Helene sofocó una exclamación de asombro.

—¿De veras? —preguntó.

Lorna asintió con la cabeza.

—Chris Erickson. Sé que es fácil glorificar al primer amor, pero incluso cuando pienso ahora en ello objetivamente, creo que era mi media naranja. O al menos alguien con quien podía haber pasado el resto de mi vida.

—¿Qué fue de él? —preguntó Sandra con los ojos húmedos.

Lorna tragó para eliminar un viejo e inoportuno nudo en la garganta.

—Lo fastidié todo de una forma estúpida y pueril, como una adolescente, y rompimos. Chris está ahora casado y acaba de tener otro hijo y todo le va de maravilla. —Emitió una breve carcajada—. Seguro que es más feliz sin mí.

—Pues yo creo que aún debe de pensar en ti —dijo Joss mirando a Lorna con sus grandes ojos azules y sinceros—. De veras. Mi novio del instituto, Robbie, aún quiere que nos casemos.

—¿Y...? —preguntó Sandra arqueando las cejas de forma que las gafas resbalaron por su nariz, dándole un aspecto de institutriz acorde con el tono de su voz—. No pensarás volver con él, ¿o sí?

—No —reconoció Joss—. Sería como contemporizar.

Helene, que había estado observando la escena en silencio y pensativa, dijo:

—¿Creéis que es posible conocer a vuestra alma gemela en el instituto y ser lo bastante estúpida como para saberlo y destrozarte la vida para siempre?

Todas se volvieron para mirarla.

Lorna quería preguntarle «¿Es eso lo que tú hiciste?», pero la respuesta parecía tan obvia que la pregunta hubiera resultado ofensiva.

—Creo que en última instancia las cosas siempre se resuelven como es debido —dijo convencida de ello—. Aunque no siempre de la forma más cómoda y agradable.

—Estoy de acuerdo —respondió Sandra rápidamente. A diferencia de Lorna, sus ojos no traslucían la menor duda—. Si alguien es la persona adecuada para ti, siempre regresará a ti. —Asintió con la cabeza, tan convencida de lo que decía que su certidumbre casi se dejaba sentir como otra entidad en la habitación.

Y aunque en su fuero interno Lorna se preguntaba si Chris había sido realmente su alma gemela y se le había escapado, era tan evidente que Sandra y Mike no estaban hechos el uno para el otro que tenía que creer que al final el destino se encargaría de enderezar la situación.

Capítulo 15

Estaba claro que alguien seguía a Helene.

Había salido esa tarde para visitar algunos centros de beneficencia de los que se ocupaba, y había observado un coche azul corriente y vulgar siguiéndola entre la segunda y la tercera parada.

Si Lorna no le hubiera dicho que creía que alguien la seguía, ella quizá no se habría percatado. Aunque no puede decirse que el tipo fuera muy astuto. Siempre estaba a una distancia de unos tres coches detrás de ella. Pero eso no dejaba de alarmar a Helene.

No le veía con nitidez. Podía tratarse de Gerald Parks. Pero también podía tratarse de Pat Sajak. Helene no conseguía verlo de cerca.

Pero daba lo mismo, podía ver su coche y era el mismo que veía desde hacía días.

Sin apartar la vista de la carretera y con una mano apoyada en el volante, Helene sacó su móvil y llamó al 411, el número de la policía para un caso que no fuera una emergencia. No quería llamar al 911 porque, en medio del tráfico y sintiéndose segura dentro de su coche con las puertas cerradas, no se trataba de una emergencia.

—Operadora cuatro mil seiscientos uno, esta conversación está siendo grabada.

Helene miró por el retrovisor. El coche seguía allí.

—Hola —dijo un tanto turbada—. Llamo porque… No se trata de una emergencia, pero… circulo por la doscientos setenta en dirección norte y he observado que un coche me sigue.

—¿Le ha dicho o ha hecho alguna indicación el conductor?

—No. Pero lleva siguiéndome desde hace un buen rato.

—¿Puede ver al conductor, señora? ¿Es una persona que usted conoce?

—Creo que sí. Pero no estoy segura. No consigo verlo de cerca.

Helene empezaba a sentirse como una estúpida, aunque eso no disminuía sus sentimientos de ansiedad.

La respuesta de la operadora dejó bien claro que eso era justamente lo que pensaba ella.

—Lo lamento, señora, pero no puedo enviar un coche a detener a alguien por circular por la misma carretera que usted. Si alguien la amenaza o lastima físicamente, llame al novecientos once.

Una respuesta amable y genérica. Pero Helene no podía culpar a la operadora por ello, de modo que le dio las gracias y colgó, confiando en que las operadoras del número de la policía para casos que no fueran una emergencia no tomaran nota de su móvil y la consideraran una chiflada a la que no debían tomar en serio si volvía a llamar.

Helene abandonó la carretera en la siguiente salida, con el coche azul situado tres coches detrás del suyo, y regresó a la nacional 355, que se extendía desde más allá del norte de Maryland hasta Georgetown, en Washington, D.C.

En cierto momento Helene pensó que había logrado despistar al que la seguía, pero al poco rato observó que el coche azul había reaparecido y se hallaba justo detrás de ella. Miró al conductor, tomando nota de su aspecto para denunciarlo a la policía al tiempo que trataba de no quitar ojo a la serpenteante carretera por la que circulaba. No cabía duda de que era Gerald Parks. Lucía unas grandes gafas redondas oscuras tipo Jackie O y sus dedos asían el volante como unos perritos calientes largos y delgados.

Helene tomó a gran velocidad las curvas de Falls Road, casi confiando en que la policía la detuviera para poder denunciar a Gerald y hacer que lo arrestaran. Pero sabía que éste probablemente seguiría adelante y la policía la tomaría a ella por una loca, aparte de considerarla una conductora temeraria.

Cuando llegó a Potomac Village, se saltó una luz en ámbar para atravesar River Road, donde normalmente giraba.

Al mirar por el retrovisor vio que el coche azul estaba detenido en el semáforo. Helene entró en el aparcamiento de un centro comercial y avanzó zigzagueando junto a la parte posterior de las tiendas para enfilar por River Road y dirigirse a casa. Cuando hubo recorrido unos cuantos kilómetros sin que el coche azul la siguiera, empezó a relajarse un poco, aunque el corazón le latía violentamente.

Al atravesar el límite del Distrito de Columbia, Helene respiró hondo, sintiendo que por fin había llegado a casa sana y salva, cuando el coche apareció de nuevo. Éste dobló por la autopista de peaje de Little River —una ruta totalmente distinta— y volvió a colocarse detrás de ella.

Aunque ese tipo era tan torpe que no conseguía evitar que Helene detectara su presencia, era un maestro a la hora de seguir a su presa. Por primera vez Helene sintió rabia a la par que temor. En parte, deseaba detenerse y encararse con él, pero sabía que sería una imprudencia.

Al doblar por la calle Van Ness, donde estaba su casa, Helene pensó en pasar de largo frente a ésta para que Gerald no averiguara dónde vivía, pero no tuvo que recurrir a esa maniobra, porque el fotógrafo giró antes de llegar a su edificio y desapareció entre el tráfico.

Helene aparcó el coche y permaneció sentada en él, con las puertas cerradas, durante unos quince minutos, tratando de calmarse.

Luego hizo algo impulsada por la desesperación. Llamó a Jim.

—Creo que alguien me sigue —dijo cuando él respondió al teléfono.

—¿Qué?

Helene le contó que Lorna le había dicho que creía haber visto a un tipo seguirla un par de veces desde el aparcamiento, y también que hoy la había seguido durante cuarenta y cinco minutos. Pero omitió la llamada a la policía. Era absurdo dar a su marido una excusa repitiendo lo que le habían dicho en la policía.

—Quiero un escolta particular.

—Eso es absurdo —contestó él inmediatamente.

Helene sintió un dolor sordo en la boca del estómago.

—¿Te parece absurdo que quiera que alguien me defienda de los chalados que pululan por una ciudad donde se producen más secuestros y asesinatos de políticos que en ninguna otra?

—Lo que me parece absurdo es que te preocupes. Dijiste que ese tipo no te siguió hasta casa, ¿no es así?

—Sí.

—Esta ciudad es muy populosa. No puedes culpar a alguien por conducir por la misma carretera que tú.

—¿Aunque me haya seguido por diez carreteras, sin despegarse de mí, durante cuarenta kilómetros?

—Es una coincidencia. No seas tan egocéntrica; no puedes pensar que todo tiene que ver contigo.

Ese comentario era increíblemente ofensivo.

—Si alguien me sigue, está claro que tiene que ver conmigo, ¿no?

—Nadie te sigue, Helene. No hagas el ridículo.

—¿Que no haga el ridículo? —repitió ella—. ¿A qué te refieres?

—Para empezar, ni se te ocurra llamar a la policía.

Menos mal que Helene no le había contado ese episodio.

—¿Por qué?

—Porque la historia no tardará en propagarse y harás que malgasten una gran cantidad de fondos municipales en una investigación que no dará ningún resultado. Los periodistas se lo pasarán bomba culpándome por ello.

—Pero ¿y mi seguridad personal? —preguntó Helene, odiándose por lo pequeña, infantil y débil que sonaba.

Tenía una sensación muy rara. Estaba claro que la seguían; la policía no podía hacer nada al respecto aunque la hubieran creído, cosa que no era así; y ella no podía contratar a un guardaespaldas porque Jim le había cortado el acceso a sus cuentas corrientes y no la creía. O no le importaba.

Estaba a merced de su marido, pero él era su única esperanza.

—Si tuviera que exponerme a la crítica de la opinión pública cada vez que tienes un mal sueño, mi carrera política se iría al traste —dijo Jim—. No me hagas eso.

—¡En este caso no se trata de ti! —¿Cómo era posible que el hombre con quien se había casado se hubiera vuelto tan frío?—. Estoy asustada Jim. Te lo digo en serio.

Él emitió un ruido que era el equivalente verbal de poner los ojos en blanco. Luego dijo:

—Debo irme. Cierra las puertas con llave y ponte una película. Hablaremos después.

—Después quizá sea demasiado tarde —replicó Helene, viendo en su imaginación unos titulares recientes que pasaban constantemente como en una marquesina electrónica.

Pero Jim no le hacía caso. Estaba hablando con otra persona en la habitación, probablemente con Pam. Debía de haber aparecido con nata batida y un tanga, preparada para entrar en acción.

—Tengo que dejarte —dijo Jim—. Esta noche llegaré tarde. No me esperes levantada.

El muy capullo. *Hablaremos esta noche sobre tus temores por tu seguridad personal, pero como no llegaré hasta tarde, vete a dormir.* Era típico de él no mostrar la menor consideración hacia ella, pero Helene colgó sintiendo que estaba a punto de romper a llorar.

Más que eso, estaba hecha polvo. Quizá se debiera a la reacción post-adrenalina de la persecución, o quizás al hecho de que se sentía profundamente desgraciada en su vida y no veía una salida.

O quizás estaba seriamente trastornada.

Fuera lo que fuere, tenía que acostarse durante un rato. No se despertó hasta la mañana siguiente.

Y cuando lo hizo, comprobó que estaba sola.

Era más fácil ocuparse sólo de Bart, sin que Colin influyera en él y le indujera a cometer trastadas.

La buena noticia era que Colin se había ido de colonias durante dos semanas, lo cual permitía a Joss hacer cosas como llevar a Bart al parque solo. La mala noticia era que Deena lo interpretaba como una disminución de las funciones por las cuales le pagaba, de modo que le pedía constantemente que hiciera trabajos extraordinarios.

Como demostraba la lista de la compra que Joss llevaba en el bolsillo. Cinco artículos, cinco establecimientos distintos.

Al menos podía utilizar el coche cuando estaba de servicio. Un domingo en que Deena le había pedido que «comprara un par de cosas» de regreso de su reunión con los esquiadores —que, dicho sea de paso, había sido un fiasco estrepitoso—, Joss había tenido que coger el metro cargada con dos pesadas bolsas.

Con todo, en un día de verano tan espléndido como éste, casi era posible olvidarse de los malos ratos. A diferencia de otras niñeras y madres, Joss correteó con Bart por la zona de juegos y se deslizó con él por los toboganes unas veinticinco veces.

—¡Qué divertido es esto! —exclamó el niño mientras bajaba por el tobogán por enésima vez—. ¿Qué hacemos ahora?

—Lo que tú quieras. —Joss miró a su alrededor—. ¿Qué te parecen los columpios?

Bart asintió entusiasmado, pero luego pareció dudar.

—Los columpios son para niñas cursis.

¡Dichoso Colin!, pensó Joss deseando estrangularlo. Tenía una influencia nefasta sobre Bart. Cada día estaba más convencida de ello.

—¿Ves a alguna niña cursi sentada en los columpios? —le preguntó. El único crío sentado en los columpios era un chaval que parecía un par de años mayor que Bart.

—No —confesó el niño.

—Quizá Colin dice esas cosas para hacerse el machote por no montarse en los columpios —dijo Joss—. Lo cual no es necesario que haga. Pero quizá tenga miedo de los columpios. —Probablemente era injusto llamar cobarde a Colin cuando no estaba ahí para defenderse, pero Joss estaba harta de que le dictara a su hermano todo lo que debía hacer o no hacer.

Porque, francamente, Colin era un cretino.

—A mí me gustan los columpios —dijo Bart mirándolos.

—A mí también. Anda. Vamos. —Joss le tomó de la mano y lo condujo a los columpios.

Después de ayudarle a montarse en uno se colocó detrás y le empujó mientras el niño no dejaba de reír y chillar:

—¡Mira lo alto que me columpio, Joss!

Quizás había difamado el carácter sin formar de Colin. Pero al menos había logrado que Bart se divirtiese.

—Ahora sigue tú —le dijo Joss al cabo de un rato, riendo y tratando de recobrar el resuello—. Tengo que tomarme un respiro.

—¡No dejes de mirarme! —contestó Bart—. ¡Toco el cielo con los pies!

—¡Genial! —dijo ella agitando la mano mientras el niño se elevaba de nuevo hacia el ignoto espacio profundo.

—Jocelyn.

Sobresaltada, Joss se volvió y vio a una mujer alta con el pelo negro azulado y unos extraordinarios ojos azules.

—¿Sí?

—¿Es usted Jocelyn, la niñera que trabaja para los Oliver? —La mujer señaló a Bart, que seguía columpiándose diciendo que iba a elevarse de nuevo hacia el cielo.

Joss le sonrió y se volvió de nuevo hacia la mujer.

—Sí. ¿Quién es usted?

—Felicia Parsons. Ese niño que está ahí es Zach, mi hijo —dijo señalando a un chaval moreno de unos siete años que parecía estar acosando a un niño más pequeño mientras una mujer joven y corpulenta trataba de separarlos—. Necesito una niñera, y quiero saber cuánto cobra usted.

—Lo siento, señora Parsons. Ya tengo un empleo. —Un empleo que Joss odiaba, desde luego. Un empleo que estaba dispuesta a hacer prácticamente lo que fuera con tal de sacudírselo de encima.

Pero no podía.

Felicia Parsons la miró como si fuera imbécil.

—Ya lo sé. Acabo de preguntarle si trabaja para los Oliver. Lo que quiero saber es cuánto me costará superar la oferta de éstos.

A Joss le parecía increíble que fuera la segunda vez que alguien quería contratarla sabiendo que había firmado un contrato que la ligaba a los Oliver. Un contrato era un contrato, y esas mujeres deberían comprenderlo. Aunque quisiera, no podía abandonar el barco para aceptar una oferta más sustanciosa.

—Lo siento mucho —insistió Joss sin quitar ojo a Bart, que en esos momentos estaba trepando por una cuerda de nudos. Al mismo tiempo, el hijo de esa mujer era sujetado por la joven que había tratado de separarlo del otro niño hacía unos momentos—. No puedo romper mi contrato. —Joss señaló al niño agregando—: Parece que su hijo le necesita.

La mujer se volvió y despachó el asunto con un ademán.

—Esa chica lo solucionará.

¿Porque una niñera es una niñera, aunque no sea la suya? Deseaba preguntar Joss. Pero no lo hizo.

—Le ruego que tenga en cuenta mi oferta si cambia de opinión —dijo la señora Parsons—. ¿Tiene un papel para que pueda anotar un número?

—No, lo siento.

La mujer suspiró con gesto melodramático y rebuscó en su bolso hasta dar con un bolígrafo y un trozo de un sobre, cuyo dorso llevaba escrito el remite de un abogado.

—Éste es el número de mi móvil. Puede llamarme en cualquier circunstancia.

No había peligro de que eso ocurriese. Joss no tomó el papel.

—Señora Parsons, no sé qué le hace pensar que existe alguna probabilidad de que la llame, porque estoy ocupada con la familia Oliver hasta el mes de junio.

—Eso es lo que dice ahora. —La señora Parsons agarró la mano de Joss y le depositó el papel en ella—. Pero puede cambiar de parecer.

Acto seguido se encaminó hacia donde estaba su hijo, gritándole algo a él o a la joven que trataba de contenerlo.

Joss se estremeció ante la perspectiva de trabajar para una persona así.

Regresó junto a Bart, que estaba jugando con una niña pelirroja llamada Kate y no quería saber nada de Joss, de modo que ésta le dijo que le esperaría sentada en un banco. Se acercó a donde había otras niñeras, sin apartar la vista del juvenil drama chico-chica que se desarrollaba entre Bart y Kate.

—¿Te ha pedido Felicia Parsons que trabajes para ella? —la preguntó una joven afroamericana.

Joss frunció el ceño.

—¿Cómo lo sabes?

—Nos lo ha pedido a la mayoría de nosotras. —La joven miró a la chica que había tratado de separar al hijo de la señora Parsons del otro niño—. Pobre Melissa. Por cierto, me llamo Mavis Hicks —dijo extendiendo la mano—. Creo que no nos conocemos.

—Joss Bowen —respondió ella estrechándole la mano—. ¿Por qué dices pobre Melissa? ¿Es la niñera de los Parsons?

Mavis asintió con la cabeza.

—Y es muy competente, según he podido observar. ¿No estás de acuerdo, Susan? —preguntó Mavis dando un golpecito en el hombro a una mujer fornida de treinta y tantos años.

—¿Qué?

—¿No crees que Melissa sabe llevar al hijo de la Parsons?

—Sí. —Melissa reparó entonces en Joss—. ¿Te ha propuesto la Frívola Felicia que vayas a trabajar para ella?

Joss asintió con la cabeza.

—Sí. Acaba de hacerlo. He pasado un mal rato. —Miró a Melissa, que era evidente que trataba con todas sus fuerzas de convencer por medio de la lógica a la fiera de pelo negro que estaba a su cuidado.

—No te preocupes, Melissa lo sabe —aseguró Mavis a Joss—. No es la primera vez que le ocurre. Lo más probable es que ella acepte la próxima oferta que le haga alguien.

—¿De modo que ocurre con frecuencia?

Tanto Susan como Mavis miraron a Joss como si fuera una extraterrestre.

—¿Bromeas? —preguntó Susan.

—No… —Era absurdo que fingiera estar familiarizada con ese juego, porque lo cierto es que representaba una novedad para ella. Una novedad desconcertante. Esas mujeres podían ayudarla en ese sentido—. Pero me ha ocurrido en un par de ocasiones. La primera fue durante una fiesta celebrada en casa de los Oliver.

Susan se encogió de hombros.

—Pasa continuamente. Cuando corre la voz de que una niñera sabe manejar a los niños, todo el mundo quiere contratarla.

Joss la miró sorprendida.

—No tenía ni idea de que la señora Oliver dijera cosas favorables sobre mí.

—Y no lo hace —respondió Susan sin rodeos—. La noticia no proviene de los empleadores, sino se extiende a través de la Red de las Madres. Éstas observan lo que hacen las niñeras, y luego deciden que la suya no es lo suficientemente competente y tratan de contratar a otra a sus espaldas.

—Pero ¿no trabajamos todas con contrato? —inquirió Joss—. ¿No vincula el contrato al empleador y al empleado? —Había revisado el suyo con su padre y estaba segura de que le garantizaba un sueldo además de alojamiento y comida durante un año.

Susan y Mavis se echaron a reír.

Entonces la primera miró a Joss a los ojos y preguntó:

—Pero ¿hablas en serio?

Joss estaba hecha un lío.

—Claro que hablo en serio.

—Ay, cielo, no tienes ni la más remota idea.

Joss empezaba a pensar que se hallaba en un extraño mundo paralelo donde todos sabían lo que ocurría menos ella.

—¿No tengo ni la más remota idea de qué?

Las otras dos se miraron; luego Susan hizo un gesto con la cabeza a Mavis.

—El fin de semana pasado, durante una fiesta, la señora Oliver me preguntó si quería trabajar para ella —dijo Mavis—. Supuse que lo sabías.

Joss trató de pensar adónde habían ido los Oliver la semana pasada, y enseguida recordó tres fiestas. Tres fiestas durante las cuales ella les había sustituido en sus deberes parentales gratuitamente.

¿De modo que los Oliver creían que iban a encontrar a otra que les conviniera más que ella? ¿Creían que otra niñera en el planeta estaría dispuesta a ir al supermercado a comprar comida y vino, a recoger la ropa en la tintorería, a ocuparse de los hijos de otras personas y a cualquier otra cosa que se le ocurriera a Deena? ¿Que otra niñera soportaría ese trato y seguiría manteniendo su compromiso con ellos en lugar de dejarlos plantados?

—¿Estás segura? —preguntó Joss a Mavis—. Quizá no la entendiste bien.

Mavis y Susan se miraron de nuevo, en un gesto que constituía un claro código que indicaba «ahora te toca a ti, díselo tú».

—Joss —dijo Susan apoyando ambas manos sobre las de la joven—. Mavis está segura. Y yo también. Hace tres semanas, Deena Oliver me ofreció un sueldo y medio para sustituirte al cabo de una semana.

Capítulo 16

—¡Dios mío! ¿Te sientes mal?

Sandra se alarmó al ver la forma en que su hermana la miraba.

—¿A qué te refieres? Pues claro que no me siento mal. ¿Por qué? —preguntó llevándose una mano a la cara. ¿Tan mal aspecto tenía? ¿Había palidecido?

¿O era debido a su pelo verde?

—¡Estás muy flaca!

—¡Qué va!

—Bueno, no flaca para una persona normal —dijo Tiffany tan repelentemente sincera como de costumbre—. Pero flaca por tratarse de ti. ¿Cuánto peso has perdido?

—No lo sé —respondió Sandra. Por supuesto que lo sabía. Exactamente doce kilos. Pero, por alguna razón, le avergonzaba comentar los detalles con Tiffany. Quizá porque la vida era siempre tan fácil para ella, que Sandra no quería reconocer los esfuerzos que le había costado adelgazar—. Trato de comer de forma sensata.

—Pues yo no —respondió su hermana palpándose su abultado vientre. Apenas se notaba que estaba embarazada—. Me hincho a comer. —Tiffany condujo a Sandra a la inmensa y reluciente cocina pintada de blanco que daba al hoyo número cinco de la nueva pista de golf del club Coronado.

Se había hinchado también a comer durante su primer embarazo, hacía siete años, pero al término del mismo había dado a luz a una hija perfecta —Kate— y había recuperado su figura. Era cabreante.

217

—¿Quieres café? —preguntó Tiffany, tras lo cual torció el gesto—. Es descafeinado.

—Vale. —Sandra se sentó en un taburete tapizado—. ¿Cómo estás?

—Perfectamente. —Tiffany depositó una taza frente a su hermana y luego sacó del frigorífico una jarrita de crema, que dejó también en la encimera—. El otro día me hicieron la ecografía de las dieciocho semanas y dicen que el bebé está muy bien. Kate está loca de alegría. Charlie, también. —Vaciló unos segundos más de lo normal—. Y yo, por supuesto.

—Eso es maravilloso. —Sandra vertió un poco de crema en su café y lo removió, observando mientras el remolino desaparecía. Luego miró a Tiffany—. ¿Sabes ya si es un niño o una niña?

—El médico pudo haberlo comprobado, pero Charlie prefiere que sea una sorpresa, de modo que no tengo ni idea. Pero creo que es un niño.

—¡Caray, un niño! Qué raro, ¿no? Nosotras nos criamos en una casa llena de mujeres.

—Lo sé. Yo…

Sandra dejó la cucharita y miró a su hermana. Sorprendida, comprobó que estaba llorando.

—¿Qué ocurre, Tif? ¿Pasa algo malo?

Tiffany se cubrió la cara con las manos y negó con la cabeza.

—No es nada.

—¿Seguro que el bebé está bien? —Sandra rodeó a su hermana con el brazo, lamentando que su madre no estuviera ahí para resolver la situación. Ella no sabía cómo tranquilizar a una Tiffany insegura—. ¿Hay algo que no me hayas dicho?

—El bebé esta perfectamente. —Tiffany se sorbió los mocos y se enjugó las lágrimas de debajo de los ojos procurando que el maquillaje no se corriera—. Es que… es tan egoísta, que no sé cómo decírtelo.

—¿De qué se trata? —Sandra estaba preocupada. ¿Acaso iba a revelarle Tiffany la existencia de una relación extraconyugal? Sí, seguro que era eso. Probablemente Charlie tenía una aventura. Ella nunca se había fiado de él. Era un tipo frío. Y mezquino—. Quizá debamos llamar a mamá y pedirle que venga.

—No —contestó Tiffany bruscamente—. Lo último que necesito que me diga es que todo es maravilloso y que mi vida es perfecta.

Bien pensado, a Sandra tampoco le hacían gracia ese tipo de conversaciones. Rodeó los estrechos hombros de su hermana y la miró a los ojos.

—¿Qué ocurre? Dímelo.

Tiffany cerró los ojos durante unos momentos, sus labios temblaban debido a un horror que no se atrevía a confesar. Finalmente respondió:

—No sé... —tragó saliva—. No sé qué hacer con el pene.

Era una frase que Sandra no había oído jamás, de modo que su primera reacción fue cero reacción.

—¿Que no sabes qué hacer con el pene? ¿A qué te refieres?

—El bebé. No sé qué hacer con un bebé varón. Nosotras no tuvimos hermanos ni primos. Cuando averigüé que estaba embarazada, pensé en pintar las paredes del cuarto de los niños de color rosa, en sábanas con volantes, en muñecas y princesas Disney... —rompió a llorar desconsoladamente.

—Vamos, Tif —dijo Sandra dándole unas palmaditas en la espalda, sin saber qué decir o hacer—. Todo se arreglará. Ya lo verás. —No quiso añadir que pensaba que en esos momentos era víctima de las hormonas, aunque estaba convencida de que ése era al menos una parte del problema.

—Lo siento —dijo Tiffany entre sollozos entrecortados—. Quiero al bebé, de veras. En parte estoy decepcionada de que no sea una niña, pero principalmente temo no ser una buena madre para él porque no sé enseñarle a ser un chico.

—Te aseguro que lo aprenderás de forma natural.

—No necesariamente. ¿Y la higiene? ¿Cuándo empezará a afeitarse? ¿Y las poluciones nocturnas? No sabré explicarle esas cosas. Ni siquiera me imagino manteniendo esa conversación con él.

Sandra se rió suavemente.

—Para empezar, en parte no imaginas mantener esa conversación con él porque aún no conoces a ese chavalito. Irás aprendiendo esas cosas a su debido tiempo. Y no olvides que estará Charlie para hablar con él de esas cosas de hombres.

—¿Y si no es está? —preguntó Tiffany echándose de nuevo a llorar. Sandra respondió con cautela.

—¿Tienes algún motivo para pensar que quizá no esté?

—No. —Tiffany sacó un *kleenex* de la caja sobre la encimera y se sonó—. Debes de creer que estoy loca.

—En absoluto. Creo que debe de ser muy duró estar embarazada. Nunca habías pensado esas cosas.

Tiffany asintió con la cabeza.

—Pero eso no significa que no sean reales.

—Por supuesto. Pero significa que quizá no sea un problema tan grave como crees.

—Dios. —Tiffany cerró los ojos y meneó la cabeza—. Ojalá pudiera tomarme un martini.

—Te llevaré uno al hospital dentro de cuatro meses. ¿Qué prefieres, un martini con zumo de manzana?

—De arándanos —respondió su hermana sonriendo—. Pero quizás entonces tenga otros antojos.

Ambas se rieron y al cabo de unos momentos Tiffany preguntó:

—¿Sabes lo que me asusta más?

—¿Qué?

—¿Qué ocurrirá cuando el niño quiera conocer la historia de su familia?

Sandra soltó una carcajada.

—¿Bromeas? Papá sacará el árbol genealógico de la familia que tardó tres años en elaborar en la Biblioteca del Congreso y...

—Me refiero a su familia biológica.

Sandra arrugó el ceño.

—No te entiendo. ¿A qué familia biológica te refieres?

—¡A la de los niños!

—Ya. Vale, como decía, papá sacará...

—¡No voy a mentirles, Sandra!

—¿A quién?

—¡A Kate y al bebé!

—Pero ¿de qué estás hablando? —De pronto a Sandra se le ocurrió algo—. Un momento, ¿acaso Charlie es adoptado?

—Charlie, no —respondió Tiffany con tono impaciente e irritado mientras observaba a su hermana con atención. Luego su expresión cambió ligeramente—. Cielo santo, ¿me estás tomando el pelo?

Sandra no entendía nada.

—¿Sobre qué?

—Pero ¿es que no lo sabes?

—Te juro que si no me explicas a qué diablos te refieres te lo arrancaré de una forma u otra, aunque estés embarazada.

—Sandra. —Los ojos de Tiffany, que hacía unos instantes relucían de autocompasión, ahora mostraban compasión por su hermana—. Charlie no es adoptado, pero yo sí.

Estimada ~~inquilina~~ *señora Rafferty:*

Ha sido para nosotros un placer administrar los apartamentos de Bethesda Commons y tratar con ustedes a lo largo de los quince últimos años. No obstante, los tiempos cambian y hemos decidido transformar todas nuestras unidades en condominios. Usted, como inquilina, tiene derecho de preferencia, y también la magnífica oportunidad de comprarlo a un precio reducido.

Todas las unidades tendrán un precio de 346 dólares por metro cuadrado. Lo cual significa que los inquilinos que ocupan un apartamento de un dormitorio pagarán un promedio de 340.000 dólares, y las unidades de dos dormitorios costarán aproximadamente 416.500 dólares. Creemos que es un precio justo y competitivo, y dado que los tipos de interés han alcanzado su punto más bajo últimamente, podrán gozar del privilegio de poseer una vivienda por un modesto incremento en el precio que pagan actualmente.

Su último contrato de arriendo vence el 1 de octubre, y como un gesto de cortesía a todos ustedes, si su contrato de arriendo vence con anterioridad les permitiremos alquilar el apartamento sobre una base mensual. Entendemos que esto le dará tiempo suficiente para tomar una decisión y obtener una financiación para adquirir el apartamento o buscar una nueva vivienda.

Reiteramos que ha sido un placer tratar con ustedes y les deseamos suerte en su elección.

Cordialmente,
Artie y Fred Chaikin,
Equipo de administración

Estaba claro que Lorna iba a tener que dejar de abrir su correo. Siempre —pero siempre— eran malas noticias.

Trescientos cuarenta mil dólares. Como si sus deudas no fueran lo suficientemente elevadas. Lorna entró en Internet y buscó un calculador de hipotecas. Sin poder aportar ningún dinero —ésa era la única forma en que podía considerar siquiera obtener una hipoteca en esos momentos—, el pago mensual sería de más de 2.200 dólares al mes. ¡Mil dólares más de lo que pagaba ahora!

¿Y consideraban eso un «modesto incremento»?

Por no hablar de los gastos del condominio. Lorna había oído decir que en algunos sitios la gente pagaba centenares de dólares en concepto de gastos.

¿Qué podía hacer? Estaba endeudada hasta las cejas, su crédito estaba por los suelos y estaba a punto de perder su casa. Tenía que hacer algo; no podía ignorar olímpicamente esa información y confiar en que las cosas cambiaran.

No, eso era una estupidez. Lorna no tenía que confiar en que las cosas cambiaran, era ella quien tenía que realizar unos cambios. Tenía que conseguir un trabajo que le diera más dinero, o un trabajo adicional.

Pero primero tenía que encontrar un lugar donde vivir.

Cogió el periódico, que ya había arrojado al cubo de reciclaje, y se sentó en el sofá para buscar otros apartamentos en alquiler en esa zona.

Se daba la circunstancia de que los precios habían aumentado mucho en los cinco años en que Lorna se había mudado a los Commons. Para vivir en un apartamento en ese barrio, tendría que pagar al menos trescientos dólares más de lo que pagaba en la actualidad. Y eso si se trataba de un apartamento viejo y destartalado.

Si no conseguía un trabajo mejor remunerado, tendría que trasladarse a Montgomery County. O incluso a Frederick County. Pero la perspectiva de recorrer veinticinco, treinta o cuarenta kilómetros en coche hasta el lugar de trabajo desde un enclave suburbano era demasiado deprimente.

Lorna examinó la sección de demandas y trazó un círculo alrededor de algunos trabajos que parecían mortalmente aburridos pero prometedores en términos de salario y beneficios.

Luego se sentó ante el ordenador e imprimió algunas copias de su currículo para enviar a los apartados de correos de los anuncios.

Por último entró en eBay para concederse algún caprichito después de la deprimente tarea de buscar trabajo. Quizás encontraría un par de Pradas por 4,99 dólares porque el vendedor había tecleado *«Predas»* por error. Lorna estaba descubriendo esos trucos. Por desgracia, *Babuchas* también los estaba descubriendo, por lo que siempre terminaban compitiendo por los mismos zapatos. Pero ella no había vuelto a cometer el error de pujar demasiado alto.

También había descubierto Paypal.com, de modo que podía pagar sus compras en la subasta directamente, sin tener que ir al banco y dejar que pisotearan su dignidad suplicando que le dieran un talón de caja.

Examinó la lista de zapatos de diseñador del treinta y nueve y se llevó una alegría al hallar unos perfectos Lemer *vintage* de vestir bicolores, por tan sólo 15,50 dólares. Los tacones eran espectacularmente altos, y el empeine describía una curva tan airosa que, de no ser cerrados, podrían haber sido unas sexis sandalias de tiras.

Hasta el momento *Babuchas* no parecía haberlas visto, y puesto que faltaban menos de seis horas para el fin de la subasta, Lorna tenía muchas esperanzas de conseguirlas.

De pronto tuvo una revelación.

Si se planteaba eso de forma objetiva —y ya iba siendo hora de que lo hiciera—, no podía dejar de reconocer que era una adicta a los zapatos. Lorna no podía controlar sus impulsos a la hora de comprar más zapatos. Era capaz de racionalizar sus compras al margen de cómo las abonara, a crédito, en efectivo o como fuera, y eso estaba destrozando su vida.

Fundar Adictas a los Zapatos Anónimas había sido un buen punto de partida. Lorna no era adicta a las drogas, de modo que los zapatos en sí mismos no la perjudicaban. Era el gasto..., el gasto excesivo. Lo cual hacía que eBay resultara... beneficioso. ¿O no?

Lorna no estaba muy segura de eso, pero estaba segura de una cosa: había llegado el momento de hacer lo que debió haber hecho hacía tiempo.

Se dirigió al frigorífico y sacó el helado napolitano que había comprado para una suculenta cena que había organizado hacía seis meses. Depositó la terrina en el fregadero, retiró la tapa y dejó que el agua caliente corriera sobre el hielo y el helado cristalizado hasta que se derritió lo suficiente como para mostrar el secreto que ocultaba.

Su tarjeta de crédito de Nordstrom.

Quizá no había aparecido en la lista de Phil Carson, cuando éste le había obligado a entregarle sus tarjetas, porque era una tarjeta de crédito de unos grandes almacenes. De modo que Lorna la había conservado, por si acaso, como una «muleta» emocional que podía utilizar en caso de que tuviera que hacerlo.

Ya la había utilizado en dos ocasiones desde entonces, para compras a través de Internet, porque hacía tiempo que había memorizado el número.

Ocultarla en la terrina de helado sólo había servido para complicar las cosas a la hora de sacarla y llevarla a la tienda.

Pues bien, eso tenía que terminar. Lorna tenía que desprenderse de este último vínculo que la mantenía sometida, económicamente, a su adicción.

Se acercó al teléfono y marcó pausadamente el número del banco. Por fortuna, alguien del departamento de crédito respondió enseguida, por lo que Lorna se obligó a hablar antes de disuadirse a sí misma.

—Quiero cancelar una cuenta —dijo.

A partir de ahora, o dinero o nada.

No era un plan perfecto, pero era un comienzo.

Cuando al cabo de dos horas llegaron las adictas a los zapatos, la estrella de la velada fue Joss, que había adquirido unos fabulosos zapatos de salón de Gucci. Lorna se los cambió por sus John Fluevog de color azul oscuro; era un cambio que merecía la pena. Los Gucci debían ser de los sesenta, pero estaban en perfectas condiciones. Uno estaba un poco rozado, y parecía haber sido limpiado. Pero no importaba. Lorna tenía un jabón especial para cuero que los dejaría como nuevos.

Sandra les contó lo del embarazo de su hermana y que acababa de enterarse de que era adoptada.

—¿Por qué nuestros padres se lo dijeron a ella y no a mí? —preguntó en voz alta.

—Quizá no querían que te aprovecharas de esa circunstancia —dijo Lorna, y cuando Helene le dirigió una mirada cargada de significado, se encogió de hombros y añadió—: No digo que Sandra lo haría, sólo que quizá sus padres temían que lo hiciera.

—Puede que tengas razón —convino Sandra—. Pero lo curioso es que crecí pensando justamente lo contrario. Nunca llegué a comprender por qué nuestros padres se afanaban en hacer que Tiffany se sintiera satisfecha cuando tenía tantas cualidades. Es guapísima. Alta, rubia. Creo que me aficioné a los zapatos en parte para reducir la diferencia de estatura entre ambas. Y por el hecho de que la talla de zapato no cambia aunque una se engorde.

—No estoy muy segura de eso —dijo Helene—. Recientemente me he engordado un kilo y noto que los zapatos me aprietan.

—¿Vas a tener la regla? —preguntó Lorna—. Unos días antes de que me venga yo me hincho como un globo.

Helene asintió con la cabeza.

—Creo que es un problema hormonal. Retención de líquidos. Este mes, durante los días que tomaba la píldora de azúcar en lugar de la píldora normal, ni siquiera me vino la regla.

—Eso me ocurrió en cierta ocasión durante tres meses consecutivos —terció Sandra. Luego, en respuesta a la atención que había concentrado sobre su persona, añadió—: La tomé para tratar de regular mi menstruación. Al fin funcionó, pero durante esos tres primeros meses, nada de nada. Habría sido agradable de no haber temido que me viniera la regla en el momento más impensado —dijo riendo—. Durante esos tres meses me puse compresas todos los días. Era como volver a llevar pañales.

—Detesto confesaros esto, chicas, pero en mi caso quizá sea la menopausia —dijo Helene asintiendo con gesto sombrío—. Puede presentarse a partir de los treinta y cinco años. De modo que tengo suerte de que no apareciera hace tres.

—Imposible, eres demasiado joven —objetó Joss—. No lo creo.

Helene se encogió de hombros.

—Tengo todos los síntomas. Me siento siempre cansada, vagamente indispuesta, he engordado, ciertos alimentos me chiflan y otros me repelen... ¿Qué ocurre? ¿Por qué me miráis de esa manera?

—Porque también podrías estar embarazada —respondió Sandra suavemente—. Créeme, hace cinco meses que vengo observando esos síntomas en mi hermana.

Helene meneó la cabeza.

—Si no estuviera tomando la píldora, te aseguro que eso sería lo primero que me habría preocupado.

—¡Entonces es la píldora! —afirmó Lorna—. Nunca me he sentido peor que cuando tomaba anticonceptivos. ¡Era tremendo! No obstante, quizá deberías ir al médico.

Helene despachó esa idea con un ademán.

—Olvidémonos de mí. No dejo de quejarme. ¿Cómo os van las cosas a vosotras? Estás muy callada, Joss.

La chica se sonrojó ligeramente, lo cual acentuó la lozanía de su juventud.

—En realidad, me gustaría pediros vuestra opinión sobre un asunto. ¿Recordáis que os dije que otras familias me habían hecho ofertas de trabajo? —Todas asintieron—. El otro día me enteré de que la señora Oliver ha propuesto a otras niñeras que trabajen para ella.

Lorna contuvo el aliento.

—¿Te refieres a que ha ofrecido a otras tu puesto sin que tú lo supieras?

Joss asintió con la cabeza.

—Es chocante, ¿no os parece?

—Es motivo suficiente para que rompas tu contrato —dijo Lorna indignada.

—Estoy de acuerdo —apostilló Sandra—. Es como averiguar que tu novio sale con otra. Debió de herirte.

Joss se volvió hacia ella con expresión de gratitud.

—Sí. Aunque no siento gran simpatía por los señores Oliver, creo haber realizado un buen trabajo. Los niños se sienten a gusto conmigo. He cumplido más que de sobra con mi obligación. —Joss suspiró—. Es como una bofetada.

—Pero has recibido otras ofertas —le recordó Helene—. ¿Provenían de personas como la señora Oliver, que ya tenían niñeras?

—Creo que sí —respondió Joss con tristeza—. Quizá Lois Bradley no tenga una niñera.

—Pues ten en cuenta su ofrecimiento —le aconsejó Helene—. Por si acaso. Supongo que no querrás trabajar para alguien que ha traicionado a la niñera que tenía.

—No —convino la joven—. Pero ¿qué me dices de alguien que trata de birlar la niñera a otra persona?

—En este mundo o matas o te matan —declaró Lorna.

—Amén —dijo Sandra asintiendo con la cabeza, que seguía presentando un color rubio verdoso.

—Eso suena un tanto cínico —dijo Helene, tras lo cual se encogió de hombros—. Cierto, pero cínico. Escucha, Joss, ve a ver a un abogado. Al menos haz que alguien revise tu contrato para comprobar si tienes alguna salida legal.

—No sé… —respondió ella dubitativa.

—¿Prefieres esperar hasta que tu jefa te comunique de sopetón que ha contratado a otra persona y te despida por alguna razón que se ha sacado de la manga? —Lorna no soportaba a las personas como Deena Oliver. Las veía continuamente en el restaurante, y jamás había observado el menor destello de humanidad en sus ojos—. Consulta con un abogado. Luego decide lo que más te convenga.

—No tienes nada que perder —apostilló Sandra.

Por fin Joss dijo que lo pensaría, que quizá llamaría a uno de esos abogados que aparecían en televisión y que dicen que la primera consulta es gratuita.

Pero Lorna tenía la sensación de que no lo haría.

—Odio decirlo, pero debo irme —dijo Sandra poco antes de las once de la noche—. He quedado con alguien.

—¿Una cita importante? —preguntó Lorna arqueando una ceja.

Sandra se sonrojó, pero no obvió la pregunta.

—Sí —respondió con orgullo—. Lo es.

—¡Ah! ¿De quién se trata? —inquirió Joss.

—Es un chico con el que fui al instituto. Curiosamente, nunca me había fijado en él, al menos desde un punto de vista romántico, y ahora… —Sandra suspiró—. Es muy atractivo. Hace tiempo que salimos.

Todas emitieron una exclamación de gozo ante ese giro positivo en la vida de Sandra.

Ella volvió a sonrojarse.

—Me me tiene embobada. Me da vergüenza confesarlo.

—No tienes por qué avergonzarte —dijo Helene apoyando una mano en el brazo de Sandra—. Nos alegramos mucho por ti. Creo que te sientes feliz. Se te nota en la cara.

—Y has perdido mucho peso —añadió Joss.

—Doce kilos —respondió ella alzando un puño con gesto triunfal. Era un gesto poco habitual en ella, y Lorna sonrió abiertamente—. Me ha costado lo mío.

—¡Enhorabuena! —exclamó Lorna, y las otras dos se unieron a ella, añadiendo sus felicitaciones y comentarios sobre el cambio tan evidente como espectacular que había experimentado Sandra.

La velada terminó con esa nota positiva. Todas se sentían tan felices de que Sandra, que antes se mostraba tímida e insegura, hubiera salido de su caparazón que dejaron a un lado sus problemas para celebrarlo con ella.

Cuando todas se fueron, Lorna recogió los platos y las copas y luego regresó al ordenador para entrar en eBay.

¡*Babuchas* también había entrado!

La puja sobre los Lemer había aumentado a 37,50 dólares.

Lorna se había jurado que no pujaría por encima de veinte dólares, y sabía que incluso esa cantidad era excesiva para su presupuesto.

Pero iba a tener un nuevo trabajo; todo lo ocurrido esa semana lo indicaba claramente. De modo que dispondría de más dinero. Y seguiría trabajando el turno de noche en Jico, lo cual le reportaría unos ingresos dobles. Muy pronto. Porque las empresas no anunciaban vacantes de empleo hasta que estaban dispuestas a llenarlas.

¿Dónde volvería a encontrar unos zapatos de vestir como ésos? Eran un modelo *vintage*. Ésta era la última oportunidad que tenía de poseer unos zapatos tan maravillosos como ésos.

Lorna se imaginó mostrándolos a las adictas a los zapatos.

El tiempo apremiaba. Faltaban sólo cinco minutos para que concluyera la subasta y cuarenta y seis, cuarenta y cinco, cuarenta y cuatro…

Lorna tecleó 61,88 dólares y aguardó conteniendo el aliento.

HAN SUPERADO SU PUJA, dijo la pantalla.

—¡Y una mierda! —Lorna tecleó 65,71 dólares.

HAN SUPERADO SU PUJA.

Lorna contempló la pantalla. ¡Otra vez *Babuchas*! No fallaba. Faltando cuatro minutos y menos de diez segundos, *Babuchas* estaba a punto de ganar la puja a menos que Lorna se pusiera las pilas.

Tecleó 99,32 dólares.

ES USTED EL MEJOR POSTOR.

—¡Toma ya! ¡Fastídiate, *Babuchas*!

Lorna comprobó si alguien había superado su puja. Continuaba siendo el mejor postor. Perfecto. Siguió consultando la marcha de la subasta mientras los minutos transcurrían. Tres minutos y diez segundos…, dos minutos y cincuenta segundos…, dos minutos y treinta y cinco segundos…, dos minutos y diez segundos…

¡Paf! ¡Ahí estaba!

HAN SUPERADO SU PUJA.

La lógica abandonó a Lorna como una violenta ráfaga de viento. Estaba empeñada en derrotar a *Babuchas* costara lo que costara.

Era exasperante que esa mujer —o ese hombre— estuviera sentada frente a la pantalla de un ordenador, en alguna parte, tecleando unas pujas que a Lorna le estaban costando dinero. ¿Y para qué? No estaba dispuesta a dejar que *Babuchas* se saliera con la suya.

Tecleó una puja máxima de 140,03 dólares.

ES USTED EL MEJOR POSTOR.

Había superado la puja máxima de *Babuchas* de 110,50 dólares.

Con el corazón latiéndole aceleradamente, Lorna hizo clic en el botón RECORDATORIO una y otra vez, alegrándose al comprobar que seguía siendo el mejor postor. Faltaba tan sólo un minuto. Estaba a punto de ganar. Los Lemer eran suyos. Los tenía al alcance de la mano. Dentro de unos segundos, sería oficial.

Diez, nueve, ocho… Lorna volvió a hacer clic en el botón de RECORDATORIO, segura de su victoria.

Y de pronto apareció en la pantalla.

152,53 dólares. Ganador: *Babuchas*.

Lorna no daba crédito a sus ojos. Se sentía mareada. *Babuchas* había irrumpido literalmente en el último segundo y había superado la puja máxima de Lorna. ¡Por unos miserables 12,50 dólares! ¡Tan sólo 12,50 dólares se interponían entre ella y esos fabulosos Lemer *vintage*! Era una cantidad ridícula.

Babuchas le había robado los zapatos.

Cuando su indignación inicial remitió y Lorna recobró la compostura, cayó en la cuenta de que los zapatos que había perdido no habían costado tan sólo 12,50 dólares. Lorna había estado dispuesta a desembolsar 150 dólares, más gastos de envío, pese al hecho de estar a punto de perder su casa.

Eso no era racional.

Comprendió que tenía que reaccionar. Lo cual empezaba por llamar y concertar… Lorna se detuvo y reflexionó. Tres, pensó, necesitaba tres entrevistas de trabajo. Haría las llamadas necesarias y enviaría su currículo por fax —¡nada menos que descalza!— hasta conseguir tres entrevistas de trabajo.

Capítulo 17

—No te aconsejo que trabajes en Capitol Hill —dijo Helene a Lorna. Había sido la primera en llegar a la reunión, y Lorna le había dicho que a la mañana siguiente iba a entrevistarse con el senador Howard Arpege—. Echan la culpa de todo a sus asistentes administrativas. Cuando no se las están follando, claro está.

—Caray —contestó Lorna torciendo el gesto—. No creo que vaya a ocurrir eso.

Helene imaginó a Howard Arpege y sintió náuseas.

—Ya, pero es casi tan malo como si tratara de acostarse contigo, quizá peor.

—Venga, mujer, no creo que a ese anciano le interese el sexo.

Helene arqueó una ceja.

—Te sorprendería las cosas que he oído decir.

—Dios, no me las cuentes.

En esos momentos sonaron unos golpecitos a la puerta y ésta se abrió un poco.

—¿Puedo entrar? —preguntó Joss asomando la cabeza.

—Por supuesto. —Lorna se levantó. —Tengo que ir a hacer pis. No cerréis la puerta para que Sandra pueda entrar cuando llegue.

Lorna se encaminó hacia el fondo del apartamento y Joss se sentó en el sofá junto a Helene.

—¿Qué has traído esta semana?

La joven sacó una caja de zapatos de su bolsa y le mostró un par de sandalias de Noel Parker de color verde lima.

—Yo tuve un par de sandalias como ésas. Déjame verlas.

Helene tomó las sandalias y las examinó. Sí, había tenido un par de sandalias exactamente como ésas. Incluyendo la manchita negra en el zapato izquierdo, sobre el que había dejado caer un rotulador permanente de color negro y no había conseguido limpiarla.

Por eso las había donado a Goodwill.

—Son fantásticas —dijo afectuosamente devolviéndoselas a Joss, que estaba desconcertada—. Echo de menos las mías. Me las puse tantas veces que las destrocé.

Joss parecía aliviada.

—Pero son unos buenos zapatos, ¿no? —preguntó afanosamente.

—Desde luego. Son magníficos.

Lorna regresó a la habitación y se quedó pasmada al ver a Sandra, que acababa de llegar. Desde que había perdido tanto peso lucía unas prendas que le sentaban divinamente. Esa noche llevaba unos vaqueros y un *top* negro muy ajustado. Y calzaba unos zapatos de vestir de dos colores con unos tacones altísimos.

—¡Es increíble! —exclamó Helene—. ¿Son unos Lemer?

Sandra sonrió satisfecha.

—Sí, a que son fabulosos.

—Una maravilla. Sólo hicieron ese modelo durante un par de años. —Helene emitió un prolongado silbido—. Unos Lemer de vestir bicolores. ¿Dónde los conseguiste?

—¿Qué? —exclamó Lorna—. ¿Unos Lemer de vestir bicolores? Déjame verlos.

Sandra extendió los pies para mostrar los zapatos.

—¡Es increíble! —murmuró Lorna.

—Ya. —Sandra sonrió complacida—. Jamás adivinaréis dónde los adquirí.

—En eBay —respondió Lorna.

Sandra la miró sorprendida.

—¿Cómo diantres lo has adivinado?

—¡Cielo santo, es increíble! ¿Tú eres *Babuchas*? —preguntó Lorna alzando la voz en un tono casi histérico.

Sandra frunció el ceño durante unos instantes; de pronto lo comprendió todo.

—*Escarpines 927.*

—¡Sí! —chilló Lorna—. ¿Sabes cuánto dinero me has costado?

—¿Yo? ¡Subiste el precio de esos zapatos hasta la estratosfera!

Lorna se echó a reír y extendió la mano.

—Permíteme que te felicite cara a cara. De haber sabido lo maravillosos que eran, hubiera elevado la puja.

Sandra también se rió.

—Menos mal que no lo hiciste. Apenas podía permitírmelos. De modo que te quedaste con las botas de Marc Jacobs, ¿eh?

Lorna asintió con la cabeza.

—Te las enseñaré.

—¿De qué estáis hablando? —inquirió Joss, perpleja—. ¿Es que debemos ponernos unos motes?

Eso hizo que Sandra y Lorna rompieran a reír a carcajada limpia. Cuando por fin se calmaron, les explicaron a Helene y a Joss que habían pujado una contra de la otra en eBay.

Sandra quiso ceder sus Lemer a Lorna, pero ésta se negó, de modo que decidieron compartir la custodia de los Lemer de vestir bicolores y de las botas de Marc Jacobs.

Eso impuso el tono de una de las veladas más relajadas que habían pasado juntas. Era curioso, Helene había entrado en ese grupo en busca de una evasión, sin soñar que acabaría haciendo unas buenas amigas.

—Háblanos de ese tipo por el que has decidido adelgazar —dijo Joss a Sandra, observándola con expresión inquisitiva mientras engullía unos Doritos.

—Primero, aleja esa tentación de mí —respondió Sandra sonriendo y apartando el bol de Doritos.

—Están hechos al horno —apuntó Lorna.

—¿De veras? —Sandra extendió una mano hacia ellos, pero se detuvo en el último momento—. Más vale que no empiece. Tres piezas de un tentempié sensato no hacen daño. Pero treinta es harina de otro costal. Yo me comería las treinta.

—Yo también —dijo Helene, aunque lo cierto era que siempre había tenido problemas digestivos y no podía comer nada en grandes cantidades. Algunas personas le envidiaban su facilidad para mantenerse tan delgada, pero era duro sentir náuseas con frecuencia.

Y los nervios empeoraban la situación.

Esa noche estaba hecha un manojo de nervios.

—Adelante, Sandra —dijo Helene esforzándose en expresarse y comportarse con normalidad—. No lograrás distraernos hablándonos de los Doritos. Háblanos de ese hombre.

—De acuerdo. —Sandra se sonrojó de forma encantadora, aunque el contraste con su pelo vede hacía que el resultado fuera menos atractivo—. Lo conozco desde los tiempos del instituto. Los dos éramos gordos. Nadie se fijaba nunca en nosotros. Pero ahora se quedarían asombrado si vieran a Mike.

—¿Ése es su nombre? ¿Mike? —preguntó Joss.

Sandra asintió con la cabeza.

—Mike Lemmington. —Sandra se sonrojó de nuevo. Era obvio que estaba colada por ese tipo si el mero hecho de pensar en él, o pronunciar su nombre, hacía que se ruborizase de esa forma—. Es increíblemente guapo. Parece un modelo.

—Yo doy fe —apostilló Lorna, sonriendo a Sandra, que no cabía en sí de orgullo. Pero su sonrisa denotaba cierta… ¿compasión?—. Lo vi en Jico. Es muy atractivo. Y muy simpático.

—Eso es lo mejor. Mike es encantador y sensible, y nos pasamos horas charlando. —Sandra hizo el gesto de «OK»—. No teme mostrar su lado sensible.

—¿Estás segura de que no está demasiado en contacto con su lado femenino? —preguntó Lorna con delicadeza.

Helene comprendió con toda claridad que Lorna había captado una vibración que a Sandra le había pasado por alto.

—¿A qué te refieres? —preguntó ésta, sinceramente desconcertada.

—No tiene importancia. —Lorna mantenía una pugna consigo misma—. Hace tiempo salí con un chico que parecía perfecto. Ya sabéis, sensible, atractivo, lleno de cualidades. Pero resultó que era gay.

—¡Cielo santo! —exclamó Sandra horrorizada—. Debió de ser espantoso para ti.

—Desde luego. Lo curioso es que no reparé en los síntomas. Unos síntomas muy claros.

—No quiero parecer una palurda, pero si era gay, ¿por qué salía contigo?

—Supongo que buscaba una barba.

—¿Una qué? —Joss miró a Lorna boquiabierta.

—Una tapadera —le explicó Helene—. Una mujer con quien salir para que la gente creyera que le gustaban las mujeres.

—Aaaaaah. —Joss asintió con la cabeza—. Ya lo entiendo. Caray, eso debió de ser traumático.

—Por supuesto —respondió Lorna—. Ojalá me hubiera dado cuenta antes —añadió recalcando las palabras y mirando a Helene a los ojos.

Tras cerciorarse de que nadie la observaba, Helene preguntó moviendo los labios en silencio: «¿Mike es gay?»

Lorna torció el gesto y asintió con la cabeza.

Helene sintió que se le caía el alma a los pies. Pobre Sandra. La chica estaba colada por ese tipo, probablemente estaba convencida de que había conocido a su media naranja, e iba a llevarse un chasco morrocotudo.

—No puedo imaginarme lo que debiste sentir, Lorna —dijo Sandra—. Sinceramente, de no conocer a Mike desde hace tanto tiempo, también me preocuparía que fuera gay.

—¿Salía con muchas chicas en el instituto? —pregunto Helene.

—No, pero porque era gordo. O, como diría el propio Mike, estaba «pasado de peso». Las chicas en nuestro instituto no se fijaban en los tipos que no eran guapos o ricos, dado que la mayoría de los chicos lo eran, de modo que Mike no tenía la menor oportunidad.

—Al menos os habéis reencontrado —comentó Joss—. ¿Tiene algún amigo soltero y compromiso?

Sandra meneó la cabeza.

—Que yo sepa, la mayoría de sus amistades son mujeres. Lo cual me cabrea mucho.

—A mí también me cabrearía —dijo Joss—. Prefiero un tipo solitario. Ya sabes, un tipo esquivo y reservado.

—Eso son ganas de complicarse la vida —dijo Helene, pensando en su esquivo y reservado marido. Pero su matrimonio constituía un rincón oscuro de su psique que en esos momentos no quería examinar muy detenidamente—. Créeme, es preferible un contable de carácter anodino que conduzca un utilitario y recuerde la fecha de tu cumpleaños.

—Amén —convino Lorna.

—Por eso se casó mi hermana —dijo Sandra—. Su marido es banquero. Y no conduce un utilitario sino un coche alemán. Pero es anodino.

—Eso es lo que cuenta. Me alegro por ella, porque tu hermana está embarazada, ¿no es así?

Sandra asintió con la cabeza.

—¿Recordáis cómo me enteré de que era adoptada?

—Sí.

—Pues resulta que mi hermana solía jugar con mis padres al juego de «no me queréis tanto como a Sandra porque soy adoptada».

—¿Te lo dijo ella? —preguntó Lorna.

Sandra tomó un puñado de Doritos y asintió con la cabeza.

—Ella misma me lo confesó —respondió comiéndose un Dorito y asintiendo—. Fue muy sincera.

—¿Y eso no te cabreó? —inquirió Lorna.

—No. Hizo que me sintiera estupendamente. Durante muchos años pensé que nuestros padres la querían más a ella y resulta que lo hacían para tranquilizarla. —Sandra se echó a reír—. Y ella ni siquiera se sentía deprimida; jugaba con ellos para que le levantaran un castigo o le aumentaran la paga o lo que fuera. Al final, todos salían ganando.

—¿Y tú no te enteraste hasta ahora? —preguntó Joss meneando la cabeza—. Es como una película mala. Es increíble que le ocurran esas cosas a la gente normal.

—Te sorprendería la cantidad de cosas raras que le ocurren a la gente normal —comentó Helene.

—Ésa es una verdad como un templo —dijo Lorna levantándose—. ¿Quién quiere más vino? Tengo soda, Sandra, de modo que si quieres puedo rebajarte el tuyo, tal como te gusta. Voy a hacerlo con el vino que ha traído Joss.

—No me importaría probar eso —dijo Helene.

—A mí no me pongas soda —dijo Joss—. Tardé mucho en cumplir los veintiún años. Quiero vino sin soda.

—De acuerdo, jovencita. —Lorna se dirigió a la cocina en busca del vino.

—Dime una cosa —dijo Sandra a Helene—. ¿Es mi imaginación o estás cada día más delgada? Supongo que no estarás a régimen.

—No, no —respondió Helene adoptando un tono despreocupado, aunque temía que fuera a caer enferma. Respiró hondo, como le había enseñado su maestro de yoga.—. Son... —añadió encogiéndose de hombros— los nervios.

Todas se acercaron a ella, incluyendo Lorna, que entró portando una bandeja con unas copas.

—Aquí tenéis —dijo depositando la bandeja en la mesa y entregando una copa de vino a Helene—. ¿Qué te ocurre?

—Nada.

Lorna miró a las demás y dijo:

—No tienes buen aspecto, cielo. La semana pasada parecías cansada, pero esta semana pareces decaída, cansada y nerviosa. ¿Te pasa algo?

—Puedes confiar en nosotras si quieres contárnoslo —dijo Joss apoyando una mano en el hombro de Helene.

Fue un gesto tan dulce, tan tranquilizador, que Helene sintió que se le saltaban las lágrimas.

—No llores, no pasa nada. —Sandra se acercó a ella y la rodeó con un brazo, y de pronto Helene se encontró en medio de un nutrido grupo, llorando como una magdalena.

Aunque se sentía avergonzada, se alegró de poder desahogarse por fin. Lloró desconsoladamente, liberándose de todo el dolor que había sentido durante años, durante toda su vida.

—Lo siento —dijo enderezándose—. Soy una idiota.

Seis ojos la observaron con preocupación.

—¿En qué podemos ayudarte? —preguntó Lorna.

Helene dudó unos instantes. Ésta era la oportunidad de contar a alguien que un tipo la seguía sin que se rieran de ella o no la creyeran. A fin de cuentas, Lorna había sido la primera en darse cuenta de ello.

Pero si se lo contaba a sus amigas, éstas se preocuparían, y Helene no quería alarmarlas.

—Tratas de escurrir el bulto —dijo Sandra dándole un achuchón—. Lo he observado en otras ocasiones. Estabas a punto de contárnoslo, pero has cambiado de parecer.

Helene no pudo por menos de reírse.

—Deberías ejercer de clarividente. La gente te llamaría a un número novecientos y ganarías una fortuna.

Sandra se sonrojó, y Helene se arrepintió en el acto el haberse tomado a la ligera la inquietud que ésta sentía por ella.

Pero antes de que pudiera disculparse, Lorna preguntó:

—¿Por qué temes decírnoslo?

—No se trata de temor —respondió Helene mirando a esas mujeres. Sus amigas.

Eran sus amigas.

—Sí, tengo miedo —confesó—. Lorna, ¿recuerdas que hace unas semanas me llamaste porque creías que alguien me seguía?

—Por supuesto.

—Tenías razón.

—¿De veras? —preguntó Lorna abriendo mucho los ojos—. ¡Lo sabía! Ese cabrón aparece cada vez que vienes a casa, por más que yo trataba de convencerme de que era una coincidencia, o de que los martes por la noche se reunía también la Asociación de Matones. —Meneó la cabeza—. ¿Quién es ese tipo? Salgamos a por él. —Lorna parecía dispuesta a pasar a la acción.

—Un momento, ¿de qué estáis hablando? —inquirió Sandra; luego las miró estupefacta—. ¿Os referís a ese hombre sobre el que me preguntaste cuando volví a recoger mi bolso?

Lorna asintió con la cabeza.

Sandra emitió un silbido.

—Pero ¿quién es? —preguntó Joss—. ¿Por qué te sigue?

—Helene tiene un marido muy poderoso —explicó Sandra con paciencia—. Que algún día quizá sea candidato a presidente.

Helene sintió que le acometían de nuevo las náuseas.

—Sé quién es —dijo Joss sin ponerse a la defensiva—. ¿Creéis que alguien está siguiendo a Helene para tratar de pillarla haciendo algo que no debe? —Luego se volvió y fijó sus ojos azul celeste en Helene—. ¿Es eso lo que piensas?

—No lo sé. Sólo sé que ese tipo sabe dónde vivo. Cuando salgo de casa, siempre aparece a un par de manzanas, y cuando regreso, suele doblar un par de manzanas antes de llegar al edificio donde vivo. Siempre lo tengo pegado a mí, por lo que no puedo girar para comprobar hacia dónde se dirige.

—No sin hacer unas maniobras arriesgadas —convino Joss frunciendo el ceño—. Conozco a un tipo en Felling que es un maestro en esa clase de cosas. Cuando vino un equipo de rodaje a filmar *El camión fugitivo*, mi amigo hizo de conductor en las escenas peligrosas.

Helene no pudo por menos de sonreír al pensar que el rodaje de una película titulada *El camión fugitivo* causara un revuelo entre los lugareños de la población de la que provenía Joss. En la ciudad natal de Helene también ocurrían esas cosas. Naturalmente, había grupos de intelectuales, grupos de artistas, grupos de todo tipo de gente, pero por lo general eran unos grupos muy reducidos. Si *El camión fugitivo* se hubiera estrenado en su ciudad natal, uno habría podido asaltar prácticamente cualquier vivienda sin que le atraparan.

—¿Sabes hacer maniobras arriesgadas al volante de un coche? —preguntó Sandra a Joss.

—Ni hablar —respondió la joven riendo—. Pero puedo vigilar, no se me pasa nada por alto.

—Eso puede ser muy útil. —Sandra se llevó la copa de vino a los labios cuando una repentina exclamación de Lorna la hizo detenerse.

—¡Un momento! No bebáis.

Sandra depositó su copa en la mesa como si hubiera visto un escarabajo flotando en la superficie del líquido.

Joss bebió un sorbo antes de dejar su copa.

Y Helene había sido incapaz de beber siquiera un sorbo sin que la mera perspectiva le produjera náuseas.

—¿Qué ocurre? —preguntó Sandra—. Nos has dado un susto de muerte.

—Lo siento. Pero se me ha ocurrido una idea. Una idea genial. —Lorna se levantó y se encaminó apresuradamente a la cocina, encendiendo la luz al entrar.

—¿Te has vuelto loca? —preguntó Sandra—. ¿Qué haces ahí?

Pero Helene empezó a comprender lo que Lorna tenía en mente.

—¿Ese tipo está ahí fuera?

Lorna salió de la cocina con aspecto satisfecho.

—En efecto, está ahí fuera.

—¿Qué pretendes, que salgamos y nos encaremos con él? —preguntó Sandra.

—No —respondió Lorna.

—Se largaría enseguida —se apresuró a añadir Helene.

Lorna asintió con la cabeza.

—Exacto.

—Entonces, ¿qué hacemos? —preguntó Joss impaciente—. ¿Llamar a la policía?

—Ya lo hice —dijo Helene—. No pueden hacer nada hasta que me hiera gravemente o me mate.

—¡Pero no podemos dejar que eso ocurra! —exclamó Joss.

—Descuida —la tranquilizó Lorna—. Lo atraparemos siguiendo su propio juego.

—Aaah —dijo Sandra asintiendo con la cabeza—. Creo que ya veo adónde quieres ir a parar.

—¿Adónde? —preguntó Joss totalmente confundida—. ¡Me siento como una estúpida por no comprender nada!

—Bien, éste es el plan —dijo Lorna sentándose ante ellas y hablando en voz baja, aunque era imposible que ese tipo pudiera oírlas desde la calle—. En primer lugar, activaremos la opción de conferencia de nuestros móviles.

—De acuerdo. —A Helene esto empezaba a gustarle.

—Helene partirá en primer lugar en su coche. El tipo la seguirá.

—Eso seguro —respondió ella secamente.

—Perfecto. —Lorna miró a Joss—. ¿Tienes coche?

—No —contestó Joss meneando la cabeza—. Tomo el autobús.

—Bien, en ese caso puedes ir con Helene y vigilar lo que hace ese tipo, ya que dices que se te da bien lo de vigilar.

—Pero ¿crees que seguirá a Helene cuando vea que va acompañada? —preguntó Sandra.

—Buena pregunta. —Lorna miró a Helene—. ¿Tú qué opinas?

—No tengo ni idea. Nunca he ido acompañada por nadie en el coche. Pero creo que quizá no deberíamos arriesgarnos.

—Yo me pongo un poco nerviosa al volante —terció Sandra—. Quizá sería mejor que Joss condujera mi coche. Si no te importa hacerlo, Joss.

—Por supuesto que no.

—Perfecto. —Los ojos de Lorna chispeaban de excitación—. De modo que vosotras dos partiréis después que Helene, observando cualquier movimiento que haga ese tipo que Helene no alcance a ver, y yo os seguiré para comprobar si ese tío se desvía de la ruta.

—Esto es una locura —dijo Sandra—. Pero me gusta.

—A mí también —apostilló Lorna. Luego miró a Helene—. ¿Crees que te seguirá por River Road y doblará por Esworthy? Es una zona apartada.

—Me ha seguido por la doscientos setenta hasta Frederick, ha bajado por la trescientos cincuenta y cinco hasta Germantown detrás de mí, ha conseguido perseguirme a través de cada maldito semáforo en la avenida Wisconsin. —Helene asintió con la cabeza—. Estoy segura de que me seguirá hasta el Potomac. Para él es un juego de niños.

—Eso parece —convino Lorna. Se levantó de nuevo, tomó un papel y un bolígrafo y empezó a dibujar un plan rudimentario—. ¿Conocéis todas esa zona junto a las esclusas?

—Yo solía montar a caballo allí —respondió Sandra.

—Yo solía quedar allí con Jim cuando teníamos citas románticas —dijo Helene—. De eso ya hace tiempo.

—¿Conocéis la parte de Siddons Road que hace esto? —preguntó Lorna dibujando la curiosa doble de que describía la carretera de Siddons. Todas asintieron con la cabeza—. Tú, Helene, puedes aparcar aquí —dijo Lorna trazando una equis—. Sandra y Joss le interceptarán el paso por el este, y yo me acercaré por el oeste. Ese tipo no tendrá medio de huir, salvo chocando contra una de nosotras o arrojándose al Potomac.

—¿Y si decide chocar contra una de nosotras? —preguntó Joss.

—Mmm. —Lorna se dio unos golpecitos en el mentón—. Buena pregunta.

A Helene le gustó la idea hasta que Joss señaló el problema más obvio y serio. No quería que nadie resultara herido, y menos por culpa de ella.

—Joss y yo mantendremos uno de nuestros móviles disponibles por si tenemos que llamara al novecientos once.

—Perfecto —dijo Lorna chasqueando los dedos.

—Yo estoy de acuerdo —soltó Joss.

Helene había estado dispuesta a librarlas del compromiso, pero las otras se mostraban entusiasmadas como unas cachorritas por lanzarse a la aventura.

—Como la más anciana del grupo, tengo el deber de tratar de disuadiros —dijo sintiendo que las lágrimas afloraban de nuevo a sus ojos—. Aunque no imagináis lo que significa para mí que estéis dispuestas a hacer esto por mí.

—¿Bromeas? —preguntó Sandra, que tenía las mejillas arreboladas—. Hace años que no hago nada tan excitante. ¡Andando!

Todas se levantaron y recogieron sus cosas, comentando nerviosas que eso iba a resolver el problema de una vez para siempre.

Helene se quedó rezagada y detuvo a Lorna antes de que salieran.

—Muchas gracias —le dijo tratando de contener las lágrimas. No sabía por qué tenía siempre las emociones a flor de piel últimamente, pero ése era un momento más que justificado para echarse a llorar.

—¿Por qué? —preguntó Lorna sorprendida.

—Por todo. Por planificar esto y reclutar a las tropas. —Helene no consiguió impedir que se le saltaran las lágrimas—. Por fundar este grupo. De todo corazón, gracias.

Lorna la abrazó, estrechándola el tiempo suficiente para demostrar que era un abrazo sincero.

—Cuenta conmigo para lo que sea.

—Soy un desastre.

—No digas eso. Pero tienes motivos para serlo. Anda, vamos —dijo Lorna, como un general conduciendo a sus tropas—. Vamos a por ese cabrón. Se arrepentirá de haberte hecho pasar un mal rato.

—Seguro que sí. A propósito —dijo Helene, haciendo que Lorna se detuviera y la mirara—. Es simplemente una intuición, pero apuesto a que de niña veías con frecuencia *Scooby-Doo*.

Lorna sonrió asintiendo con la cabeza.

—Todos los domingos por la mañana.

Capítulo 18

Sandra se alegraba de que condujera Joss, porque incluso sentada en el asiento del copiloto sentía que el corazón le latía tan violentamente que temía que se le saltara del pecho.

Había hecho grandes progresos durante los últimos meses en el sentido de salir y reunirse con gente, pero aún no había alcanzado el nivel de «conducir a toda velocidad».

Aunque, a decir verdad, estaba encantada de participar en esto. Nunca había participado en ninguna empresa importante o emocionante. Incluso cuando atendía sus llamadas telefónicas —mejor dicho, especialmente cuando atendía sus llamadas telefónicas— tenía la sensación de perder el tiempo y hacérselo perder a sus clientes. Siempre creía que debería hacer algo más interesante, pero necesitaba el dinero.

—Esto es lo más divertido que he hecho en mucho tiempo —comentó Joss.

—Ya lo supongo. Debe de ser un rollo pasarte el día metida en esa casa haciendo el papel de Cenicienta.

Joss se encogió de hombros.

—No me gusta quejarme... —Tras dudar unos instantes, prosiguió—: Sí, es bastante desagradable. Pero creo que puedo ayudar a esos niños. —Se detuvo unos momentos para reflexionar—. En todo caso, al más pequeño. Creo sinceramente que tengo una buena comunicación con él.

—¿Cuántas mujeres dicen lo mismo para justificar el hecho de permanecer en una situación complicada? —preguntó Sandra—. Vale, por lo general se refieren a un hombre, pero viene a ser lo mismo. No puedes sacrificarte en el altar de la incompetencia de Deena Oliver como madre porque, lo mires como lo mires, no dejas de ser una empleada.

—Pero…

—Tú no puedes solucionar los problemas de esa familia.

—Lo sé —respondió Joss suspirando—. A veces me pregunto si a esos niños no les perjudicará ver cómo me trata su madre. ¿Tú crees que el que yo les cuide como es debido compensa el perjuicio que supone para ellos ver a una persona que quieren pisoteada como un felpudo?

Sandra trató de descifrarlo, pero no dio con la respuesta.

—Plantéatelo como que quizá ése no sea el trabajo adecuado para ti.

—Es posible, pero está el contrato de por medio.

—Sé que hemos hablado antes del tema, y es muy loable por tu parte querer cumplir con tu contrato, pero si tu jefa está dispuesta a romperlo, ¿por qué no puedes hacerlo tú?

Joss guardó silencio unos momentos, y Sandra tuvo la sensación de que, por primera vez, estaba pensando seriamente en ello.

—Quizá tengas razón —dijo Joss.

—No te quepa duda. Y piensa que tu jefa te pide, mejor dicho te exige, que hagas una serie de cosas que no figuran en tu contrato.

—Es verdad. Esas cosas no aparecen en el contrato.

—Se me ocurre una idea. Conozco a un abogado que estoy segura de que accederá a que le consultes por teléfono. —Éste iba a ser uno de los trueques más extraños que Sandra había hecho jamás, pero lo cierto era que tenía un cliente asiduo, uno de los parlanchines, que era abogado, y estaba convencida de que no le costaría organizar una llamada anónima para que el abogado diera unos consejos a Joss—. ¿Te interesa?

La joven se volvió hacia ella.

—Eres una de las amigas más buenas que he tenido nunca —dijo con una sonrisa candorosa—. Es increíble que estés dispuesta a hacer eso por mí.

A Sandra le sorprendió lo mucho que le conmovieron esas palabras. Nunca había tenido amigas íntimas, y hasta hacía poco no se había percatado de lo que se estaba perdiendo.

Era asombroso el cambio que había experimentado su vida en pocos meses. Mike. Weight Watchers. La increíble conversación que había mantenido con Tiffany.

Sandra nunca se había sentido tan feliz.

—Estoy encantada de hacerlo —dijo. Luego, abochornada por su emotividad, fijó la vista en la carretera y añadió—: Dentro de un kilómetro giraremos a la izquierda.

El coche azul seguía frente a ellas, aunque alguien había interpuesto su Land Rover entre el coche azul y el de Sandra, y cuando doblaron por un recodo en la carretera, Sandra observó que el BMW negro de Helene se hallaba cuatro coches por delante del tipo que la perseguía.

De pronto sonó el móvil de Sandra y ésta lo abrió.

Era Lorna.

—Soy yo. ¿Nos escuchas, Helene?

—Aquí estoy —respondió Helene.

—¡Genial! ¡Lo conseguí! —La voz de Lorna reflejaba el entusiasmo que Sandra observaba en Joss—. Bien, estamos todas aquí. ¿Veis al tipo que sigue a Helene?

—Sí —respondió Sandra—. Va detrás de ella, a escasa distancia.

—Esto es una locura —dijo Helene—. ¿Tiene alguna un instrumento que podamos utilizar a modo de arma en caso necesario? ¿Un paraguas o algo por el estilo?

—Yo tengo un aerosol de pimienta —contestó Sandra.

—¡Caray! ¿En serio? —preguntó Joss volviéndose hacia ella.

Sandra señaló el *spray* que pendía del llavero en el contacto.

—Yo tengo un collar de perro en forma de cadena en la guantera —dijo Lorna—. Si lo esgrimes con fuerza, constituye un arma contundente.

—¿Hay algo que quieras decirnos, Lorna? —preguntó Sandra con tono socarrón—. ¿Por qué guardas un collar de perro en la guantera?

—¿Qué? —preguntó Joss.

Sandra se rió y murmuró:

—Es para protegerse.

—Ideal para esta ocasión —terció Lorna—. Nunca se sabe cuándo una amiga puede pedirte que persigas a un tipo que la acosa.

Todas se rieron.

—Voy a colgar —dijo Helene—. Ésta es vuestra última oportunidad para renunciar a esta locura.

—Ni lo sueñes —contestó Lorna.

—Estamos contigo —dijo Sandra y, para su asombro, comprobó que sus últimos vestigios de temor se desvanecieron—. Hasta el fin.

La calle ante ellas estaba oscura, y el cielo nocturno se hallaba tachonado de estrellas, como suele ocurrir en todos los lugares remotos.

Tenían que obrar con rapidez.

Tal como habían planeado, Helene se detuvo, colocando su coche atravesado, y Joss paró el coche junto a ella, tan cerca que a Sandra le sorprendió que no chocaran con el guardabarros del BMW de Helene. Al cabo de unos instantes apareció Lorna y se situó también junto a ellas, interceptando el paso del desdichado acosador, sin dejarle espacio para maniobrar ni forma de huir a menos que retrocediera hasta caer al río, viéndose obligado a nadar para alcanzar la otra orilla.

Todas dejaron los faros encendidos, de modo que Sandra pudiera ver los rasgos de ese tipo como si se mirara en el agua.

Lo que ocurrió a continuación se desarrolló tan rápidamente, que apenas tuvieron tiempo de pensar. Todas saltaron de sus coches y rodearon al tipo.

Joss arrojó las llaves a Sandra y dijo:

—No sé cómo manejar ese chisme.

Sandra quitó la tapa del aeorosol y lo empuñó, dispuesta a utilizarlo en caso necesario.

—Sabía que era usted. —La voz de Helene temblaba de furia—. ¿Por qué me sigue?

El tipo se apeó de su coche, manteniendo las manos bien visibles. O no era la primera vez que hacía eso, o había visto demasiadas series de policías en la televisión. Como todo el mundo.

—¡Vaya, son unas expertas! —dijo el tipo. Medía aproximadamente un metro setenta y cinco centímetros de estatura. Era guapo en un estilo melifluo, como un actor de culebrones, con el pelo rubio casi del mismo color que su piel.

No presentaba un aspecto amenazador.

—¿Quién es usted? —preguntó Lorna.

—Se llama Gerald Parks —dijo Helene—. Es un fotógrafo que trata de chantajearme.

—No soy un fotógrafo. Soy un detective privado.

—¿Desde cuándo? —preguntó Helene estupefacta.

—Desde siempre. Le dije que era fotógrafo para despistarla.

—No sabía que los detectives se dedicaban a chantajear a la gente —saltó Sandra.

—No pretendía chantajearla. Era la historia que me dijeron que debía contarle.

—De acuerdo —dijo Lorna avanzando un paso y alzando la mano. La gruesa cadena plateada relucía a la luz de los faros—. ¿Quién le contrató?

Sandra reprimió la risa al observar el aspecto amenazador que presentaban Lorna y su cadena.

El tipo arrugó el ceño al ver la cadena.

—¿Está loca?

Joss abrió su móvil y lo sostuvo en alto.

Lorna empezó a agitar la cadena en círculos como una especie de matador.

—Joder, está como un cencerro —dijo Gerald Parks—. O tiene la regla.

Lorna agitó la cadena junto a él.

—No hay nada más peligroso que una mujer enfurecida a la que un insignificante troglodita la acusa de tener la regla. —Lorna agitó la cadena tan cerca de Gerald Parks, y a tal velocidad, que éste debió sentir la brisa que levantaba.

—¡Basta! —gritó el detective.

—¿Quién le contrató para que siguiera a Helene? —preguntó Lorna dándole un golpecito con la cadena.

—No pienso decírselo. Puede golpearme cuanto quiera con su maldita cadena. Es un asunto confidencial. —El tipo miró a Joss—. ¿Qué diablos pretende hacer? Si llama a la policía, serán ustedes quienes tengan problemas. Y serios.

—No voy a llamar a la policía —respondió la joven con calma—. Es mucho peor que eso. Estoy filmando un vídeo en el que aparece retrocediendo acobardado ante un grupo de mujeres indefensas.

Debo decirle, Gerald, que no queda muy airoso en él. De hecho, tiene un aspecto bastante cómico. Creo que si lo cuelgo en Internet, tendrá bastante éxito. —Acto seguido Joss jugó su mejor carta—. ¿Recuerda al Kid de *La guerra de las Galaxias*? Ese bochornoso vídeo circuló por todo Internet. Todo el mundo l vio.

—De acuerdo —contestó Gerald alzando de nuevo las manos—. Nada merece que me arriesgue a esto. —Se volvió hacia Helene—. Le diré la verdad.

Sandra recordó la historia que le había contado Luis sobre el intento de hurto por parte de Helene. Si Gerald era realmente un detective, ¿tenía algo que ver con ese suceso? ¿Debería Sandra tratar de detenerlo antes de que Gerald lo soltara en voz alta y todas se enteraran? Sandra se quedó inmóvil, deseando ayudar y la vez sin saber cómo hacerlo.

—Adelante —dijo Helene tranquilamente.

Sandra se estremeció, temiéndose la respuesta de Gerald.

—No sé por qué me dijo que la chantajeara. Supongo que para atemorizarla. Para tenerla sometida. ¿Quién sabe? No le pregunté el motivo. Me limito a hacer aquello por lo que me pagan.

—¿Quién le paga para hacer esto? —preguntó Helene. Parecía a punto de ponerse a vomitar—. ¿Quién le contrató?

—Su marido.

—Mi marido —repitió ella con tono inexpresivo. Sus sospechas habían sido por fin confirmadas.

—Sí, Demetrius Zaharis.

Sandra se apresuró hacia Helene y la rodeó con un brazo para sostenerla.

—¿Por qué vamos a creer que el marido de Helene le contrató para chantajearla? —preguntó Lorna a Gerald.

—Porque es verdad —replicó él bruscamente—. Mire, tengo su número privado en mi móvil —añadió llevándose una mano al bolsillo delantero.

—Despacito —dijo Sandra, disfrutando del aire a lo *Cagney & Lacey* de la situación—. Deposítelo en el suelo y acérquemelo con el pie. —Era una buena medida de precaución.

Joss emitió una risita nerviosa, que se convirtió en una tos.

Sandra se esforzó en no hacer lo mismo cuando Gerald obedeció y le acercó el móvil con el pie.

Helene lo recogió y lo examinó.

—Es cierto, tiene el móvil de mi marido.

—Llámelo, Parks —dijo Lorna—. Para que Helene le oiga hablar con él.

—Sí, llámelo —dijo Helene con aspereza.

Sandra tomó el móvil de manos de su amiga y se lo devolvió a Gerald.

—¿Qué quiere que le diga? —le preguntó él a Lorna.

—¿Qué suele decirle por las noches cuando deja de seguir a Helene?

—Le informo de adónde ha ido y lo que ha hecho.

—Pues hágalo. Pero omita este episodio. —Lorna miró a Joss—. ¿Sigues filmando?

La chica asintió con la cabeza.

—Ya he almacenado la primera parte, y sigo filmando.

Lorna miró a Gerald.

—La tecnología es increíble, ¿no cree?

El detective puso los ojos en blanco, marcó el teléfono y activó el altavoz del móvil.

—¿No te importa que todas oigamos lo que dice? —preguntó Sandra en voz baja a Helene.

Ella negó con la cabeza.

—Zaharis.

—Soy Parks.

—¿Qué tiene para mí?

—No mucho. ¿Está usted en casa?

—No, estoy en casa de… una amiga. ¿Por qué me lo pregunta?

Sandra sintió que Helene se tensaba.

—Ella ya está en casa. Primero fue al apartamento de la Rafferty y se quedó un rato allí.

—¿No ocurrió nada de particular?

Sandra observó que Gerald se sonrojaba bajo el resplandor de los faros de los coches.

—No. Todo se desarrolló como de costumbre.

Al fondo se oyó la voz de una mujer, pero era imposible descifrar lo que decía.

Gerald miró a Helene.

—Eso es todo.

—De acuerdo. *Ciao*. —Jim Zaharis desconectó su móvil.

Sandra estaba horrorizada. ¡Menudo capullo era ese tal Zaharis! ¡Con una esposa como Helene y divirtiéndose con otra mujer! ¡Y para colmo había tenido el valor de ordenar a un detective que siguiera a Helene!

Cerdo.

Y esa forma tan pija de despedirse, *ciao*, indicaba que era un cretino de primer orden.

—No quiero ir a casa —dijo Helene con tono quedo.

—Ven a mi apartamento —propuso Sandra de inmediato—. ¿Por qué no venís todas y hablamos sobre esto?

Gerald, del que Sandra se había olvidado, dijo:

—Vale.

—Usted no —le espetó Lorna— ¿Se ha vuelto loco?

—¿Qué le ha contado a mi marido sobre mí? —preguntó Helene a Gerald mirándole a los ojos.

Él no desvió la mirada.

—Lo que usted hace, adónde va, con quién se encuentra y cuánto rato permanece fuera. Es lo que su marido me pidió que hiciera.

—¿No le ha…? —Helene dudó unos instantes y se aclaró la garganta—. ¿No le ha contado nada más?

—¿Se refiere al hecho de que en realidad no se llama Helene, que nunca ha estado en Ohio y que desde luego no ha nacido allí? —Gerald negó con la cabeza sin dejar de mirarla a los ojos—. Eso no se lo he contado. Aún.

Capítulo 19

—¿Te apetece un poco de té? —preguntó Sandra, centrando su atención en Helene—. Creo que te sentaría bien una taza de té caliente.

—Gracias —respondió ella asintiendo con la cabeza—. Sí, me sentará bien. —Luego miró a Joss y a Lorna, que estaban sentadas alrededor de ella en el espacioso y mullido sofá de Sandra.

—Respira hondo varias veces —le aconsejó Lorna—. Ha sido una noche muy dura para ti.

—Estoy bien —insistió ella.

Sandra regresó con una taza de té y se la entregó antes de sentarse en el suelo frente a ella.

—Puedes quedarte aquí todo el tiempo que quieras, ¿de acuerdo?

Helene sonrió.

—Gracias, pero esta noche regresaré a mi casa. Antes o después tendré que afrontar las consecuencias de lo sucedido.

—¿No es Jim quien tiene que afrontar las consecuencias? —preguntó Joss—. Él es quien contrató a un detective para que te siguiera.

Helene se encogió de hombros.

—Mi situación sería más airosa si el detective no hubiera descubierto unas cosas tan desfavorables sobre mí. —Helene arqueó una ceja—. No finjáis que no os ha extrañado lo que ha dicho.

—No tienes que contarnos nada que no quieras contarnos —respondió Lorna, aunque se moría de curiosidad de saber a qué se había referido Gerald al decir que Helene no era… Helene.

—Por supuesto que no —convino Sandra, y Joss asintió con la cabeza.

—Sois unas mentirosas —dijo Helene emitiendo una breve carcajada—. Pero, a decir verdad, creo que me sentará bien quitarme ese peso de encima. Llevo mucho tiempo ocultándolo. —Bebió un sorbo de té y todas aguardaron, casi conteniendo el aliento, a que prosiguiera—. Gerald tiene razón. El nombre que me pusiéron cuando nací es Helen. Helen Sutton.

—¡Es prácticamente lo mismo! —apuntó Joss.

—Ésa no es toda la historia. Me crié en Charles Town, en Virginia Occidental, junto al circuito de carreras. No tenía nada de glamouroso. Muchas veces tuve que ira andando a la escuela descalza.

—Oooh —exclamó Joss, que parecía a punto de romper a llorar.

Lorna sintió también que las lágrimas afloraban a sus ojos.

Pero Helene alzó una mano.

—No, nada de compasión. Os estoy contando simplemente la verdad. Y como sabéis, ahora llevo una vida privilegiada, de modo que no es necesario que os compadezcáis de mí. En cualquier caso, baste decir que fue una vida bastante dura. Es decir, para mi familia, no necesariamente para toda la gente de nuestra ciudad. Mi padre era un alcohólico, que nos maltrataba a mi madre y a mí. Cuando mi madre murió, el médico dijo que había sido a causa de un derrame cerebral, pero yo creo que fue debido a los continuos malos tratos que le infligía mi padre. —Helene bebió otro sorbo de té y Lorna observó que sostenía la taza con manos temblorosas.

—¿No denunciasteis a tu padre? —preguntó Sandra.

—No —respondió Helene con insólita brusquedad—. Las cosas no funcionaban de ese modo allí. Aparte, no puedo demostrar que él tuviera la culpa de la muerte de mi madre. Pero sí la tuvo de la mala vida que le dio mientras estuvieron casados. —Se encogió de hombros—. Mi madre escogió el infierno en el que quiso vivir. Como hacemos todas.

Lorna pensó en las relaciones que había tenido, algunas de las cuales no había sabido cortar a tiempo, por desidia o quizá porque temía quedarse sola.

—Tienes razón —dijo.

Sandra asintió con la cabeza con una expresión un tanto ausente.

Y Joss las observaba a todas.

—¿Y ya está? ¿Eso es lo único que ese tipo ha averiguado sobre ti? —preguntó Lorna—. Debo decir que confiaba en que fuera algo mucho más escandaloso.

Helen se echó a reír.

—Pues te aseguro que no he matado a nadie. Pero me inventé una biografía que no me pertenece. Me inventé un pasado ficticio, una infancia en el Medio Oeste, unos padres difuntos que tuvieron una vida sana y fueron cariñosos. Me inventé que había sido segunda candidata a reina de la fiesta de antiguos alumnos en mi último curso de universidad.

—¿Segunda candidata? —inquirió Sandra—. ¿Por qué no dijiste que habías sido la reina?

Helene sonrió.

—Tenía que darle un tono realista. Añadir alguna decepción a mi vida ideal inventada.

—¡Suena divertido! —dijo Joss—. Todos deberíamos hacer eso, inventarnos el personaje que deseamos ser. Probablemente la gente sería mucho más feliz si lo hiciera.

—De modo que cuando conociste a Jim trabajabas en Garfinkels, ¿no es así? —preguntó Lorna.

Helene asintió con la cabeza.

—Y estudiaba.

—Así que todo terminó como en el cuento de la Cenicienta —dijo Lorna—. Al menos, en cierto aspecto. Tienes un palacio, aunque no un príncipe.

—Al principio estaba convencida de que Jim era un príncipe —respondió Helene sonriendo al evocar un recuerdo feliz—. No es mala persona, ni siquiera ahora. En general, es un buen hombre. Pero no es un buen marido.

Lorna reprimió deseos de gritar «¡Pero si contrató a un detective para que te siguiera!», porque si Helene había decidido seguir junto a un cretino capaz de hacer algo así, ella no era quién para reprochárselo.

Lorna había tenido relaciones con numerosos cretinos, y a cambio de mucho menos dinero y prestigio del que había obtenido Helene al casarse con Jim.

—Sigo pensando que debiste contarnos algo más dramático y escandaloso —ironizó—. Esa historia no acaparará los titulares de la prensa amarilla.

—¿Qué te parece el hecho de que en julio me pillaron tratando de robar unos zapatos en Ormond's? —preguntó Helene arqueando las cejas.

Joss sofocó una exclamación de asombro.

Lorna la miró boquiabierta.

Sandra…, curiosamanete, no parecía sorprendida.

—Olvidémonos del té. Esto requiere unos margaritas. ¿Os apuntáis todas?

Todas se apuntaron.

—¿Lo dices en serio? —preguntó Joss a Helene cuando Sandra se levantó y se encaminó a la pequeña cocina, donde estuvo trajinando mientras preparaba las ansiadas bebidas.

Helene asintió con la cabeza.

—Fue un error incomprensible. Un momento de ira. Jim me había retirado las tarjetas de crédito y decidí que no estaba dispuesta a que me dejara descalza, de modo que salí de la tienda calzada con unos Bruno Magli, dejando unos Jimmy Choo. Pero por lo visto en Ormond's no se dedican al trueque. —Aunque Helene empleó un tono despreocupado, tenía el rostro encendido—. ¿Quién iba a adivinarlo?

—¿Y te pillaron? —preguntó Lorna con incredulidad.

Helene torció el gesto.

—Sí. Como ya he dicho, fue una rematada estupidez. Ahora ya conocéis mis peores secretos —añadió extendiendo los brazos—. Y también sabéis por qué me veré en un apuro tremendo si Jim averigua la verdad sobre mí. Cuando todo el mundo sepa que el currículo de su esposa, que está impreso en innumerables catálogos de obras de beneficencia y biografías de personajes políticos, es un fraude, se sentirá públicamente humillado.

—¿No se te ha ocurrido nunca dejarlo? —preguntó Sandra con tacto, al entrar sosteniendo tres copas. Una de ellas se la entregó a

Helene—. Aunque no pretendo insinuar que deberías hacerlo —se apresuró a añadir entregando también sus copas a Lorna y a Joss.

—Descuida, sé de sobra que debería hacerlo —respondió Helene haciendo un gesto ambiguo con una mano y tomando su margarita. Bebió un largo trago antes de proseguir—. Dios, si yo estuviera escuchando esta historia, me preguntaría por qué diablos esa idiota no se ha marchado hace tiempo en lugar de soportar el estrés de esa vida durante tantos años. —Helene emitió una carcajada sardónica—. La respuesta es que soy débil. O lo era. Últimamente le doy muchas vueltas a este asunto. El divorcio no es tan perjudicial, desde el punto de vista político, como lo era antes. Si Jim y yo pudiéramos divorciarnos ahora, él podría presentarse como candidato a la presidencia dentro de unos años.

Sandra regresó con su copa, se sentó y bebió un trago.

—Desde luego. Tú serías su Jane Wyman —dijo Lorna—. Nadie piensa en ella como la primera esposa de Ronald Reagan. Es Angela de *Falcon Crest*.

—Exacto —dijo Sandra depositando su copa en la mesa. Ya había apurado una tercera parte de la misma—. Trataba de recordar en qué serie había trabajado.

—Me sé *Falcon Crest* de memoria —respondió Lorna, pensando que quizá debería ofrecerse para ir a la cocina y preparar una jarra de margaritas, puesto que todo indicaba que iban a necesitarlos.

Sandra debió de pensar lo mismo, porque de pronto dijo:

—Necesitamos más margaritas.

Hizo ademán de levantarse, pero Lorna la detuvo.

—Descansa, yo los prepararé. ¿Has sacado todos los ingredientes?

—Sí, todo está en la encimera —respondió Sandra con expresión de gratitud.

—Enseguida vuelvo.

En efecto, Sandra tenía una excelente botella de tequila «reposado», zumo de lima Rose's, triple seco y Grand Marnier. La chica entendía de bebidas.

Lorna mezcló los ingredientes, añadió un poco de hielo de la máquina expendedora de la puerta del frigorífico de acero inoxidable y regresó con las bebidas en el momento preciso en que Sandra comenzaba a contar su historia.

—Puesto que nos estamos sincerando, yo también tengo un secreto con respecto a mi identidad —dijo bebiendo otro trago de su copa—. En realidad, varios.

—De acuerdo, suéltalos —dijo Lorna rellenando su copa para inducirla a proseguir—. ¿De qué se trata?

—Yo soy —respondió Sandra aclarándose la garganta y enderezándose mientras contaba con los dedos—: la doctora Penelope, terapeuta sexual; Britney, la pícara escolar; Olga, el ama sueca…

Sonaba demencial.

—… tía Henrietta, la vieja cascarrabias a la que le gusta dar azotes; y la popular Lulu, la sirvienta francesa. —Sandra sonrió—. Entre otras. Soy una operadora de una línea caliente.

Eso era infinitamente más escandaloso que la historia de Helene. ¿Sandra, una operadora de una línea caliente? ¡Pero si parecía tan tímida! ¡Tan conservadora! Tan… tan… asexual.

Lorna apuró la mitad de su margarita.

—¿Eso qué significa? —preguntó Joss—. ¿Es como esos anuncios clasificados en la parte trasera del *City Paper*, a los que la gente llama y paga toneladas de dinero por minuto?

—Exacto. Gano un dólar con cuarenta y cinco centavos el minuto.

—¡Caray! —Lorna se preguntó de inmediato si sería capaz de mantener conversaciones obscenas por teléfono con extraños.

El dinero era suculento.

—¿De modo que ésas son las «comunicaciones» a las que te referiste cuando te preguntamos cómo te ganabas la vida? —preguntó Helene a Sandra sacudiendo un dedo en broma—. ¿No te da vergüenza… no habérnoslo contado antes? ¡Me encanta! ¡Es tan procaz!

—Puede serlo. —Sandra no parecía afectada por los comentarios de sus amigas—. Algunos de los hombres que llaman quieren unas cosas muy rebuscadas, pero os sorprendería la cantidad de clientes que sólo quieren hablar con alguien. Incluso a dos dólares con noventa y nueve centavos el minuto. —Al observar la perplejidad de Joss, Sandra dijo—: La compañía para la que trabajo percibe algo más de la mitad, y yo el resto.

—Ya lo entiendo —dijo Joss. El mundo empezaba a adquirir un aspecto gratamente bamboleante para Lorna, pero Joss parecía totalmente serena—. Sólo trataba de calcular los beneficios de la compañía, teniendo a un equipo de mujeres trabajando para ellos veinticuatro horas al día, siete días a la semana. ¡Menudo negocio!

A Lorna le pareció increíble que la dulce e inocente Joss no sólo no se mostrara escandalizada por el trabajo que hacía Sandra, sino que considerara que era un excelente negocio.

—Veo que eres una astuta mujer de negocios —comentó sonriendo—. No nos daremos cuenta, y te habrás convertido en la dueña de un prostíbulo.

—Hay mucho dinero en ese negocio —respondió Joss muy seria—. La vieja señora Cathell, en Felling, hizo una fortuna con eso. Daba dinero a la comunidad, a la iglesia, y a nadie le pareció escandaloso. —Luego, en respuesta a las silenciosas y atónitas miradas de las demás, añadió—: Pero a mí me interesa la planificación del negocio, no el negocio en sí. —Tras unos instantes agregó un tanto turbada—: Estudié empresariales e informática en la universidad.

Sandra asintió con la cabeza.

—Mis cheques proceden de un banco en las islas Caimán. No me importaría dejar que el dinero entrara a raudales mientras yo me bronceaba en una playa.

—¿Qué te indujo dedicarte a ese trabajo? —preguntó Lorna, fascinada.

—Mi agorafobia —respondió ella con una breve carcajada—. Bueno, eso es cierto sólo a medias. Siempre me he sentido un poco… acomplejada. Nunca me ha gustado salir y tratar con gente.

—¿Por qué? —preguntó Joss.

Sandra la miró como tratando de adivinar si Joss se estaba quedando con ella.

—Toda mi vida he sido la Chica Gorda. En la escuela, los otros niños se burlaban de mí. Y en el mundo real, las personas adultas (unas personas sin la menor sensibilidad) hacían lo mismo. La gente puede ser muy cruel.

Helene apoyó una mano en la de Sandra y entrelazó sus dedos con los suyos.

—No te merecías eso.

Sandra sonrió.

—He empezado a darme cuenta de ello. En realidad, he empezado a hacerlo desde que os he conocido. Durante las últimas semanas he salido más que durante los cinco últimos años. Me encontré con Mike —Sandra se ruborizó— y todo ha mejorado —declaró con los ojos brillantes—. Joder, creo que voy a llorar.

—No lo hagas, o conseguirás que todas nos pongamos a llorar a moco tendido —dijo Lorna, que sintió que se le encogía el corazón.

Sandra se sorbió los mocos.

—Vale, basta. Ésta no es una historia triste. Sino alegre. Los zapatos siempre han sido mis amigos. Mi madre tenía que encargar que me hicieran los uniformes de la escuela primaria a medida, y yo no podía comprar ropa estilosa en el centro comercial como las otras chicas, pero con los zapatos nunca tuve problemas. Podía comprarlos en las tiendas o a través de un catálogo, daba lo mismo. Por gorda que estuviera, independientemente de la talla de vaqueros que gastara o en qué sección de los grandes almacenes tuviera que adquirirlos, mi número de zapatos era el treinta y nueve, y punto. —Sandra chasqueó los dedos—. Cuando encargaba unos zapatos por catálogo, el hecho de pedir un treinta y nueve no indicaba nada sobre mi persona. Podía haber sido Jennifer Aniston. Lo cual, bien mirado, es más o menos lo que significa ser una operadora de una línea erótica.

—Probablemente no se trata de una coincidencia —comentó Helene—. ¿Te gusta tu trabajo?

—A veces —respondió Sandra riendo—. Nunca se lo he confesado a nadie, ni siquiera me lo he confesado a mí misma.

—Eso es una buena cosa —insistió Joss—. Es importante que te guste tu trabajo. Ojalá a mí me gustaría el mío.

—Yo también deseo que encuentres uno en el que te sientas a gusto —apostilló Lorna—. Estoy impaciente por que hables con el abogado amigo de Sandra. —De pronto se le ocurrió una idea—. Un momento, ese abogado… no será uno de tus… —Lorna arqueó las cejas con expresión interrogante.

—¿A quién le toca el turno? —preguntó Sandra guiñándole el ojo—. ¿Tú no tienes ningún esqueleto en el armario, Lorna?

· De acuerdo, cambio de tema.

—¿Aparte de los zapatos? —preguntó ella—. Pues sí, tengo uno. El mes pasado estuve a punto de ocultar unos Fendi debajo de mi camisa y salir disimuladamente de Ormond's. Eran preciosos... —Lorna recordó que eran de cuero negro, con unas pequeñas hebillas perfectas—. Quería comprarlos, pero estoy sin blanca. —Tras unos momentos de silencio prosiguió—: Arruinada. Tengo una deuda de más de treinta mil dólares en mis tarjetas de crédito, de modo que fui a ver a un asesor financiero que cortó todas mis tarjetas en pedacitos y me fijó un presupuesto.

—¿Has superado el bache? —preguntó Helene observando a Lorna atentamente—. Porque si necesitas dinero, estaré encantada de ayudarte. De veras.

Lorna sintió un calorcito en su interior.

—Eso significa mucho para mí, Helene, pero en realidad, y toco madera, creo que he empezado a controlar la situación. La otra noche revisé mi presupuesto y coloqué algunos pares de zapatos en venta en Internet...

—Los Gustos —murmuró Sandra.

—Sí. —Lorna recordó lo nerviosa que se había puesto cuando *Babuchas (1)* había pujado por sus zapatos, y lo asombrada que se había sentido cuando otra persona, *Zapatiesta (0)*, había entrado en la subasta y había superado su puja, elevando el precio de los Gustos hasta la increíble cifra de 210,24 dólares—. Lamento que te los quitaran de las manos. Pero, sinceramente, sólo pagué ciento setenta y cinco dólares por ellos en una tienda en Delaware. Ni siquiera tuve que pagar IVA.

—Veo un viaje por carretera en nuestro futuro —dijo Sandra. Luego, tras recapacitar, añadió—: Es decir, en un futuro remoto. Cuando tu presupuesto te permita comprar de nuevo en un establecimiento de venta al público.

Lorna asintió con la cabeza.

—Necesito otro trabajo. Eso lo cambiaría todo. O al menos me permitiría comprar de vez en cuando un par de zapatos en una caja.

—Pero entretanto tú fundaste este grupo —dijo Helene asintiendo con la cabeza. Sus ojos expresaban admiración, en lugar del gesto de censura que Lorna hubiera podido esperar de otras personas —como, por ejemplo, de Lucille— al enterarse de que debía una increíble suma de dinero—. Ha sido una magnífica idea.

—En efecto, si no fuera porque ahora me dedico a pujar contra Sandra para adquirir los zapatos que subastan en eBay y me salto comidas para ahorrar dinero y comprar más zapatos —respondió Lorna echándose a reír y meneando la cabeza—. No cabe duda de que soy una adicta.

—Yo también —dijo Helene con tono de resignación.

—Y yo —apostilló Sandra.

—Mmm… Pues yo no —dijo Joss mirándolas con los ojos muy abiertos y las mejillas arreboladas—. Si ha llegado la hora de confesar secretos, yo también tengo uno.

Lorna sintió que el corazón le daba un vuelco. ¡No iba a decir que no era aficionada a los zapatos!

—Para empezar… —Joss se quitó los Miu Miu que había obtenido de Sandra la semana pasada y sacó un pedazo de papel de las punteras— calzo un treinta y ocho.

—Pero… —Lorna no sabía qué decir—. ¡Eso tiene que ser muy incómodo!

—En realidad, no tanto como algunos zapatos de SuperMart que he llevado en más de una ocasión. Comprendo que os gusten estas marcas. Yo nunca había tenido la oportunidad de lucir zapatos de calidad. Me uní a este grupo porque tenía que salir de la casa de los Oliver los martes por la noche y una reunión para hablar de zapatos me pareció mejor que un grupo de gente con disfunciones sexuales. —Joss miró tímidamente a Sandra—. No te ofendas.

Sandra soltó una sonora carcajada.

—Has elegido bien.

—Es verdad —respondió Joss poniéndose seria de nuevo—. Pero vosotras tres sois increíbles, no sé lo que habría hecho de no haberos conocido.

—Pues no vamos a dejar que te vayas, aunque calces un treinta y ocho —dijo Lorna—. Pero ¿de dónde sacabas esos zapatos tan fabulosos que traías?

—De las tiendas de ocasión, de los establecimientos donde venden artículos *vintage*, de Goodwill. —Joss miró a Helene—. Cuando dijiste que habías tenido un par como aquellos zapatos verdes, temí que los hubieras donado a Goodwill, porque yo los había comprado allí.

—¡No me digas! —exclamó Helene riendo.

—Te lo aseguro —contestó Joss.

—No teníamos ni idea de que no fueran tus propios tesoros —dijo Helene sorprendida ante la confesión de Joss—. ¿Qué has hecho con los zapatos que te dábamos a cambio de los tuyos?

—Los guardo en mi armario en casa de los Oliver. Parezco una urraca que colecciona objetos bonitos. Pero ahora que he confesado mi secreto, os devolveré los zapatos.

—Por mí no tienes que hacerlo, pero ¿qué vas a hacer con ellos? —preguntó Lorna—. Aunque reconozco que no me importaría tener esos Miu Miu de Sandra —dijo señalando el par de zapatos que Joss se había quitado. Luego miró a Sandra.

—Quédatelos —dijo ésta—. Te los regalo.

—Quizá puedas prestarme un par de calcetines con que regresar a casa, Sandra —dijo Joss entregando a Lorna los zapatos. Todas se rieron ante la ocurrencia.

—Tengo otro secreto que revelaros —dijo Helene cuando las carcajadas del grupo remitieron.

—¡Vaya! ¿Tenemos que volver a confesarnos todas?

—Espero que no —saltó Sandra—. Más vale que no os cuente lo que hice con la bola con la que el vicerrector Breen ganó un campeonato de golf cuando yo estudiaba séptimo curso. ¿De qué se trata, Helene? Cuéntanoslo.

Ésta las miró a todas con una extraña expresión, mezcla de gozo y de temor.

—Creo… —dijo, tras lo cual respiró hondo y empezó de nuevo—. Creo que estoy embarazada.

Capítulo *20*

En Felling, una mujer que entraba en la farmacia para una prueba de embarazo llamaba la atención. Inevitablemente, la cajera la conocía y el rumor no tardaba en propagarse por la ciudad sobre quién era y qué había hecho. Probablemente aquí no llamaría tanto la atención, pensó Joss, a menos que entraran en una farmacia cuatro mujeres para adquirir un test para una prueba de embarazo.

Pero eso fue lo que hicieron, flanqueando a Helene como si fueran sus escoltas supersecretas. Cualquiera que las viera no habría sabido adivinar para quién era la prueba de embrazo, que era justamente lo que ellas pretendían.

Regresaron al apartamento de Sandra con dos paquetes dobles de tests, y al cabo de quince minutos observaron cuatro *sticks* positivos junto al lavabo de Sandra.

—¿De modo que es definitivo? —preguntó Joss.

—Mira la fotografía. —Lorna le pasó una de las hojas de instrucciones—. Una línea arroja un resultado negativo, dos líneas, positivo.

—Aquí hay ocho líneas —dijo Helene con tono inexpresivo, contemplando el resultado de la prueba—. Es cierto.

—¿Cómo es posible? —preguntó Sandra—. Creí que tomabas la píldora.

—Jim las arrojó al cubo de la basura cuando las encontró. —Helene siguió mirando las pruebas de embarazo—. Compré más, no creo que dejara de tomarlas durante más de tres días, y doblé la dosis, pero... Supongo que no fue suficiente. Está claro que no fue suficiente.

—He leído que sólo con que dejes de tomar los anticonceptivos un día ya debes redoblar la protección —dijo Sandra.

—Dios. —Helene se tapó la cara con las manos—. Ni siquiera quería hacer el amor con Jim. Especialmente después de lo que hice. —Emitió un suspiro entrecortado—. Pero era más fácil ceder y dejarle hacer lo que quisiera que discutir con él —añadió meneando la cabeza—. Soy una imbécil, lo sé.

Lorna se acercó a ella y la abrazó.

—Oye, mira, todas hacemos cosas a veces que no deseamos hacer porque es el camino más fácil. La vida ya es lo bastante dura para que encima nos la compliquemos más. No puedes culparte por ello.

—Por supuesto que sí —replicó Helene con una breve carcajada—. Debo hacerlo. Yo tengo la culpa.

—Olvídalo —dijo Lorna—. Ya no tiene importancia. La cuestión es qué vas a hacer al respecto.

Helene tragó saliva.

—No lo sé.

—Yo estoy a punto de quedarme sin trabajo —dijo Joss—, de modo que puedo ayudarte. De veras. Tengo mucha experiencia con bebés.

Helene la miró con gratitud.

—Eso sería estupendo. —Luego miró a las otras—. ¿Por qué no salimos del baño?

Eso sirvió para romper el hielo, y todas regresaron al mullido sofá de Sandra y se sentaron alrededor de Helene.

—Esto complica tus planes con respecto a tu matrimonio, ¿no es así? —preguntó Lorna.

—Ésa fue mi primera reacción —respondió Helene—. A decir verdad, no sé qué hacer. En cualquier caso, mi matrimonio está roto, pero ¿es mejor que siga con Jim por el bien del niño?

—Creo que es mejor que hagas lo que haga que te sientas más relajada y feliz —apuntó Sandra—. Si un niño crece en un ambiente tenso, eso le impacta más que si crece en un ambiente feliz (o en dos), donde visita a su padre los fines de semana alternos y tiene dos casas. —Sandra suspiró—. El matrimonio de mis padres era muy tenso. Habitaciones separadas, cuyo motivo nunca me explicaron, silencios glaciales, numerosas noches en que mi padre se quedaba trabajando hasta tarde… Ahora me pregunto si no habría sido mejor que se divorciaran.

—Caray, eso y la sensación de que Tiffany era la preferida de tus padres debió de ser muy duro para ti —comentó Joss.

Sandra se encogió de hombros.

—Otros lo han pasado mucho peor. Si yo hubiera sido una persona más fuerte, no me habría convertido en una neurótica.

—¡No eres una neurótica! —A Joss le disgustaba que Sandra dijera esas cosas, especialmente ahora, cuando parecía sentirse más segura de sí, quizá por primera vez en su vida.

—No, simplemente luchas contra los factores negativos que te ha endilgado la vida —dijo Lorna—. Todas tenemos que hacerlo.

Helene observó a Lorna unos instantes frunciendo el ceño. Luego miró a Sandra y a Joss.

—Se me ocurre una idea —dijo. Estaba claro que la había penetrado una fuerza positiva, esperanza, optimismo o lo que fuera—. Una idea genial.

—¿Sobre la forma de seguir adelante en la vida? —inquirió Sandra.

—En cierto modo, sí. Tú, Lorna, necesitas un nuevo trabajo, ¿no es así?

—Amén.

—Y tú, Joss, estás a punto de tener que buscar un nuevo trabajo.

Eso sonaba prometedor.

—Desde luego.

—¿Y tú, Sandra? Sé que el trabajo te va bien, pero ¿no te interesaría una pequeña aventura empresarial que pudieras compatibilizar con él?

Sandra miró a Helene con curiosidad.

—¿Con vosotras? Por supuesto. ¿Qué se te ha ocurrido?

—Hace unas semanas asistí a una fiesta en casa de los Mornini…

—Vaya, ¿de modo que te codeas con la mafia? —preguntó Lorna.

—Esas historias no son ciertas —respondió Helene—. Probablemente. El caso es que Chiara me llevó a la planta de arriba y me mostró los zapatos más exquisitos que he visto jamás, sin excepción. —Helene describió los zapatos con todo detalle. Sandra y Lorna emitieron unas exclamaciones de gozo, y Joss las observó perpleja. Los zapatos eran zapatos. Apreciaba mucho a esas mujeres, pero nunca llegaría a comprender su pasión por los zapatos.

—¿Dónde podemos adquirirlos? —preguntó Lorna afanosamente.

—Ésa es la cuestión —respondió Helene—. Ese chico necesita que le financien. Y un distribuidor americano. Chiara quería que su marido aportara el capital, porque está convencida de que sería un negocio muy provechoso, pero su marido con quiso saber nada del asunto. Supongo que le parecía poco viril.

—¿Y tú crees que nosotras podemos hacerlo? —preguntó Lorna—. ¿En serio? Pero costará mucho dinero ponerlo en marcha.

—Pediremos un préstamo —contestó Joss, recordando su clase de Constitución de Sociedad 102—. Nos constituimos en una sociedad anónima, obtenemos un préstamo, montamos el negocio como una entidad aparte y ya está. Naturalmente, es más fácil decirlo que hacerlo, pero así es como lo haríamos.

Un inopinado entusiasmo hizo presa en Joss. Había venido al Distrito de Columbia confiando en gozar de la vida en una gran ciudad. El primer paso de su plan consistía en trabajar de niñera. No era el fin, sino tan sólo el comienzo. Estaba decidida a orientarse en la ciudad y buscar nuevas oportunidades para construirse una vida más interesante que si se hubiera quedado en Felling y se hubiera casado con uno de los chicos con los que había ido al instituto.

Ésta era justamente una de esas oportunidades.

No obstante, tenía que superar la sensación de fracaso por no haberse quedado en casa de los Oliver y haber contribuido a resolver algunas de las cosas que no funcionaban en las vidas de Bart y Colin. Esos niños no recibían la debida orientación adulta por parte de sus padres, ni tampoco calor o afecto. Y sin una presencia estable que les guiara y protegiera de sus impresentables padres, acabarían dejándose influir por factores negativos.

Bart mostraba a veces una gran dulzura y vulnerabilidad… Joss se estremeció al pensar que pudiera perder eso y convertirse en una persona caprichosa y exigente como su madre. O en alguien distanciado emocionalmente de su familia como su padre.

O —una posibilidad terrible— en ambas cosas.

Pero Joss había hecho cuanto había podido. Estaba claro que si seguía en esa casa la situación empeoraría. Era indudable. De modo que esa nueva empresa era... ¡un golpe de suerte tan inesperado como oportuno! No podía haberse producido en un momento más idóneo, o con unas personas más fabulosas.

Helene siguió hablando, más excitada que nunca, sobre el negocio que les proponía.

—Tengo muchos contactos con tiendas locales. A menudo les pido que hagan donaciones a obras de caridad. Estoy convencida de que los cinco establecimientos más importantes de la ciudad se mostrarán interesados en vender los zapatos de Phillipe. Y yo estoy dispuesta a proponérselo.

—¿Qué os parece si organizamos reuniones en casas? —sugirió Sandra.

—¿Cómo las reuniones Tupperware? —preguntó Lorna.

—Pues sí... U otras cosas. Pero unas ventas directas con una buena clientela sería más rápido que una comercialización masiva.

—Lo mejor sería hacer ambas cosas conjuntamente —dijo Joss, a quien empezaba a gustarle la idea.

Helene bostezó.

Sandra captó enseguida que se sentía cansada.

—Bien, chicas, ha sido una noche larga y azarosa. Volveremos a reunirnos mañana, ¿de acuerdo?

—Sí —respondió Lorna.

—Por supuesto —dijo Joss—. Siempre y cuando sea a partir de las ocho de la tarde —añadió mirando a las otras—. ¿Os va bien a esa hora?

—A mí, sí —respondió Helene.

—A mí me va mejor sobre las diez —dijo Lorna, asumiendo una expresión de alivio cuando las demás asintieron.

—Hecho —dijo Sandra—. Entretanto, ¿alguna de vosotras puede informarse de lo que necesitamos para conseguir un préstamo bancario con el que poner en marcha el negocio?

—Probablemente yo podré hacerlo por la mañana —dijo Helene.

—No —le interrumpió Lorna—. Necesitas descansar. Mañana no empiezo a trabajar hasta el mediodía. Iré a primera hora al banco. Tengo allí un contacto. Más o menos.

Y así fue como el futuro de Joss empezó a cambiar.

Al igual que el futuro de las otras.

Helene no podía conciliar el sueño.

Era demasiado para asimilarlo de golpe. No sólo las traiciones de su marido, que eran legión y dignas de dedicarles varias semanas de análisis si no fuera porque ahora había unas circunstancias más importantes, sino esas circunstancias más importantes.

Estaba preñada.

No era lo que Helene había deseado. Cuando se había hecho la primera prueba de embarazo y había visto las líneas dobles, indicando un posible resultado positivo, había sentido ciertos remordimientos. Pero a medida que seguía sumergiendo los *sticks* y comprobando los resultados de las tres pruebas sucesivas de embarazo en el baño de Sandra, había llegado a la conclusión de que lo que ella deseara carecía de importancia. Estaba preñada, y a menos que decidiera interrumpir su embarazo, seguiría preñada hasta que diera a luz.

Hasta el momento, no había decidido qué hacer.

Por consiguiente, había pasado la noche más larga de su vida pugnando con el conflicto de tratar de responder a una pregunta que, hasta hacía poco, estaba convencida de que jamás se plantearía.

En el turbio remolino de sus pensamientos que le impedían conciliar el sueño, no cesaba de evocar su infancia. La vida que había dejado atrás. La vida a la que había renunciado.

No todo había sido malo. Los árboles, las ensenadas, el hecho de que cada primavera pudiera aspirar el aroma del color verde, cuando la hierba empezaba a brotar de nuevo. Las espectaculares noches invernales tan cuajadas de estrellas que no sabías con certeza cuál era la Estrella de Oriente que habían conducido a los Reyes Magos hasta el niño Jesús.

Ésos eran los pensamientos que sacaron a Helene de la cama a las cinco de la mañana, como los hilos de una marioneta, y la llevaron a tomar su coche para dirigirse al norte. No se molestó en comprobar antes de marcharse si Jim había regresado a casa. Le tenía sin cuidado. Se montó en el caprichoso Batmobile que su marido había insistido en que condujera y, adelantándose a la hora punta, tomó la River Road, el Beltway, la carretera 270 norte, la 70 oeste, y por fin la carretera por la que Helene había creído que no volvería a circular jamás, la 340 oeste, hacia Virginia Occidental.

Las carreteras principales habían cambiado. Había gasolineras, puestos de comida y tiendas de *souvenirs* donde antiguamente había árboles verdes, sombras oscuras y caminos de tierra. Todos los letreros indicaban Harper's Ferry, varios hoteles y moteles y restaurantes de comida rápida desde los que poder admirar lo que antaño constituía una espléndida vista de las colinas, los árboles y el río que discurría más abajo.

Helene sintió un inesperado aguijonazo de dolor, como si hubiera sido ella la responsable de conservar aquel idílico paisaje y, al marcharse, hubiera defraudado a la madre naturaleza.

O quizá fue un sentimiento personal de pérdida, por haber pasado tanto tiempo fuera que ni siquiera sabía que esa urbanización iba a destruir el paisaje, lo que hizo que Helene estuviera a punto de romper a llorar.

En cualquier caso, siguió avanzando a través de la brumosa mañana hacia la casa en la que se había criado. Su madre hacía mucho que había muerto, y cuando Helene trabajaba en Garfinkels había averiguado a través de una vecina que su padre había muerto en un accidente de carretera al chocar contra un árbol. Lo cual no la había sorprendido. Ni la había apenado.

Lo más melancólico para Helene fue pensar en David Price. El divertido y atractivo David, que le había arrojado bolas de nieve cuando ambos tenían diez años, le había pasado notas en la escuela cuando tenían doce, la había besado con torpeza cuando tenían catorce y la había convencido para que le entregara su virginidad cuando tenían dieciséis.

Lo cierto era que David había demostrado una gran habilidad.

La última vez que le había visto, él tenía diecinueve años y ella estaba a punto de marcharse a la ciudad en busca de nuevos horizontes. Pese a las muchas cosas que Helene no recordaba de esa época, y todos los recuerdos que el paso del tiempo había vuelto borrosos, aún veía con nitidez el dolor que traslucían los dulces ojos castaños de David cuando ella le dijo que todo había terminado entre los dos.

Ahora, mientras conducía rodeada de aquel paisaje tan familiar, preguntándose si David aún vivía por esos parajes, Helene no estaba segura de si había hecho bien en marcharse y perder todo contacto con la única cosa buena de su pasado.

Su antigua casa seguía en pie, los restos de la fachada de madera aún eran visibles. Pero habían construido unas nuevas dependencias, y en el camino de grava que daba acceso a la casa había aparcado un monovolumen. El cual parecía totalmente fuera de lugar, como un transbordador espacial superpuesto a una ilustración de la Guerra Civil.

Perfecto. Esa casa sólo le había traído desgracias de pequeña. Helene se alegró de que ahora fuera distinta.

Se montó de nuevo en su coche, maravillada de lo indiferente que le resultaba contemplar la casa donde había pasado casi las dos primeras décadas de su vida.

Pero había otro lugar que le produciría una honda emoción. Y Helene comprendió que debía verlo, aunque sabía que sería como tocar un hematoma para comprobar si aún le dolía.

La casa de David.

Cruzó el centro de la pequeña población, en el que ahora había una cafetería y un videoclub en la manzana que antes había albergado un almacén con el techo bajo y las ventanas rotas. Helene dobló a la izquierda por la calle Church, a la derecha por Pine y enfiló la larga y serpenteante carretera que conducía a la solitaria casa situada en el otro extremo.

Pero ya no era la única casa que había allí. Había una extensa urbanización, con pequeños árboles y grandes letreros que anunciaban ¡VIVIENDAS UNIFAMILIARES A PARTIR DE 30.000 DÓLARES!

Helene siguió adelante estupefacta, hasta llegar al extremo donde le sorprendió comprobar que la casa de David seguía en pie.

Desde luego, siempre había sido una bonita casa, de la que se decía que había pertenecido al hermano de George Washington. Los padres de David tenían mucho más dinero que los de Helene, y en aquel entonces se había hablado de convertir el lugar en un hito histórico, por motivos de impuestos.

Helene detuvo el coche frente a la casa y la contempló durante unos minutos. Tenía el mismo aspecto. Lo cual era lógico, puesto que hacía veinte los vetustos robles tenían más de cien años de antigüedad, por lo que apenas se habían hecho más grandes.

Helene se apeó del coche y se encaminó lentamente hacia la casa, tratando de mirar a través de las ventanas, pero los intensos rayos de sol se reflejaban en los cristales, impidiéndole ver el interior y haciendo que los ojos le lagrimearan.

¿Qué diría cuando llegara a la puerta, se preguntó mientras se dirigía pausadamente hacia el porche? ¿Preguntaría por David o preguntaría si sabían dónde estaba? ¿Estaba preparada para la respuesta a cualquiera de esas preguntas?

No, decidió Helene al tiempo que la acometían unas náuseas. No, no estaba preparada para esto. Había sido una mala idea y una torpeza peor ponerla en práctica. No tenía nada que hacer aquí, en Virginia Occidental, y después de veintitantos años de ausencia, sabía muy bien que nadie la echaba de menos.

Helene dio media vuelta para regresar junto a su coche cuando de pronto oyó abrirse la puerta principal y crujir la vieja puerta con mosquitera.

—¿Puedo ayudarla en algo?

Al volverse vio a una mujer con una figura curvilínea, el pelo rubio y cubierto de polvo y una criatura pelirroja sentada en la cadera. La mujer aparentaba treinta y tantos años, y su expresión, aunque cansada, era afable.

Helene respiró hondo, sin saber qué decir hasta que respondió impulsivamente:

—No. Gracias. En realidad…, yo… conocía a alguien que vivía en esta casa.

La mujer achicó los ojos.

—Hace veinte años —aclaró Helene, para no poner en un compromiso al marido de la mujer, haciendo un gesto ambiguo con la mano—. Un antiguo novio —balbució—, una historia antigua. Lamento haberla molestado.

—Un momento. ¿Es usted… Helen? —La mujer avanzó unos pasos y la puerta con mosquitera se cerró tras ella con el mismo estrépito que subrayaba tantos recuerdos de Helene.

Se quedó inmóvil mientras oía a la mujer apresurarse a través del porche hacia ella.

—Enseguida comprendí que me resultaba familiar —dijo la mujer—. No se vaya, ha venido al lugar indicado.

Helene se volvió hacia ella.

—No estoy segura de ello —dijo sonriendo, más para sí que para la mujer.

—David no tardará en volver —dijo la mujer, apresurándose hacia ella mientras la criatura se balanceaba sobre su cadera—. Hoy olvidó su almuerzo. A saber qué tendrá en la cabeza. Se lo lleva todos los días, pero hoy se lo olvidó. Y eso que no se lo olvida nunca. ¡Menuda sorpresa se va a llevar! Usted es Helen, ¿no es así?

Helene asintió con la cabeza, momentáneamente incapaz de articular palabra.

—Qué sorpresa se llevará David cuando la vea. A propósito, soy Laura. La esposa de David. Y ésta es Yolande —dijo tocando la nariz de la pequeña.

—Ah. Bien, yo he...

—¡He oído hablar mucho de usted! Causó una profunda impresión en mi marido —dijo la mujer sin un ápice de celos o rencor—. Por supuesto, la hemos visto de vez en cuando en televisión. ¿Quién no la ha visto? Es usted muy guapa. Pero eso ya lo sabe. Supongo que todo el mundo se lo dice. ¿Cree que algún día llegará a ser la primera dama de Estados Unidos? —preguntó la mujer con el acento típico de la región.

—No... no estoy segura. —Helene trató de sonreír—. Verá, tengo muchas cosas que hacer esta mañana, de modo que le agradecería que le dijera a David que pasé para saludarlo...

—Ahí viene —dijo Laura—. Justo a tiempo. David tiene una potra increíble. Siempre le ocurre todo en el momento oportuno.

Helene observó el desvencijado Toyota Highlander enfilar el camino de acceso.

—Supongo que sí.

—Siempre ha sido así...

Helene dejó de escuchar a Laura. Tenía todos los sentidos concentrados en el hombre que se apeaba del viejo coche. David debía de tener ahora treinta y nueve años. Un hombre hecho y derecho con una mujer amable y parlanchina y cuando menos una hija pelirroja de corta edad. Un hombre con un trabajo, una casa, una familia y el lejano recuerdo de una novia de los tiempos del instituto que había salido disparada de la ciudad y jamás había vuelto la vista atrás.

Pero cuando David echó a andar hacia ella, arrugando el ceño, Helene vio y reconoció no al hombre, sino al fantasma pastel y borroso del chico que le había dado su primer beso. Los ojos azules que la escrutaban ahora le resultaban tan familiares como los suyos, pese a los años transcurridos.

A Helene le pareció que tardaba una eternidad llegar junto a ella. El suficiente tiempo para notar que unos lagrimones le rodaban por las mejillas y que rompía a llorar en silencio por todo lo que había perdido.

—Has tardado lo tuyo en regresar —dijo David estrechándola contra sí en un gesto que absorbió veinte años de lágrimas en un prolongado y emocionado abrazo.

Cuando Helene logró recobrar la compostura lo suficiente para articular palabra, se retiró un poco y preguntó sonriendo:

—¿Por qué no pagaste el rescate?

David lo captó en el acto, tal como Helene había supuesto. Ya de jovencitos, habían compartido el mismo sentido del humor un tanto morboso.

—Porque sabía que al final te soltarían —contestó él—. Eres demasiado pelmaza para que te retuvieran para siempre.

Helene se sorbió los mocos y asintió con la cabeza.

David extendió un brazo y Laura se acurrucó junto a él.

—¿Conoces a Laura? ¿Y a mi hija Yolande?

—Sí. —La sílaba salió de labios de Helene sin que pudiera controlarla—. Son muy guapas.

Helene y David se miraron a los ojos.

—Entra —dijo él—. Al diablo con el trabajo, tú y yo tenemos mucho de que hablar.

Cuando Helene salió con su coche del camino de acceso a la casa, tres horas más tarde, se sentía como nueva. Por fin se había llenado un vacío lacerante que ni siquiera se había percatado que tenía en su interior. David estaba bien. Y seguía viviendo en la misma casa, como un guardián del pasado de Helene.

—Las cosas te han ido estupendamente —le había dicho él mientras tomaban un café preparado con los cristales instantáneos de Folger—. Al parecer hiciste bien en marcharte.

Pero cuando David le había hablado sobre su vida con su esposa y sus hijos, Helene había comprendido que él se sentía auténtica y plenamente feliz.

Para ella, ése era el auténtico cuento de hadas.

Helene regresó a su casa sintiéndose renovada. Por fin podía dejar su pasado atrás. No estaba resuelto por completo, pero al menos había puesto orden en algunas cosas.

Cuando Helene había partido esa mañana hacia el norte, no estaba segura de lo que iba a hacer con respecto a su embarazo. Pero durante el trayecto de regreso a su casa, decidió que iba a tener ese niño, al margen de los cambios que ello trajera consigo a su vida.

Mientras circulaba por la carretera, Helene se maravilló de la renovada paz que le había aportado su decisión, y se preguntó si se debía en parte el resultado de su visita al norte o al cambio hormonal que había oído decir que producía un embarazo.

Desde luego era cierto que las mujeres embarazadas eran propensas a distraerse, porque no fue hasta que Helene penetró de nuevo en Montgomery County, Maryland, que se percató de que el coche azul de Gerald la seguía de nuevo. O todavía. El detective debió de haberla seguido durante todo el rato, sin que ella reparara en ello, porque era imposible que ese tipo apareciera de pronto en el extremo norte del condado.

Furiosa, Helene abandonó la 270 por la siguiente salida y se dirigió hacia el centro comercial de Lakeforest, procurando conducir con la suficiente lentitud para que Gerald pudiera seguirla. Esta vez no quería perderlo, sino atraparlo.

Helene se detuvo en el aparcamiento junto a la entrada de los restaurantes de comida rápida, y Gerald se paró junto a ella, sin tratar en ningún momento de ocultar su presencia.

—¿Qué diablos se propone? —le increpó Helene, sintiendo que los latidos de su corazón se aceleraban de inmediato.

—No se enfade —respondió él alzando las manos.

—Creí que había captado el mensaje.

—Así es. No la estaba siguiendo.

Helene le miró incrédula.

—De acuerdo, la estaba siguiendo —dijo Gerald—. Lo reconozco, pero es porque quería darle una cosa.

A Helene se le ocurrió de pronto que debería mostrarse más precavida en una situación semejante, sobre todo porque ahora debía preocuparse por el bebé. Miró a su alrededor y se alegró de ver a un par de chicos de veintitantos años echando anticongelante en un coche aparcado en la hilera junto al suyo.

—¿Cómo que tiene que darme una cosa? —preguntó Helene, retrocediendo y palpando a su espalda la manecilla de la puerta del coche, por si acaso—. ¿De qué se trata?

Gerald se encogió brevemente de hombros.

—Me sentía mal por tener que seguirla. Como la observaba todos los días, llegué a tener la sensación de que la conocía, y creo que se merece a alguien mejor que ese cerdo con el que está casada.

Helene no sabía qué decir. Supuso que Gerald trababa de halagarla, lo cual le producía cierto repelús.

—Le agradezco que se sintiera mal por seguirme —dijo—. Pero ahora también me sigue. Esto tiene que terminar.

—Desde luego —respondió él asintiendo con la cabeza—. Ahora mismo. Inmediatamente.

—Bien. Entonces estamos de acuerdo. —Helene giró la manecilla de la puerta del coche y la abrió.

—Un momento —dijo Gerald alzando una mano, tras lo cual se volvió y abrió la puerta de su coche para tomar algo del asiento delantero.

Helene se colocó detrás de la puerta abierta de su coche, aunque en caso de que Gerald hubiera empuñado una pistola no le habría servido de nada escudarse tras ella.

—Tenga —dijo el detective sosteniendo un sobre.

Helene lo observó con recelo.

—¿Qué es?

Él se acercó a ella con el brazo extendido.

—Una cosa que creo que puede serle útil —dijo agitando el sobre—. Ande, tómelo. No le morderá.

Helene alargó la mano lentamente y lo tomó.

—En todo caso, gracias.

Gerald asintió brevemente con la cabeza y se pasó la mano por debajo de la nariz.

—Guárdelo por si un día lo necesita.

Ella frunció el ceño y empezó a abrir el sobre.

Entretanto, Gerald se montó en su coche, giró la llave en el contacto y arrancó mientras su pequeño coche azul escupía una pequeña estela de humo negra.

El sobre contenía unos papeles. Unas fotografías, según comprobó Helene al mirarlas más detenidamente.

—Dios mío —dijo al sacarlas del sobre.

Eran unas copias en color de quince por veinte centímetros de Jim y Chiara Mornini, desnudos sobre el inmenso lecho redondo de satén rojo de la italiana. Había manos, piernas, lenguas y unas imágenes bastante explícitas de otras zonas del cuerpo.

No cabía ninguna duda sobre lo que estaban haciendo.

Helene sintió náuseas. Se llevó una mano al pecho y se sentó en el asiento del conductor, cerrando automáticamente las puertas antes de volver a contemplar las fotografías.

No sabía qué le disgustaba más, si ver a Jim, que sabía que era un mujeriego, o ver a Chiara, a la que había considerado su amiga.

Helene contempló las fotografías durante largo rato. Cualquiera que hubiera pasado y la hubiera visto habría pensado que era una depravada que se dedicaba a mirar fotografías pornográficas en un aparcamiento público.

De haber tenido dinero, o acceso a sus tarjetas de crédito, habría entrado en el centro comercial y habría comprado un montón de cosas para consolarse. Pero no tenía un centavo. Gracias a Jim.

Gracias a Jim.

Helene cayó en la cuenta como cuando amanece en una secuencia de lapso de tiempo. Gerald acababa de hacerle un inmenso favor. Al igual que Chiara, bien pensado, aunque no había sido la intención de esa cabrona.

Ni Jim ni Chiara querrían que la prensa —o, más importante aún, Anthony Mornini— viera esas fotografías.

Si actuaba con rapidez, Helene podría redactar ella misma su acuerdo de divorcio.

Joss regresó a casa de los Oliver y nada más acostarse se quedó dormida. Había sido una noche agotadora.

A la mañana siguiente, su despertador sonó a la hora habitual y se levantó como una sonámbula, dio el desayuno a Bart, lo vistió y lo llevó a casa de su amigo Gus. Por fortuna, éste tenía una niñera mayor muy simpática llamada Julia, que nada más ver a Joss dijo:

—Cielo, vete a casa. Pareces hecha polvo.

—No, estoy bien —contestó ella, pero reprimió un bostezo antes de terminar la frase, desmintiendo su afirmación.

Julia se echó a reír.

—Yo también he tenido veinte años. Anda, vete a casa. Algún día serás capaz de ponerte en el lugar de otra persona como yo he hecho ahora contigo —dijo Julia indicando a Joss que se fuera—. Descuida, tus jefes no se enterarán. Te llamaré para que vengas a recoger a Bart.

No fue necesario que Julia insistiera. De hecho, Joss temía que si se quedaba y observaba a su pupilo en el silencio típico de las niñeras, se quedaría dormida en una butaca.

—Gracias —dijo sinceramente agradecida—. De veras. Te debo un favor.

—Olvídalo —respondió Julia despachando el asunto con un ademán—. Yo también he sido joven. Y recuerdo haber tenido una vida agitada.

¡Si Julia supiera! Con todo, a Joss le interesaba más regresar a casa y dormir un rato que explicar la verdad (menos excitante de lo que imaginaba Julia) de lo que había hecho la noche anterior. De modo que le dio las gracias, se montó en el coche y regresó a casa de los Oliver.

Sola. Por fin estaría sola. Por primera vez en... ¿tres meses? Joss se sentía eufórica al enfilar el camino de acceso a la casa.

De pronto observó un Saab de color verde oscuro aparcado en la calle, pero como estaba aparcado más cerca de la casa de los vecinos que de la de los Oliver, no le dio importancia.

Hasta que entró en la casa y oyó la voz de un extraño, mejor dicho, los gruñidos de un extraño (eran demasiado agudos para pertenecer a Kurt Oliver) procedentes del dormitorio de los Oliver, dos puertas más allá que la habitación de Joss.

La joven se quedó helada unos momentos, sin saber qué hacer.

Esto confirmaba que la falta de la que Deena la había acusado —tratando de «condenarla»— era justamente la que cometía ella misma. Teóricamente, Joss podía acercarse a la puerta con su móvil que incorporaba una práctica cámara fotográfica y tomar unas fotos de su jefa en plena faena. Lo cual habría facilitado enormemente la vida a Joss.

Pero... eso era repugnante.

No podía hacerlo. Por mal que Deena se portara con ella —de lo cual no cabía la menor duda—, Joss no podía acercarse a la puerta y tomar unas fotografías de su patrona practicando sexo con un tío.

Por otra parte, tampoco podía quedarse allí plantada, fingiendo no haber notado nada anormal. Era obvio que Deena no esperaba que nadie apareciera, puesto que había dejado la puerta del dormitorio entreabierta.

Joss se encaminó apresuradamente a su habitación, sin hacer ruido, y llamó a Sandra.

—Necesito ayuda.

—¿Qué ocurre? —preguntó Sandra, sin plantearse siquiera quién se hallaba al otro lado del hilo telefónico.

Era genial que se hubieran hecho tan amigas que no tuvieran que anunciar quiénes eran por teléfono.

—He dejado a Bart en casa de un amigo suyo —murmuró Joss, alejándose tanto como pudo de la puerta y las paredes adyacentes—. Y al entrar en casa he oído que Deena está follando como una loca en su dormitorio.

—¡Uf! —fue la primera reacción de Sandra. Luego añadió—: Pero supongo que tienen derecho a hacerlo puesto que están en su casa y tú te has llevado al niño.

—No está follando con el señor Oliver —murmuró Joss con tono apremiante—. La voz que oí no era la suya. Creo que mi jefa tiene una relación extraconyugal. Y por más que me gustaría humillarla pillándola con las manos en la masa, prefiero largarme de aquí cuanto antes y fingir que no sé nada.

—Un momento —dijo Sandra—. Teniendo en cuenta la forma en que esa mujer te trata… Sabes que esto te beneficiaría.

—Sí, lo sé, pero… —Joss se estremeció— soy incapaz. ¿Qué puedo hacer?

—En ese caso —respondió Sandra con tono enérgico y definitivo—, mantén el teléfono pegado a la oreja, y si alguien te ve, haz como si me estuvieras escuchando a mí en lugar de a ellos. Yo seguiré conectada para impedir que tu teléfono empiece a sonar inesperadamente en tu oído.

—De acuerdo —dijo Joss respirando hondo para calmarse—. Vale, voy a abrir la puerta… —Abrió la puerta de su habitación—. Voy a salir sigilosamente al pasillo.

—¡Aaah! —se oyó en el dormitorio de los Oliver segundos antes de que la puerta se abriera de golpe y un hombre flaco como una sardina, con el pelo rubio casi blanco y una perilla blanca, saliera disparado al pasillo, en pelotas y con una erección que resultaba casi cómica—. ¡Ven a por mí, chicarrón! —dijo claramente ajeno a la presencia de Joss—. ¡Si te atreves!

—¿Si me atrevo? —La voz, sorprendentemente, no era la de Deena Oliver.

Era Kurt Oliver.

Joss pudo constatarlo porque el señor Oliver salió al pasillo en pos del tipo rubio, tan desnudo como éste, mostrando también una erección, aunque no tan espectacular como la del otro.

Lo único que pensó Joss, al meterse de nuevo apresuradamente en su habitación, fue que había visto demasiado.

Demasiado para su bien.

—¿Joss? —preguntó Sandra por teléfono—. ¿Te ocurre algo?

—Estoy bien —respondió la joven con voz ronca, tratando de recuperar el resuello, aunque a estas alturas lo que había hecho presa en ella era una sensación de estupor, además de pánico—. Es el señor Oliver.

—¿El señor Oliver está con la señora Oliver? —inquirió Sandra.

—No —murmuró Joss. Era una situación demencial. En Felling no ocurrían esas cosas. Y si ocurrían, la gente se afanaba en ocultarlas—. El señor Oliver está con otro tío.

—¡Ah! —exclamó Sandra mostrándose más interesada—. Entonces toma unas fotos con tu móvil.

—¿Unas fotos? Pero ¿es que quieres ver esto?

—No, son para ti. Guárdalas por si las necesitas más adelante, como prueba, o para chantajearles, o para lo que sea.

—Pero…

—Nada de peros. Esto puede ser tu mejor defensa contra Deena Oliver si vuelve a acusarte de algo. En serio, Joss, sé que no quieres hacerlo, pero ve y toma unas fotos. No tienes que utilizarlas, pero llegado el caso, nunca se sabe...

—No puedo. ¡Ni siquiera quiero verlo!

—Pues no mires, limítate a tomar unas fotos con el móvil. Créeme —insistió Sandra—, tienes que hacerlo. Para protegerte.

—De acuerdo, pero ¿cómo voy a hacerlo sin que reparen en mi presencia?

Sandra se echó a reír.

—Cielo, por lo que me cuentas, no creo que se fijen en lo que ocurre a su alrededor.

Era cierto. Después de colgar, Joss asomó la cabeza por la puerta de su habitación y vio que ambos hombres estaban tan absortos uno en el otro que no se fijaban en nada más. De modo que retrocedió rápidamente, cerró los ojos para no ver la imagen que había quedado impresa en su materia gris, y alzó su móvil para tomar dos fotografías.

Puesto que los ruidos no cesaban, dedujo que ninguno de los dos había detectado su presencia. No obstante, dado que se hallaban en el pasillo, Joss dudaba que pudiera marcharse sin que la vieran.

Tenía que esperar hasta que terminaran. O hasta que se trasladaran a otro lugar. Por fortuna, el pasillo conducía a dos escaleras situadas en distintas partes de la casa. Por desgracia, los hombres se hallaban en esos momentos entre ambas escaleras.

De modo que Joss se apoyó contra la pared, ocultándose, esperando y —lo cual no dejaba de ser una ironía— ¡confiando en que no la pillaran a ella!

Al cabo de lo que le parecieron horas, aunque en realidad debieron de ser unos diez minutos, los dos hombres bajaron a la cocina.

Ella bajó la escalera sigilosamente como una niña la víspera de Navidad, tratando de entrever a Papá Noel, sólo que en su caso trataba de evitar al curioso tipo con perilla que estaba en la casa.

Joss abrió la puerta principal y se topó de bruces con Deena Oliver, que la miró sorprendida.

La mujer debió de observar también una expresión de no menos sorpresa en Joss. Pero dado que se disponía a entrar en la casa, la sorpresa que iba a llevarse no tenía comparación con la que pudiera sentir ahora.

—¿Qué haces aquí? —preguntó Deena—. Creía que habías llevado a Bart a casa de su amigo.

Joss pensó frenéticamente si debía hablar en voz alta, para advertir a los hombres de que iba a entrar alguien, o si era preferible fingir que no sabía nada.

Decidió que no quería saber nada de ese asunto.

—Llevé a Bart a casa de su amigo, pero la niñera de Gus lo tenía todo controlado, de modo que regresé para... —Joss no podía confesar que había vuelto para echar un sueñecito; su jefa la habría matado— recoger una cosa.

Deena la observó con clara hostilidad.

—¿Has dejado a mi hijo al cuidado de una extraña?

¿Y por qué no? Eso era lo que había hecho ella, diez minutos después de conocer a Joss.

—Es una niñera, una persona absolutamente capaz de cuidar de Gus y de Bart.

Deena apoyó las manos en las caderas.

—¿Qué era eso tan importante que tenías que venir a recoger?

Joss reaccionó con rapidez.

—Mi móvil. Pensé que debía tenerlo en caso de una emergencia.

—Esto es inexcusable —replicó Deena meneando la cabeza y

mirando a Joss con una expresión de repugnancia como si ésta le hubiera vomitado sobre los zapatos.

—Regresaré enseguida a casa de Gus —dijo la joven echando a andar hacia el coche.

—Un momento —bramó su jefa.

Joss se volvió.

—¿Qué ocurre?

Deena achicó los ojos hasta que parecían los de un lagarto.

—Te veo muy nerviosa.

Paradójicamente, era la primera vez que esa mujer se mostraba tan perceptiva sobre el estado de ánimo de Joss.

—No estoy nerviosa —mintió—. Pero como es evidente que a usted no le gusta que Bart esté en casa de Gus sin mí, voy a…

—No te muevas —dijo Deena secamente—. Llamaré a Maryanne para asegurarme de que vigilen a Bart hasta que tú llegues. —Puso los ojos en blanco y agregó—: Es increíble que con lo ocupada que estoy, encima tenga que molestarme con esas cosas.

—No tardaré nada en llegar, es un trayecto de quince minutos en coche…

—Espera aquí tal como te he ordenado— le espetó Deena irritada antes de darse media vuelta y entrar en la casa.

Cielo santo, Joss no quería verse involucrada en esto. No quería quedarse ahí plantada esperando a que comenzaran los fuegos artificiales. ¿Cuánto tiempo tenía que aguardar? Porque eso llevaría un buen rato…

Deena regresó al cabo de unos minutos, pálida y temblando.

Durante unos momentos Joss sintió lástima de ella, pero sólo durante unos momentos.

Los que tardó su jefa en emprenderla contra ella.

—Tu novio está ahí —dijo—. Ahora sé por qué regresaste, para darte un revolcón a mediodía.

La joven se quedó estupefacta.

—Señora Oliver, usted sabe que eso no es verdad.

—Sólo sé lo que he visto —respondió ella con voz temblorosa.

Joss también sabía lo que había visto.

—Otra infracción como ésta —prosiguió Deena, recobrando la

compostura con cada airada palabra que pronunciaba—, y no sólo te pondré en el acto de patitas en la calle, sino que te denunciaré ante los tribunales.

A Joss se le ocurrió que Sandra probablemente tenía razón al aconsejarle que tomara esas fotos para protegerse. Pero no se imaginaba mostrándolas ante un tribunal. La noticia no tardaría en propagarse, y los niños serían los más perjudicados.

Joss no podía hacerles eso.

Capítulo 21

—Señora Rafferty. —Holden Bennington parecía sorprendido de ver a Lorna—. ¿Acaso tiene algún problema con su cuenta?

—No he venido a verle porque tenga problemas con mi cuenta —respondió Lorna, añadiendo en un aparte—: Podría ser más discreto cuando se dirija a sus clientes en el vestíbulo.

Holden miró a su alrededor.

—Aquí no hay nadie más que los empleados —contestó.

Lorna pudo haberle preguntado si todos conocían los asuntos relacionados con su cuenta, pero decidió abstenerse.

—He venido para hablar sobre un préstamo.

Holden soltó una carcajada. Sincera. Luego, al observar que ella no se reía, la miró, se puso serio y dijo:

—¿Lo dice en serio? .

—Muy en serio —replicó Lorna alzando el mentón. Acto seguido, antes de que Holden Bennington le dijera que estaba loca, se apresuró a añadir—: Confiaba en que me aconsejara. Por favor.

Tras reflexionar unos momentos, él respiró hondo y dijo:

—Muy bien. De acuerdo. Pero voy a necesitar un café. ¿Le apetece uno?

—Sí. Solo, por favor.

Holden asintió con la cabeza.

—Pase a mi despacho. Me reuniré con usted dentro de unos minutos.

Lorna se dirigió a su despacho y se sentó en la incómoda silla.

Sobre la mesa había una fotografía enmarcada de un chico con un uniforme de béisbol, y Lorna se preguntó si sería hijo de Holden. Eso habría dado un nuevo e inesperado enfoque a la percepción que ella tenía de él, aunque explicaría el motivo de que fuera tan condenadamente didáctico.

—Disculpe que haya tardado tanto. —Holden entró y depositó un vasito de cartón que contenía café frente a Lorna, derramando un poco del líquido con crema sobre el borde de la mesa. Holden soltó una palabrota e hizo ademán de tomar un *kleenex* de una caja, pero Lorna le detuvo.

—No se preocupe, lo limpiaré yo.

—La máquina estaba apagada, de modo que tuve que preparar otra cafetera.

Lorna asintió con la cabeza y bebió un sorbo del espeso líquido.

—Me pidió un café solo, ¿no es así? —Holden se golpeó la frente con la palma de la mano—. Lo siento. Le traeré otro.

—No, está muy bueno —respondió ella bebiendo otro sorbo—. Aunque debo decir que creo que hemos dado con algo de lo que yo entiendo más que usted.

Él se encogió de hombros.

—En la cocina estoy perdido.

—Quizá pueda enseñarme cómo solicitar un crédito para montar un negocio y yo le enseñaré cómo preparar una taza de café decente.

—Hecho. —Holden bebió un trago de su café e hizo una mueca.

—¿Es su hijo? —preguntó Lorna, señalando la fotografía. De pronto confió en que no lo fuera.

Lorna estaba de suerte. Él negó con la cabeza.

—Es mi sobrino. No tengo hijos. Ni esposa.

¿Por qué se alegró Lorna de saberlo?

—Yo tampoco —respondió ella innecesariamente.

Holden se rió.

—Por fin tenemos algo en común. —Pero tan pronto como lo dijo pareció arrepentirse de haber introducido un tema personal, aunque no se trataba de algo de carácter íntimo—. Bien, ¿qué es ese negocio del que quería hablarme? ¿Está planeando montarlo o se trata de algo teórico?

—Estoy planeando montarlo.

—Ah —comentó Holden arqueando las cejas.

—Parece sorprendido.

—Lo estoy.

A Lorna le chocó que se mostrara tan franco. Holden ni siquiera trató de disimular su perplejidad.

—No trate de endulzármelo.

Holden se repantigó en su butaca y cruzó los brazos.

—Usted no es el tipo de mujer que le gusta que le endulcen las cosas.

Tenía razón.

—Salvo el chocolate —apostilló Lorna—. Vayamos al grano. Pongamos que quiero montar un negocio con otras personas y necesitamos un préstamo. ¿Qué debemos hacer?

—¿De qué tipo de negocio se trata?

—Importación. Por decirlo así. Importación y distribución.

—¿Por qué no me explica exactamente de qué se trata?

—De acuerdo, tengo una amiga que tiene una amiga muy poderosa, alguien cuyo nombre reconocería enseguida, pero que no puedo decírselo, y su sobrino es un diseñador de zapatos italianos. Un excelente diseñador. Y, créame, entiendo un rato largo de zapatos.

Holden asintió con expresión seria.

—La creo.

Por supuesto. Había visto todos los cargos en Ormond's, Nordstrom, Zappos, DSW y demás establecimientos.

—Bien, ese tipo confecciona unos zapatos maravillosos y nosotras queremos importarlos. Ser el único distribuidor.

De pronto ocurrió algo insólito. Holden Bennington III se echó a reír. Y al reírse estaba muy atractivo.

—De acuerdo, ¿tienen un plan de empresa?

—¿Aparte de lo que le he explicado?

—Algo formal. Una descripción por escrito del negocio que piensan montar, costos previstos, posibles beneficios y demás.

—Sí. Joss, una de mis… —Lorna dudó unos instantes— socias se ocupa de eso.

—Bien. ¿Han pensado en capitalistas de riesgo?

Los años que Lorna había pasado en la universidad no habían sido una total pérdida de tiempo.

—¿Se refiere a conseguir personas dispuestas a invertir?

—Sí. Muchos creen que eso significa dirigirse a grandes empresas establecidas para conseguir inversores, pero se equivocan. Las grandes empresas establecidas no necesitan invertir en pequeñas compañías que acaban de empezar. Tienen que hablar con nuevas compañías que haga entre tres y cinco años que se fundaron.

—¿Y olvidarnos de un préstamo bancario?

—No del todo. Pero los inversores les procurarán un valor líquido que hará que el proyecto resulte más atrayente a los bancos.

A Lorna empezaba a caerle bien Holden.

Éste prosiguió, explicándole entusiasmado los diversos y creativos medios que podían utilizar para obtener financiación y hallar inversores. Sugirió que un préstamo colateral podía ser el sistema más adecuado para financiar los costes iniciales si Lorna o alguna de sus socias poseían algo de valor, como una casa o un terreno. Resultó que los negocios eran la pasión de Holden, pero necesitaba un trabajo fijo, de modo que cuando el banco le había propuesto contratarlo, él no había podido rechazar la oferta.

Después de que hubiera transcurrido casi una hora, Holden miró su reloj y dijo:

—Vaya, tengo una reunión. —Luego miró a Lorna y le preguntó como si se sorprendiera de hacerle esa pregunta—: ¿Le apetece que cenemos juntos? Así podríamos seguir hablando del tema.

Lorna también se sorprendió de su propia respuesta.

—Encantada.

Regresó a casa caminando con más energía que nunca después de salir del banco.

Holden Bennington.

Había quedado para cenar con Holden Bennington. Parecía increíble. Claro que muchas de las cosas que le habían ocurrido de un tiempo a esta parte era bastante increíbles. Como por ejemplo la revelación de que Sandra era una operadora de una línea erótica. Lorna jamás lo habría adivinado.

Lo cual demuestra lo poco que uno sabe de la gente, por más que te consideres una experta en calar al personal después de trabajar durante años de camarera en un bar.

Más tarde, Lorna apenas recordaba la cena que habían tomado en Clyde's.

Lo que ocurrió después de la cena hizo que se le borrara de la mente.

Él la acompañó a casa y ella le ofreció una cerveza.

—Perfecto —dijo Holden—. Pero no te molestes, yo me la pondré. No es preciso que me la sirvas.

—No me importa —respondió Lorna, pensando en todas las cosas embarazosas que Holden vería en su frigorífico: bandejas con restos de comida china, tarta de mantequilla de cacahuetes en un envase para llevar de Jico, prácticamente todo tipo de quesos que se venden en el mercado y unas latas de refrescos dietéticos tan viejos que ostentaban el antiguo logotipo de la compañía.

Pero sus temores eran infundados, porque ambos se pusieron de pie simultáneamente y dieron un paso hacia la cocina, chocaron en el reducido espacio y —Lorna no se explicaba cómo había sucedido— se abrazaron y besaron tan apasionadamente que la cera se hubiera fundido en sus labios.

Holden tenía experiencia en el tema y supo hacer los gestos precisos para encender la pasión de Lorna hasta las cotas más altas en el menor tiempo posible.

Hacía dos semanas, ella jamás habría creído que llegaría a pensar siquiera en acostarse con Holden. Ahora no podía esperar un segundo más sin arrancarle la ropa.

Lo cual era una locura.

Lorna creía que había dejado de ser tan impulsiva.

Retrocedió y dijo con voz entrecortada:

—¿Qué estamos haciendo? Creo que deberíamos pensarlo un poco antes de seguir.

Holden emitió una breve risa y ella no pudo por menos de observar las arruguitas que se le formaban en las esquinas de sus maravillosos ojos azules al sonreír.

—He deseado hacer esto desde el momento en que te conocí —dijo besándola de nuevo.

—Pero… —Lorna se apartó. Piensa en las consecuencias, se dijo. Lo sensato era reflexionar antes de lanzarse.

—Calla —dijo Holden sonriendo, tras lo cual volvió a oprimir sus labios sobre los suyos, haciendo que Lorna sintiera como si se derritiera.

—Un momento —dijo ella apartándose de nuevo. Esto no estaba bien. Debía preguntar qué significaba para él, qué futuro les aguardaba. Si todo salía bien, ¿se comportaría Holden como esos tipos que dan a sus mujeres una cantidad mensual…?—. Da lo mismo —dijo, comprendiendo que no era el momento para ponerse a pensar en las consecuencias antes de lanzarse.

Ya habría tiempo para hacerlo más tarde.

Aparte de que el cliente abogado de Sandra insistía en llamar a ésta «Penelope», la conversación telefónica que Joss mantuvo con él fue muy positiva. El hombre le aseguró que, si sus patronos la obligaban a hacer cosas que no correspondían a una niñera, no tenía por qué seguir trabajando para ellos.

Sería un gesto de consideración por parte de Joss darles unos días para que se buscaran a otra niñera, o quedarse hasta que encontraran a una sustituta, pero no estaba obligada a hacerlo.

No obstante, Joss no las tenía todas consigo cuando fue a hablar con Deena Oliver para informarla de su decisión.

La mujer se estaba haciendo la manicura y viendo un programa de entrevistas vespertino en televisión.

—Señora Oliver. —Joss lamentó no ser más decidida, pero nunca había abandonado un empleo porque se sintiera a disgusto, sólo para estudiar en la universidad, y se sentía cohibida ante la perspectiva—. ¿Puedo hablar con usted un momento?

Deena Oliver siguió mirando unos instantes la televisión, tras lo cual se volvió hacia ella.

—Estoy viendo un programa.

—Ya, pero los niños no están aquí en estos momentos y necesito hablar con usted en privado.

Deena emitió un gigantesco suspiro, tomó el mando a distancia y detuvo la imagen. Luego se volvió de nuevo hacia Joss con una dureza increíble en sus ojos. La joven no comprendía cómo un ser humano podía sentirse justificado en hablarle a otro ser humano de esa forma.

—¿De qué se trata? —le preguntó su jefa suspirando de nuevo.

Joss observó que no le invitó a sentarse. Era lógico. Bien. Así le sería más fácil abandonar la habitación cuando hubiera terminado.

—Quiero hablar con usted sobre mi trabajo en esta casa.

—¿A qué te refieres? —preguntó Deena limándose las uñas con un ruido seco y chirriante—. Por más que te disculpes, no va a cambiar nada.

¿Disculpas?

—No… no estoy satisfecha con mi trabajo aquí. —No, eso sonaba mal. La palabra «satisfecha» no era la adecuada—. Me refiero a que…

Y dale con el ruidito chirriante.

—¿Así que no te sientes satisfecha? ¿Y por qué tendrías que sentirte satisfecha? —Deena meneó la cabeza, respondiendo a su pregunta—. Eres una niñera, no una superestrella.

Joss respiró hondo y replicó:

—Me refiero a que no… yo no… Quiero mucho a los niños, pero no creo que pueda seguir ayudándoles. Quizá nunca pude hacerlo. —Esto no era fácil, y la negativa de la señora Oliver a mirarla no hacía sino empeorar la situación—. De modo que me marcho.

Deena dejó de limarse las uñas. Alzó la vista para mirar a Joss consiguiendo dar la impresión de observarla con aires de superioridad.

—¿Que te marchas? Tienes un contrato de un año.

—Es cierto, tenemos un contrato. —Joss había ensayado esto repetidas veces en su habitación, pero en la vida real era mucho más duro—. Pero según las cláusulas, si una de las partes cree que la otra no cumple los términos del contrato, puede romperlo, y yo pienso que no hago el trabajo para el que me contrataron.

Deena dio un respingo.

—En eso estamos de acuerdo.

—Me refiero —dijo Joss, enojándose— a que creo que usted me pide que haga mucho más de lo que entraña el puesto de niñera. —Se produjo un tenso y vibrante silencio, de modo que Joss decidió continuar pese a todo—. Y por eso me marcho. Para que busque a otra persona más acorde con sus necesidades.

—Muy bien. —Deena arqueó una ceja—. Considero que nueve meses es un tiempo razonable para que encuentre a otra persona, puesto que era lo que tenía previsto.

—Es demasiado tiempo —respondió Joss—. Yo había pensado en darle un par de semanas.

—Dos semanas no me sirven —le espetó la mujer—. Yo te contraté, y te juro que te obligaré a quedarte y cumplir con tus obligaciones contractuales.

Joss negó con la cabeza.

—No puedo quedarme. Lo siento.

Después de escrutarla durante largo rato, Deena respondió:

—Lo dices en serio, ¿no es así? ¡Es increíble después de todo lo que hemos hecho por ti!

—¿Todo lo que han…?

Deena rompió a llorar como una histérica.

—Te hemos dado un hogar, te hemos confiado la vida de nuestros hijos, ¡y nos lo pagas así!

Joss quiso protestar, hacer hincapié en todos los trabajos adicionales que había hecho sin quejarse, todas las horas extras que había trabajado cuando no estaba de servicio, pero era inútil. Deena Oliver era el tipo de persona que está dispuesta a discutir hasta la muerte, por muy equivocada que esté.

Así que, en lugar de rebatir sus argumentos, señalar que era su marido quien se había dado el revolcón con el tipo escuálido semejante a Papá Noel y no ella, como Deena la había acusado, Joss se tragó su orgullo y dijo:

—Creo que si logra calmarse y analizarlo comprenderá algunas de las razones por las que no puedo quedarme. —Había expuesto su argumento, y confiaba en que Deena captara el mensaje, pero no pudo por menos de suavizarlo añadiendo—: Lo siento.

—Lo sientes —repitió la mujer.

—Sí —respondió Joss sinceramente—. Y si pudiera seguir viendo a los niños y mantener cierto contacto con ellos, sería estupendo…

—Quieres ver a los niños. —Deena se echó a reír—. No quieres cuidarlos, pero quieres aparecer de vez en cuando en sus vidas y fingir que has causado un impacto en ellos. —Emitió una carcajada seca y amarga—. No creo que sea posible.

—Por favor, no diga eso, señora Oliver. Esto no es un asunto personal entre usted, el señor Oliver y yo. Francamente, los niños tienen que saber que alguien se preocupa por ellos y no tienen la culpa de nada de esto.

—¿Nada de qué? —preguntó Deena incrédula—. Estás decidida a marcharte, pese a que tienes un contrato, ¿y quieres convertirlo en un gigantesco problema que todos compartimos?

Joss tuvo que morderse la lengua para no decir las cosas desagradables que Deena merecía oír, sobre su vida, su marido y la endeble fachada de perfección que creía que constituía su vida.

—Quiero que los niños sepan que les quiero —dijo Joss—. Creo que es importante que lo sepan.

—No conviertas esto en un problema personal —replicó Deena, con un tono de puro odio.

—¡No lo hago! —protestó Joss—. ¿No comprende que sería más fácil para mi cortar todo vínculo con ustedes y largarme? Si no quisiera sinceramente a sus hijos y deseara lo mejor para ellos, no le pediría que me dejara verlos de vez en cuando.

—¿O sea que te crees superior a los demás? —preguntó Deena dándose unos aires a lo reina de Saba.

—Creo que quienquiera que les haya cuidado debería permanecer en sus vidas, al menos en la periferia, para que los niños no crean que esa persona se ha marchado por culpa de ellos. —Joss estaba indignada—. No se trata de mí, pero tampoco se trata de usted. O no debería tratarse de usted.

—Vete —dijo Deena indicando con un ademán que se retirara—. Voy a llamar a mi marido para decirle que debemos sustituirte de inmediato. Muchas gracias, Jocelyn, muchas gracias.

Joss tragó saliva. No estaba acostumbrada a estas escenas.

—Mire, creo que deberíamos anteponer el bien de los niños, de modo que si voy a recogerlos…

—¡Te he dicho que te vayas! —gritó Deena—. Ahora mismo, o llamaré a la policía. Te juro que lo haré. —Clavó sus ojos en Joss—. Recoge tus cosas y lárgate. No quiero volver a verte.

—Pero… ¿hoy?

—¡Ahora!

Mierda, pensó Joss. ¿Adónde podía ir? ¿Qué iba a hacer? ¿Qué más daba? Cualquier sitio sería mejor que ése.

—Te doy una hora —prosiguió Deena—. Lo que te dejes irá destinado a una obra de beneficencia. O mejor aún, al cubo de basura.

Sólo a Deena Oliver podía ocurrírsele que el cubo de basura era un lugar preferible para la ropa de Joss que una obra de beneficencia. Se sintió tentada de decir lo incapacitada que estaba para satisfacer las necesidades de su marido.

Pero aunque estaba que echaba chispas, Joss fue incapaz de articular esas palabras.

Sintió que se le formaba un nudo en la garganta. Esto era muy desagradable, porque esa mujer era la madre de dos niños a los que ella había cuidado, y Joss sentía un gran cariño por uno de ellos.

—¿Puedo al menos despedirme de los niños? No quiero que crean que los he abandonado.

—Te sigues considerando la protagonista de esta historia, ¿no es así? —le espetó Deena.

—No, quiero que sepan que les quiero. Por su bien. —Joss observó la grotesca expresión de desprecio en el rostro de la mujer y pensó que si las distinguidas amistades de Deena pudieran verla ahora no tendrían muy buena opinión de ella—. Es importante que sepan que las personas que hay en su vida les quieren y se preocupaban de ellos, y me gustaría que supieran que yo les quiero, aunque me marche. —Joss detestaba implorar a Deena que le concediera algo más de tiempo en la casa, pero era importante para ella—. Se lo ruego, señora Oliver.

Deena se levantó con los dedos de los pies separados por unas pequeñas cuñas de gomaespuma de color rosa vivo, y se acercó caminando torpemente a Joss. Era más baja que ella, pero su presencia era imponente.

—Escucha, bonita, te he dicho que abandones esta casa. Si no te has ido dentro de una hora, llamaré a la policía. ¿Está claro?

—Muy claro. —Joss asintió con la cabeza y tragó saliva para eliminar el nudo que tenía en la garganta. No estaba dispuesta a mostrar a la señora Oliver ni un ápice más de la emoción que sentía en esos momentos.

Dio media vuelta y salió de la habitación con tanta calma y dignidad como pudo. En cuanto se alejó de la vista de la señora Oliver, subió apresuradamente a su habitación para llamar a Sandra y pedirle que fuera a recogerla y le dejara dormir en su casa durante un par de noches.

Joss tardó muy poco en recoger todas sus cosas. Confiando en que a Deena no le picara la curiosidad y fuera a ver qué hacía, Joss se dirigió al cuarto del ordenador y lo encendió.

Tecleando con rapidez y sintiéndose nerviosa cada vez más, escribió una nota dirigida a los niños:

Queridos Colin y Bart:

Cuando recibáis esta nota ya me habré marchado, y no sé qué os dirá vuestra madre sobre los motivos que me han inducido a irme. Por eso os escribo esta nota, porque quiero que sepáis que, aunque no puedo seguir trabajando aquí, no me marcho por culpa vuestra. Sois unos chicos estupendos, y me cuesta abandonaros porque os quiero mucho.

Colin, sé que no siempre te alegrabas de que yo estuviera aquí, pero espero que leas esta nota a Bart y le digas que es muy especial para mí y lo feliz que he sido cuidando también de él.

Si alguna vez necesitáis algo, o estáis en un apuro, o simplemente queréis hablar con alguien, anotad el número de mi móvil. Es el 240-555-3432. También podéis enviarme un correo electrónico a esta dirección: Zapatosnuevos@gregslist.biz.

Cuidaos mucho, chicos. ¡Nunca os olvidaré!

Os quiero,

Joss

Hizo clic en el botón de ENVIAR y bajó apresuradamente la escalera, confiando en escapar sin tener que volver a encontrarse con Deena.

Pero estaba equivocada.

—¡Espera! —gritó su jefa. Estaba a pocos pasos de la puerta principal. Aún iba descalza, pero se había quitado las cuñas de gomaespuma de entre los dedos de los pies.

—He hecho el equipaje —respondió Joss alzando su bolsa—. No

tendrá que seguir soportando mi presencia —añadió dirigiéndose hacia la puerta, pero Deena le interceptó el paso.

Joss sintió que el temor hacía presa en ella. Por su mente desfilaron en rápida secuencia unas escenas de unas malas películas de horror.

—¿Quieres un aumento? —inquirió Deena.

Teniendo en cuenta que Joss había temido que sacara un cuchillo y la cosiera a puñaladas, le llevó unos instantes asimilar esa pregunta.

—¿Un aumento? ¿A qué se refiere?

—Me refiero a si quieres más dinero. ¿Por eso has montado este follón?

—Lo siento, pero no comprendo. ¿A qué follón se refiere?

—Tu forma de despedirte. No pensarás marcharte, ¿verdad?

Deena le había mostrado sus cartas. Joss miró la bolsa que sostenía en la mano.

—Sí, me marcho.

—Te aumentaré el sueldo en un diez por ciento.

—¿Qué?

—De acuerdo, un veinte por ciento. Aparte —los ojos de Deena centelleaban exageradamente mientras trataba de hallar una solución— te daré una paga por vacaciones. Muy sustanciosa.

—Eso es muy… generoso por su parte. —Y extraño. Más que extraño, demencial—. Pero no puede ser.

Deena cambió el peso a la otra pierna, presentando el aspecto de una adolescente enrabietada.

—¿Qué quieres, que te suplique?

Esto era surrealista.

—No.

—Bien. Te pido por favor que no te vayas. ¿Satisfecha?

—Señora Oliver, no quiero que me suplique. No daría resultado.

Deena palideció. Parecía como si por fin cayera en la cuenta de que todo lo que había dicho Joss era verdad y que estaba decidida a marcharse.

Sólo una persona como Deena consideraría el hecho de despedirse como un método válido para conseguir un aumento de sueldo.

—No puedo hacerlo sola —dijo la mujer en voz tan baja que era casi inaudible—. No puedo ocuparme de los niños.

Joss sintió remordimientos, y durante unos instantes pensó en quedarse para proteger a Colin y Bart de esa desquiciada. Pero no podía. Era imposible protegerlos de Deena. O de Kurt.

—Son buenos chicos —dijo Joss—. Sobre todo Bart. Colin necesita algo más de disciplina. —Por decirlo suavemente—. Pero ambos tienen muchas cualidades.

—¡No puedo hacerlo! —exclamó Deena con un tono rayano en la histeria—. ¡No te marches! ¡Eres la única persona que ha permanecido más de tres semanas! Creí que nos entendíamos bien.

—Lo siento —respondió Joss sintiéndose cada vez más incómoda—. No daría resultado.

—¡Te aumentaré el sueldo en un cincuenta por ciento!

—No, gracias —contestó ella. Tenía que salir de allí. Esto era demencial—. Debo irme, señora Oliver…

—¡No sé qué hacer con los niños! ¡Espera!

Pero Joss no estaba dispuesta a esperar. Se volvió y salió apresuradamente de la casa, escuchando la voz de Deena a sus espaldas:

—¡No te vayas, Joss!

.

—Esta noche tengo una cita —dijo Sandra, sacando una de las maletas de Joss del maletero del coche—. Pero puedo cancelarla si quieres que me quede contigo.

—¡No seas boba! —Joss le estaba tan agradecida que había estado a punto de romper llorar en tres ocasiones durante el trayecto a Adams Morgan—. Estaré perfectamente. Llamaré a la agencia para preguntarles si saben de otras personas con quienes pueda entrevistarme. Mucha gente quiere que empieces enseguida.

Subieron los escalones del edificio de Sandra portando entre ambas el equipaje de Joss y un hombre que salía en aquellos momentos de la puerta se acercó apresuradamente a Sandra y tomó la maleta de sus manos.

—Deja que te ayude, Sandy. —Era un hombre atractivo. Que rondaba los treinta años. Algo bajo de estatura, con el pelo castaño peinado con raya a un lado y unos ojos grandes y azules que hacían que su rostro se saliera de lo común. Miró a Sandra como si fuera una diosa.

—Gracias, Carl, pero no te molestes. Por cierto —añadió Sandra señalando a Joss—, ésta es mi amiga Joss. Va a alojarse en mi casa unos días.

—Encantado de conocerte —dijo el tipo extendiendo una mano cálida y suave—. Carl Abramson. Soy el vecino del piso de arriba.

—Un placer conocerte —respondió Joss mirando a Sandra en busca de alguna indicación que demostrara que también estaba interesada en ese tipo, pero su amiga mostraba una total indiferencia—. Espero que nos veamos.

Carl asintió con la cabeza.

—¿Necesitáis ayuda, chicas?

Sandra negó con la cabeza.

—Podemos arreglárnoslas. Pero gracias.

—Esto… Oye, mira, Sandy. —Carl se acercó a ella y habló en voz baja. Parecía tan turbado que casi se puso a restregar el suelo con los pies—. Me pregunto si te apetece que vayamos al cine este fin de semana.

Sandra lo miró sorprendida.

—Es muy amable de tu parte, Carl. Me encantaría…. —Durante unos momentos Carl mostró una expresión esperanzada—, pero mi novio quizá se ponga celoso. Lo siento.

—No te preocupes. No pasa nada. Lo he intentado. Debí imaginarme que tenías novio.

Sandra se sonrojó al tiempo que sonreía.

—Gracias, Carl.

Él le dirigió una última mirada de adoración y echó a andar por la cera.

—Caray —murmuró Joss—. Está colado por ti.

—¿Tú crees? —preguntó Sandra observando a Carl alejarse—. Es curioso, cuando se mudó a este edificio, hace unos meses, me sentí atraída por él, pero nunca tuve valor para dirigirle la palabra. Ahora que ya no me importa, se para continuamente para hablarme.

—Pobre hombre. Parecía destrozado.

—Lo dudo —contestó Sandra con un respingo—. Anda, subamos.

Cuando llegaron a la puerta de su apartamento, Sandra se volvió hacia Joss y dijo:

—Se me ha ocurrido una cosa. Disculpa si te parece una impertinencia, pero quizá no te convenga seguir trabajando de niñera a tiempo completo.

Joss se rió.

—Tienes razón. Y no es ninguna impertinencia. Pero es el único trabajo que en estos momentos puede darme alojamiento, comida y un sueldo.

Sandra frunció el ceño.

—A mí me sobra una habitación. Si quieres buscarte otro trabajo, puedes quedarte en mi casa tanto tiempo como necesites.

Joss se sintió conmovida.

—Caray, te lo agradezco, pero no quiero ser una molestia.

—En realidad, será agradable convivir con alguien. Llevo mucho tiempo sola en esta cueva —dijo Sandra riendo—. Para colmo, me interesa tenerte ceca para que te ocupes de ciertos aspectos del negocio de los zapatos. Necesitamos poder echar mano de ti. Eres la única que sabe diseñar una página web.

Joss sintió que se ruborizaba.

—Me gustaría seguir con eso. Es la oportunidad de mi vida.

—Entonces está decidido. Te quedas aquí. Quizá consigas un trabajo a tiempo parcial diseñando páginas web, pero el resto de tu tiempo es nuestro. —Sandra extendió una mano—. ¿Trato hecho?

Joss nunca se había sentido tan feliz.

—Trato hecho —respondió estrechándole la mano.

—Y ahora debo irme —dijo Sandra—. Llegó tarde. Deséame suerte. Creo que esta noche quizá sea «la noche» para Mike y para mí.

«¿La noche?» ¡Jobar!

—No quiero molestar —dijo Joss—. Puedo salir, ir a casa de Lorna cuando regrese del trabajo…

Sandra alzó una mano.

—No te preocupes. Mike tiene un apartamento. Anda, deséame suerte.

Joss no quería causar ningún trastorno a Sandra, pero no iba a ponerse a discutir.

—¡Suerte!

—Esta noche vendrá Debbie —dijo Mike, observando a Sandra mientras se tomaban unas copas en el Zebra Room.

Cada vez que se veían Mike mencionaba a Debbie. Esta noche no había esperado ni tres minutos. ¿Acaso trataba de insinuar algo a Sandra? Ésta decidió preguntárselo. La vieja Sandra no se habría atrevido, pero la nueva Sandra había perdido su timidez. Sin rodeos.

Segura de sí. Más o menos.

—Mike, hace tiempo que quiero hacerte una pregunta.

—¿Sobre Debbie? —Su expresión indicaba que Mike imaginaba lo que Sandra iba a preguntarle. Como si lo estuviera esperando.

—Sí. He observado que nunca desaprovechas la ocasión para mencionarla. ¿Es que tratas de decirme algo?

Mike la miró con perplejidad.

—No… no sé a qué te refieres.

Segura de sí.

Directa.

Sin rodeos.

—¿Estáis liados Debbie y tú?

—¿Que si estamos…? —Mike parecía como si no hubiera visto el último escalón—. ¿A qué te refieres?

—¿Es tu chica? ¿Por eso no dejas de hablar de ella?

El rostro de Mike asumió una expresión pétrea.

—No…, Debbie no es mi chica. —Luego, y eso fue lo peor, añadió con voz tranquilizadora—: Pensé que harías buenas migas con ella.

—¿Yo?

Como una víctima del *Titanic* que trata de aferrarse a los últimos centímetros de barco que quedan antes de ceder a la realidad de las gélidas aguas, Sandra se preguntó si Mike era uno de esos tipos a los que les gusta ver a su novia con otra mujer.

Pero en el fondo sabía que no.

Mike era uno de esos tipos que no quería que su «novio» estuviera con otra mujer.

Sandra era una optimista —incluso estúpidamente optimista—, pero no era una imbécil integral.

—No eres gay —dijo Mike sonrojándose.

—Y tú sí.

Él asintió y se cubrió la cara con las manos, gimiendo:

—Lo siento mucho, Sandy.

—¿Por quién me habías tomado? —El desengaño de Sandra movió su rollizo culete para dejar paso al autodesprecio—. ¿Tan poco apetecible les parezco a los hombres?

—¡No, claro que no! En absoluto, y aunque así fuera —añadió Mike—, eso no significaría que atrajeras a las lesbianas.

Había algo irritante en Mike, y en esos momentos Sandra no tuvo inconveniente en reconocerlo. Detestaba la forma en que siempre se afanaba en mostrarse políticamente correcto en todo. Nunca podía aceptar una generalización.

—Pero no se trata de eso —se apresuró a añadir Mike, recobrando al menos unos puntos en materia de sensibilidad.

—No, se trata de que yo creí que salías conmigo porque te gustaba y lo que pretendías era emparejarme con una mujer. —Sandra se sorbió los mocos—. Que ni siquiera es atractiva.

—Margo cree que sí lo es.

—¿Margo? ¿Margo es la novia de Debbie?

—No. Margo es… Margo es mi novia.

—Pero creí…

—Antes de llamaba Mark.

Sandra miró a Mike en silencio durante unos momentos, tratando de recordar si había engullido por error una píldora que dijera CÓME-ME, la cual la había conducido a ese mundo surrealista.

Pero aunque hubiera hallado una de las píldoras que decían CÓME-ME de *Alicia en el País de las Maravillas*, Sandra no habría sabido a quién se dirigía o lo que significaba…

—Vale, ya lo entiendo. —Lo cual no era verdad—. Dices que Debbie es lesbiana…

—Correcto.

—… y que tú eres gay.

—Indudablemente.

—Y Margo era antes un tío gay, pero ahora es una mujer heterosexual, y está contigo. Aunque técnicamente ahora es una mujer y tú eres un hombre.

—Sí… —Mike asintió con la cabeza—. Supongo que podrías enfocarlo de ese modo. Aunque, en realidad, lo he hecho para cambiar, confiando en que mi madre acepte la situación. Pero lo cierto es que prefiero a los hombres más machos.

—Yo también —replicó Sandra. ¡Dios, era increíble! Pero no quería ofender a Mike. A fin de cuentas, no tenía la culpa de que ella se hubiera empeñado en no ver la realidad. Sandra extendió los brazos y se encogió de hombros—: Lo siento, sólo trataba de aclararme.

Mike reprimió una sonrisa.

—Lo veo difícil con esta tropa.

Por más que Sandra trató de resistirse, no pudo por menos de sonreír también.

—De acuerdo, pero lo que no comprendo es cómo pudiste equivocarte de ese modo conmigo. Pensé que tú y yo…

Mike alzó una mano.

—Lo sé, lo sé, y me siento fatal. ¿Qué puedo decir? Tenía el radar para detectar a gente gay desconectado. Creo que cuando dijiste, hace años, que salías con chicas, supuse que era porque te gustaban. Me basé en una suposición de hace quince años, en lugar de analizar lo que tenía frente a mí.

—¿Cuándo yo dije… qué?

Sandra no daba crédito a sus oídos. ¿La había confundido Mike con otra persona? Encima de no estar enamorado de ella —ni siquiera estaba interesado en que le hiciera una mamada—, ¿acaso la había confundido con LeeLee McCulsky?

—Dijiste que estabas harta de los hombres y que habías decidido probar durante un tiempo con las mujeres.

Sandra lo miró estupefacta.

—¿De qué diablos estás hablando, Mike?

—¿No recuerdas un día después de la clase de gimnasia? ¿Cuando íbamos a tercero de secundaria? O quizá fuera a cuarto. Tú confiabas en que Drew Terragno te pidiera que salieras con él, y en vista de que no lo hizo, dijiste que procurarías camelarte a Patty Reed.

Sandra se acordaba de Drew Terragno. Es verdad que había estado enamorada de él. Hacía un millón de años.

Trató de reunir los datos en su mente.

—Drew salía en aquel entonces con Patty, ¿no es así?

—Sí.

—Y yo dije... —De pronto Sandra lo recordó todo, aunque no recordaba que Mike estuviera presente—. Yo dije que trataría de camelarme a Patty...

—Exacto.

—... pero para acercarme a Drew.

Era preciso reconocer que Mike escuchaba con gran atención tratando de comprender. Al cabo de unos instantes asintió con la cabeza. Lo había captado.

—O sea que fue un sarcasmo —dijo.

—Más o menos.

—Y yo que pensaba que tú y yo teníamos mucho en común.

—Por lo visto no lo bastante como para salir juntos.

Él soltó una carcajada y la rodeó con un brazo.

—No tenía ni idea de que era eso lo que deseabas. Me siento halagado.

Sandra se rió para restarle importancia.

—No, de veras —dijo Mike poniéndose serio—. Cualquier tío se sentiría afortunado de salir con una chica como tú.

—A menos que quisiera un tío como Margo —apostilló Sandra, arrepintiéndose enseguida de ese comentario tan amargo.

Por suerte, Mike la comprendió. Tal como, según había creído Sandra, la comprendía siempre.

Pero no la deseaba.

—Si no deseara a Margo, si no deseara a un tío como Margo, desearía a una chica como tú. —Mike lo dijo de buena fe, alzando la mano para acariciarle el pelo—. De veras.

Por alguna razón, eso animó a Sandra. No es que la compensara por el desengaño que se había llevado, pero la hizo sentirse mejor. Quizá porque demostraba que Mike no la había rechazado porque era Sandra, sino por una cuestión suya personal, y el hecho de que Mike deseaba algo que ella nunca podría darle.

Sandra había pasado mucho tiempo con la autoestima por los suelos, pero era lo bastante inteligente como para ser realista. Si el Mike heterosexual la rechazaba, había un millón de razones que ella podía esgrimir a modo de explicación.

Pero si el Mike gay la rechazaba…, sólo existía una explicación.

—Vale —dijo Sandra golpeándose los muslos con las palmas de las manos, como diciendo «sigamos». De modo que sales con Margo y no con Debbie. ¿Hay algo más que yo deba saber?

Él asintió con la cabeza.

—Debbie ha vuelto con Tiger —dijo muy serio.

De no haberse puesto tan serio, Sandra habría soltado una carcajada. Pero se clavó disimuladamente las uñas en las palmas y preguntó:

—¿Tiger?

Él asintió con la cabeza.

—La ex novia de Debbie. Precisamente te quería hablar de eso. Vuelven a estar juntas.

Así que… Debbie tampoco estaba disponible.

No cabía duda de que Sandra era una perdedora.

—Un momento —dijo—. A ver si lo entiendo. No sólo tratabas de emparejarme con una mujer, sino que esta noche te proponías poner fin a esa relación imaginaria porque Debbie está saliendo con otra persona.

Era increíble. Sandra había recibido numerosos golpes en la vida —como la vez en que había chocado con un tipo vestido como un mejicano que había destrozado el parabrisas de su flamante Volkswagen Escarabajo cuando ella salía del aparcamiento— pero esto era el colmo.

De modo que Sandra había sido rechazada por una mujer con la que nunca había salido y por un hombre con el que deseaba salir, pero que resultaba ser gay.

Mike asintió con la cabeza en un gesto de lo más atractivo, humilde y definitivamente homosexual.

—Me temo que sí.

Y hasta que no se lo dijo, Sandra no había estado convencida de ello. Como una idiota, había seguido confiando en que su intuición se equivocara de medio a medio.

—Oye, mira —dijo Mike—, todos estamos tratando de vivir, amar, reír y follar de vez en cuando. Es la única forma de seguir adelante.

Capítulo 22

—¿Así que pretendía emparejarte con una lesbiana? —preguntó Lorna, tratando de resumir la increíble historia que Sandra les había contado.

—Sí. Exactamente. ¿Tengo que enjuagarme ya el pelo?

Helene consultó su reloj.

—Faltan cinco minutos. Sigo pensando que debiste ir a ver a Denise.

Sandra meneó la cabeza.

—En cuanto comprendí que parecía una lesbiana con el pelo verde, decidí no pasar un minuto más en público. Además, han transcurrido varias semanas. No creo que ocurra nada malo. En todo caso, lo peor que puede pasarme es que me tenga que cortar el pelo al cero. Al menos no será de color verde.

—Pero ¿no tenías ni la más remota idea de que Mike era gay? —preguntó Lorna.

—Bien pensado, supongo que hubo algunos signos que eran bastante obvios. Como el hecho de depilarse las cejas. Y exfoliarse la piel. —Sandra suspiró—. Y que viéramos juntos tres veces *Orgullo y prejuicio*.

Lorna arqueó una ceja.

—¿Con Colin Firth, Matthew Macfadyen o Laurence Olivier?

—Con Firth.

Lorna aspiró aire a través de sus dientes delanteros.

—Eso es un síntoma clarísimo. Los hombres con buen gusto en materia de otros hombres siempre es un síntoma clarísimo.

—Anímate —dijo Joss—. Al menos tienes a Carl.

Sandra se sonrojó.

—Aunque cabe preguntarse qué clase de tío se sentiría atraído por una lesbiana con el pelo verde.

—¡Tú no eres así! —protestó Joss—. Dentro de diez minutos tu pelo volverá a ser de color castaño otoñal.

Se produjo un silencio expectante en la habitación.

—Y no eres lesbiana —añadió Joss riéndose.

—Francamente —dijo Helene observando a Sandra—, das la impresión de habértelo tomado con filosofía. Yo me habría sentido devastada por la experiencia. Como prácticamente cualquier persona.

Sandra asintió con la cabeza.

—Ya. No sé qué me ocurre. Es como si... Al principio me sentó como un tiro. Cuando averiguas que al tipo por el que bebes los vientos no le interesas, te llevas un chasco de órdago; pero a Mike no le interesa ninguna mujer, lo cual mitiga un poco el golpe.

—Eso es verdad —dijo Lorna—. No puedes preguntarte qué pudiste haber hecho porque, aparte de ponerte un pene, no puedes hacer nada al respecto.

—Exacto. —Sandra asintió entusiásticamente—. Esta vez estoy convencida de que no es nada personal. Pero al mismo tiempo, no sé..., he cambiado. Han cambiado tantas cosas en mi vida recientemente, para mejor, que empiezo a pensar que es cierto que en ocasiones las cosas se resuelven solas.

—Lo cual nos lleva a ese tal Carl —dijo Lorna—. ¿Quién es? ¿Acaso nos ocultas algo?

—Nos lo ha ocultado durante todo el tiempo —saltó Joss muy excitada—. Carl vive arriba, es muy atractivo y está loco por Sandra. Se ve en sus ojos.

—¿Te ha pedido que salgas con él? —preguntó Helene. Al observar los cambios que se habían operado en la vida de Sandra y la seguridad que había adquirido en sí misma, Helene empezaba a creer también en el destino. Por lo que ansiaba oír más buenas noticias.

—Se lo pidió el otro día —dijo Joss.

Sandra le dirigió una mirada divertida.

—¿Vas a dejarme hablar?

—Lo siento. —Joss sonrió y añadió bajando la voz—: Pero os aseguro que es muy atractivo.

—De modo que el otro día te pidió que salieras con él —dijo Lorna arqueando una ceja.

Sandra dirigió a Joss una mirada para silenciarla y respondió:

—Me pidió que saliera con él y le dije que no porque no quería que mi novio gay se pusiera celoso.

—Vaya —comentó Lorna chasqueando la lengua—. Qué mala pata.

—Cierto —convino Sandra.

—Dile que cometiste un error —sugirió Helene—. Dile que has estado pensando en él y que te gustaría conocerlo más a fondo.

Sandra la miró con gesto de admiración.

—Qué buena idea. Una idea genial.

—¡Hazlo! —exclamó Lorna—. Al cuerno con tu novio gay.

—Amén. A propósito, quiero enseñaros una cosa. —Helene tomó su bolso y se puso a rebuscar en él.

—Parece el bolso de Mary Poppins —comento Sandra—. ¿Vas a sacar una linterna?

—Mejor que una linterna.

Helene les mostró la fotografía de un hombre moreno. Su estructura ósea parecía tallada en mármol y tenía los ojos castaños y la mirada sensual de los italianos más afortunados. Era guapísimo. Imponente.

—Éste —dijo Helene con tono triunfal— es Phillipe Carfagni.

Las otras tres emitieron una exclamación de admiración simultánea.

En esto sonó un timbre.

—Ha llegado el momento de enjuagarte el pelo —dijo Lorna a Sandra sin apartar la vista de la fotografía.

—De acuerdo. —Se levantó apretándose el cinturón del albornoz mientras sorteaba a Joss—. Cuando volváis a verme tendré el pelo… —¿de qué color?— más o menos castaño.

—Déjame ver esa foto —dijo Lorna, y Helene se la entregó—. ¿Sabes lo que debemos hacer?

Helene asintió con la cabeza.

—Hacer que el público lo conozca. Estoy en ello. La semana que viene los Willard dan una cena para un montón de gente. Siempre atrae a estrellas de cine, lo cual atrae a la prensa, y voy a tratar de que asista Phillipe.

—Deberíamos emitir un comunicado de prensa, o inventarnos una historia interesante... —Lorna se detuvo. De pronto se le ocurrió una idea. Una idea genial—. Un momento. No hay nada que le guste más a la gente que un sabroso cotilleo, ¿no es así?

Helene frunció el ceño.

—¿Adónde quieres ir a parar?

—Podríamos filtrar una historia anónima al *City Paper*. No es el *Post*, pero no está mal.

Helene palideció.

—¿Una historia anónima sobre qué?

Durante unos momentos Lorna no comprendió que había disgustado a Helene, pero luego se acordó.

—Nada referente a ti —dijo para tranquilizarla—. Me refiero a Phillipe. Podríamos decir, por ejemplo: «¿Qué apuesto diseñador de zapatos se rumorea que va a venir a la ciudad para asistir a un importante evento...?» Algo por el estilo. Procuraremos que tenga más impacto, pero en esa línea.

—A mí me gusta —dijo Joss.

—Pero ¿cómo conseguirás que alguien lo escriba?

Lorna soltó una carcajada.

—¿Has leído esa columna? A veces tienen que recurrir a un artículo sobre los perros de los políticos. Estarán encantados de poder escribir un cotilleo interesante. —En caso necesario, Lorna estaba dispuesta a inventarse lo que fuera.

—Así que quieres convertirlo en una figura romántica —dijo Helene.

Lorna señaló la fotografía de Phillipe.

—¿Qué otra cosa puede ser? Es Romeo. Y ahí —añadió volviéndose hacia Joss— es cuando entras tú en escena.

—¿Yo? —preguntó la joven llevándose una mano al pecho—. ¿Quieres que vaya a recogerlo al aeropuerto?

—No sería mala idea —respondió Helene riendo—. Pero lo que queremos es que cenes con él.

—¿Me estáis tomando el pelo? ¿Yo?

Lorna y Helene se miraron.

—¿Qué ocurre, Cenicienta? —preguntó Lorna—. ¿No te apetece salir con el Príncipe Encantador?

Joss contempló la fotografía de ese dios viviente.

—Es imposible que yo salga con un tipo así. Me derretiría. Os lo aseguro. Las piernas no me sostendrían y tropezaría con mis zapatos baratos. —Meneó la cabeza—. Ni hablar.

—Serías perfecta —dijo Helene. Luego se volvió hacia Lorna—: ¿No estás de acuerdo?

Lorna asintió convencida.

—Haréis una pareja estupenda. Los fotógrafos se volverán locos.

Joss se puso colorada como un tomate.

—¡Fotógrafos! Pero ¿os habéis fijado en mí? Dejad que os enseñe la foto de mi carné de conducir.

—No te molestes, les pagan para que todos salgamos fatal —respondió Helene sacando su móvil—. Voy a concertarte una cita urgente con Denise. Cuanto antes aparezcas ante la gente como nuestra portavoz, mejor. Luego, cuando se presente Phillipe… —Helene chasqueó los dedos—. Pura magia.

En efecto, fue pura magia.

En cuanto vio a Phillipe Carfagni, Joss sintió algo que no había sentido jamás.

Pura lujuria.

Estaba en la terminal principal del aeropuerto de Dulles, sosteniendo un letrero con el nombre de Phillipe y un dibujo enorme de un zapato —un toque en el que había insistido Lorna—, buscando su rostro entre la multitud.

Cuando él apareció, Joss comprendió que era absurdo esforzarse en localizarlo. Era como buscar la luna en un cielo estrellado. Era aún más guapo en persona que en fotografía, y la gente se apartó un poco a su alrededor, quizá para verlo mejor.

Cuando Phillipe localizó a Joss, sonrió y se acercó a ella emitiendo una risa melódica y cascabelera.

—Ese zapato... —dijo con un marcado acento incluso al decir esas dos breves palabras—. Bonito. Muy bien.

Ella le devolvió la sonrisa.

—Me alegro de que te guste.

—Tú eres... Jocelyn, ¿no?

La forma en que Phillipe pronunció su nombre hizo que Joss sintiera un cosquilleo en todo el cuerpo.

—Sí. ¿Y tú eres Phillipe?

Él sonrió. Una sonrisa deslumbrante. Mareante. A Joss le pareció oír una música exquisita.

—Phillipe Carfagni —dijo tomando la mano de Joss y acercándosela a los labios sin apartar los ojos de los suyos. Luego retrocedió un paso y la miró de arriba abajo, deteniéndose, como es natural, en sus pies—. Tienes un treinta y ocho, ¿no?

Ella se sonrojó.

—No. Dos —Joss adelantó un pie, turbada, y alzó dos dedos—. Dos.

Phillipe volvió a sonreír y se pasó una mano por ese pelo negro y lustroso que le rozaba el cuello de la camisa.

—No, no, *cara mia... misura* —dijo levantando un pie y dándose un golpecito en el zapato.

—¿*Misura*? —preguntó ella con comprender.

—*Scarpa* —respondió Phillipe sosteniendo las manos como si le indicara el tamaño de un pez que había capturado—. El número.

—¡Ah, el número! La talla. —Joss se quitó un zapato y señaló el número seis grabado en la suela—. La talla. Seis. No treinta y nueve.

Cielo santo, ¿qué tamaño tendría un pie del treinta y nueve? Era imposible que Phillipe creyera que ésa era su talla. Le estaba gastando una broma. Una broma un tanto extraña.

Pero ¿qué más daba? Era guapísimo.

Él frunció el ceño, haciendo que se formara una pequeña hendidura en una frente por lo demás perfecta, y se encogió de hombros.

—No importa —dijo Joss—. Los zapatos buenos nunca me quedan bien.

—¿No te... quedan bien? —repitió Phillipe, meneando la cabeza perplejo.

Ella asintió e hizo el gesto del pescado, aumentándolo.

—Demasiado grandes. —Luego recordó el español que había aprendido en secundaria y confió en que fuera lo bastante aproximado al italiano—. Enormes —dijo haciendo una mueca y meneando la cabeza.

—¿Enormes? —preguntó Phillipe riendo—. No, *bella*, mis zapatos, para ti, *perfezione* —declaró besándose las yemas de los dedos.

Eso Joss lo comprendió enseguida.

Y el cuento de hadas había comenzado con buen pie. Cuando el zapato te encaja, encuentras al Príncipe Encantador.

Sólo que en el caso de Joss, tenía que encontrar al Príncipe Encantador para que el zapato encajara.

Tras una larga mañana, Helene regresó a la ciudad a la hora de comer. Tantas emociones, tantas preguntas, tantos asuntos de negocios... Estaba hecha polvo.

Probablemente debió irse a casa y acostarse un rato, pero decidió pasarse antes por el despacho de Jim y explicarle exactamente cuál era la situación. Si él estaba enterado de lo que se proponía Helene, en lo referente al negocio de los zapatos, y ella estaba enterada de lo que se proponía Jim, en lo referente a la política, quizá pudieran colaborar para crear una fachada lo suficientemente sólida como para seguir engañando a todo el mundo durante un tiempo.

No era lo que ella quería, pero ahora tenía que pensar en el niño y quizá fuera mejor para él tener algo parecido a un padre y una madre durante sus primeros años que criarse en un hogar sólo con una madre.

Eso era en lo que pensaba Helene antes de entrar en el despacho de Jim. En la fachada. De momento, era suficiente.

Pero cuando llegó a su oficina, comprobó que el despacho de la entrada estaba desierto. Cualquiera podía haber entrado, haber depositado un puñado de ántrax en la mesa y haberse marcharse tranquilamente.

Dadas las estúpidas risitas que sonaban detrás de la puerta del despacho ejecutivo, Helene dedujo sensatamente que no se había marchado todo el mundo. Tenía una idea bastante aproximada de quién se había quedado.

Supuso que la embargaría la indignación —como a cualquiera—, pero no fue así. En lugar de indignación, experimentó una total serenidad. Esto respondía a todas sus preguntas. Helene descartó de inmediato la idea de crear con Jim la fachada de una vida idílica.

El problema no era sólo que su marido se acostara con su asistente administrativa, o con Chiara, o con quien fuera; eso había dado al traste con el matrimonio, por supuesto, pero no era el motivo por el cual ella no estaba dispuesta siquiera a fingir.

La gota que desbordó el vaso fue la absoluta y total falta de respeto que demostraba Jim con su indiscreta conducta.

Helene irrumpió en su despacho —cuya puerta no estaba cerrada con llave— y lo encontró, con el pantalón alrededor de los tobillos, inclinado sobre una chica de unos dieciocho años que estaba apoyada sobre la mesa.

Jim se quedó tan estupefacto que Helene no pudo por menos de reírse.

—Deduzco que no me esperabas —observó.

—¡Mierda! ¿Qué diablos haces aquí, Helene?

Como si ella tuviera la culpa.

—El motivo por el que he venido ya no importa —respondió sin perder la calma—. Esto lo cambia todo.

Él se subió torpemente el pantalón.

—No te molestes —dijo Helene—. Esto no llevará mucho tiempo. Aunque, según recuerdo, eso tampoco —añadió mirando a la chica, a la cual no había visto nunca. Seguramente era una nueva becaria—. Lo siento, bonita, pero ¿te importaría cubrirte y salir unos momentos mientras hablo con mi marido?

La chica asintió muy nerviosa y recogió sus ropas. Ni siquiera se vistió, sólo se tapó con ellas y salió corriendo del despacho.

Helene se volvió de nuevo hacia un Jim decididamente debilitado.

—Quiero el divorcio.

—¿Qué? —Él la miró atónito.

—¿Te sorprende?

—¿Sabes lo que eso significaría para mí políticamente?

Helene chasqueó la lengua.

—No te preocupes, querido, ya volverás a enamorarte.

—Esto me destruirá.

—No lo creo —respondió ella—. Tú y tus colegas debéis aprender que la gente comprende las situaciones humanas normales, como un divorcio y quizás incluso la infidelidad. Lo que odiamos es la mentira.

—Tú sabes que había otras.

—¿De veras? —preguntó Helene arqueando las cejas.

—No me jodas.

Ella emitió una carcajada.

—Al parecer soy la única que no te jode. Éste es el trato. Quiero el divorcio, y quiero la casa sin gravámenes ni ataduras. También quiero una asignación de dos millones limpios, de modo que tendrás que pagar los impuestos sobre ellos antes de dármelos.

Jim la miró con evidente hostilidad.

—Cabrona.

Helene achicó los ojos.

—Esto no es más que el comienzo. Si tratas de fastidiarme, lo publicaré a los cuatro vientos y no tendrás un futuro.

Él esbozó una sonrisa que más parecía una mueca de satisfacción.

—Acabas de decir que la opinión pública perdona la infidelidad.

—No me refiero a un futuro político. Me refiero a un futuro en el sentido literal de la palabra. Gracias al detective que contrataste para que me siguiera, tengo unas excelentes fotografías de ti y Chiara Mornini. Retozando en su lecho de satén rojo. Lo recuerdas, ¿no?

Jim se puso pálido como la cera.

—No creo que Anthony encaje la noticia tan bien como yo. —Helene se levantó—. De modo que espero que aceptes mis condiciones, ¿de acuerdo?

Él la fulminó con la mirada.

—Y yo espero que seas discreta, ¿de acuerdo?

Helene asintió con la cabeza como si hubieran acordado cenar juntos.

—Desde luego. Tienes suerte de que yo sea mucho más discreta que tú. —Dio media vuelta, pero antes de marcharse añadió—: Dime dónde piensas alojarte, para que mi abogado se ponga en contacto contigo.

Helene no esperó a oír su respuesta. Le daba igual. Tenía la sartén por el mango y lo sabía.

Salió con la cabeza bien alta.

Y decidió ir directamente a Ormond's para comprar esos Bruno Maglis.

Epílogo

Un año más tarde

—¡Ya lo tengo! —exclamó Lorna, entrando apresuradamente en las oficinas de AZA, Inc., recientemente ampliadas. Sostenía un ejemplar de *Mujeres Empresarias*, una revista mensual que había entrevistado hacía un mes a Lorna, Helene, Sandra y Joss para publicar un artículo sobre ellas en este número de octubre.

Sandra y Helene se acercaron a ella. Pese a lucir un traje de Armani de dos mil dólares, Helene sostenía a Hope Sutton Zaharis, de seis meses, sobre su cadera.

—¿Cómo lo han titulado? —preguntó trasladando al bebé a su otra cadera para poder moverse y echar un vistazo por encima del hombro de Lorna.

Ésta pasó las páginas de la revista.

—«Único distribuidor» —respondió asintiendo con gesto de aprobación—. Un buen título. Riguroso.

—¿Dónde está Joss? —inquirió Helene—. Debería ver esto.

—Con Phillipe, como es lógico —contestó Sandra riendo—. ¿Dónde iba a estar?

Joss y Phillipe habían salido con frecuencia y, a resultas de ello, ella no sólo estaba enamorada, sino que su gusto en materia de zapatos había mejorado mucho. Él incluso había puesto a su última creación, un exquisito zapato de salón de raso con la puntera abierta y un tacón de aguja, el nombre de Jocelyn.

—Deberían casarse —dijo Lorna leyendo el artículo por encima—. Sería una publicidad genial. ¡Fijaos en esto! «Los encargos hechos por Nordstrom, Macy's, Bergdorf Goodman, Saks, etc., baten todos los récords.» Escuchad: «Gracias al ojo creativo de Helene Zaharis, ex esposa del senador, y al conocimiento de Lorna Rafferty, una ex derrochadora, de lo que desea el consumidor el grupo ha logrado conquistar los corazones y las mentes de adictos a los zapatos en todas partes». Me muero de ganas de mostrar a Holden que la revista considera mi antigua propensión al dispendio un factor positivo para la compañía.

—¿De mí no dicen nada? —preguntó Sandra con tono socarrón—. ¿Acaso como no me acuesto con personajes poderosos ni me fundo mis tarjetas de crédito no merezco que me mencionen?

—No te preocupes, aquí apareces tú: «Sandra Vanderslice, oriunda de Potomac, constituye la brújula moral del grupo. Ella se ocupa de que la compañía mantenga sus principios ecológicos y se encarga de implementar iniciativas orientadas al comercio justo». ¿Qué te parece? —preguntó Lorna moviendo las cejas—. ¡Nuestra brújula moral!

—Muchos de mis antiguos clientes estarían de acuerdo con eso.

Lorna se rió y continuó leyendo:

—«Jocelyn Bowen, armada sólo con un grado de asociado en artes por la Universidad Comunitaria de Felling-Garver (Virginia), diseñó un plan de empresa que atrajo a tantos inversores que la OPV quedó zanjada al cabo de una hora de conversaciones.» Eso fue increíble —comentó Lorna, tras lo cual siguió leyendo—: «En la actualidad Jocelyn Bowen es el *amore* del brillante diseñador Phillipe Carfagni, que ha declarado que ella ha sido su musa para su colección de esta primavera.» Qué tierno, ¿no os parece?

—Joss se lo merece —dijo Sandra sin un ápice de envidia—. Al menos una de nosotras ha vivido el cuento de hadas sin tener que besar antes a un montón de sapos.

—Además de unos zapatos maravillosos —añadió Lorna con cierta melancolía—. Puede tener todos los Carfagnis más exquisitos y hechos a medida que desee.

—Tú también —observó Helene dándole un codazo—. Es una de las ventajas de ser propietaria de esta compañía.

—Tienes razón —contestó Lorna riendo—. Zapatos gratuitos durante el resto de nuestra vida. Supongo que todas estamos viviendo nuestro cuento de hadas. Lo que demuestra que tus adicciones pueden matarte o hacerte rica.

—Prefiero ser rica —dijo Helene.

—¡Eso, eso! —apostilló Sandra.

Todas estaban de acuerdo.

www.titania.org

Visite nuestro sitio web y descubra cómo ganar
premios leyendo fabulosas historias.

Además, sin salir de su casa, podrá conocer
las últimas novedades de
Susan King, Jo Beverley o Mary Jo Putney,
entre otras excelentes escritoras.

Escoja, sin compromiso y con tranquilidad,
la historia que más le seduzca
leyendo el primer capítulo de cualquier libro
de Titania.

Vote por su libro preferido y envíe su opinión
para informar a otros lectores.

Y mucho más...